rororo

»Tobias Wolffs Erzählband zeigt ihn als Meister der Kurzgeschichte.« (*Der Spiegel*)

»Wer wirklich gute Geschichten lesen will, der soll Tobias Wolff lesen.« (*Die Zeit*)

Tobias Wolff, geboren 1945 in Alabama, wuchs im Nordwesten der USA auf und studierte in New York und Stanford. Er lehrt heute Literatur an der Syracuse University. Sein erzählerisches Werk wurde mehrfach ausgezeichnet und in zahlreiche Sprachen übersetzt. Sein autobiographischer Roman »This Boy's Life – Das Blaue vom Himmel« (rororo 22254), der deutsch auch unter dem Titel »Das Herz ist ein dunkler Wald« erschien, wurde mit Robert de Niro und Leonardo di Caprio verfilmt. Überdies liegt sein Vietnam-Roman »In der Armee des Pharaos« (rororo 22255) vor.

TOBIAS WOLFF

Die entscheidende Nacht

Erzählungen

Deutsch von
Ulrich Blumenbach und
Frank Heibert

Rowohlt Taschenbuch Verlag

Veröffentlicht im Rowohlt Taschenbuch Verlag GmbH,
Reinbek bei Hamburg, Juni 2001
Mit freundlicher Genehmigung
des Rogner & Bernhard Verlages, Hamburg
Die Originalausgabe erschien 1996
unter dem Titel »The Night in Question«
bei Alfred A. Knopf, New York, N. Y.

Umschlaggestaltung any.way, Cathrin Günther
(Foto: Slide File / Premium)
Druck und Bindung Clausen & Bosse, Leck
Printed in Germany
ISBN 3 499 22848 3

Für Mary Elizabeth

Ich möchte meiner Frau Catherine und meinem Lektor Gary Fisketjon dafür danken, daß sie diese Erzählungen im Lauf der Jahre so oft und sorgfältig gelesen haben. Mein Dank geht außerdem an Amanda Urban, Liz Calder und Peter Straus. Schließlich bin ich der Whiting Foundation, der Lyndhurst Foundation und der Lila Wallace-Reader's Digest Foundation für ihre großzügige Ermunterung und Unterstützung zu tiefem Dank verpflichtet.

Inhalt

Sterbliche

Der Lokalredakteur rief meinen Namen durch die Redaktion und winkte mich zu sich herein. Als ich sein Büro betrat, saß er hinter dem Schreibtisch. Ein Mann und eine Frau waren bei ihm, der Mann trat von einem Bein aufs andere, die hohlwangige und wachsame Frau saß auf einem Stuhl und umklammerte mit beiden Händen den Henkel ihrer Handtasche. Ihr Kostüm war vom selben Blaugrau wie ihre Frisur. Sie hatte etwas Soldatisches an sich. Der Mann war teigig, klein und pummelig. Die geplatzten Äderchen in den Wangen gaben ihm etwas Fröhliches, solange er nicht lächelte.

»Ich wollte kein Theater machen«, sagte er. »Aber wir fanden, Sie müßten es erfahren.« Er sah seine Frau an.

»Da haben Sie verdammt recht«, sagte der Lokalredakteur. »Das ist Mr. Givens«, sagte er zu mir, »Mr. Ronald Givens. Kommt Ihnen der Name bekannt vor?«

»Dunkel.«

»Ich geb Ihnen einen Tip. Er ist nicht tot.«

»Aha«, sagte ich. »Verstehe.«

»Noch ein Tip«, sagte der Lokalredakteur und las aus der Morgenausgabe meinen Nachruf auf Mr. Givens vor. Ich hatte am Vortag einen ganzen Haufen Nachrufe geschrieben, über zwanzig, und konnte mich an den hier kaum noch erinnern. Aber ich wußte noch, daß Givens dreißig Jahre beim Finanzamt gearbeitet hatte. Da ich vor einiger Zeit Ärger mit dem Fiskus gehabt hatte, war das hängengeblieben.

Während sich Givens seinen Nachruf anhörte, sah er uns abwechselnd an. Er war größer, als ich auf den ersten Blick gedacht hatte. Er wirkte so klein, weil er mit gebeugten Schultern ging und den Hals wie eine Schildkröte vorstreckte. Seine Augen waren sanft und ruhelos. Er hatte die Angewohnheit eines Bauern, bei abgewandtem Gesicht kurze, prüfende Blicke abzuschießen.

Als der Lokalredakteur fertig war, lachte Givens. »Immerhin stimmt alles«, sagte er. »Das muß ich Ihnen lassen.«

»Bis auf eins.« Die Frau funkelte mich an.

»Ich muß mich bei Ihnen entschuldigen«, meinte ich zu Givens. »Da hat mir wohl jemand einen Bären aufgebunden.«

»Schwamm drüber!« sagte er. Er rieb sich die Hände, als hätten wir gerade alle einen Vertrag unterschrieben. »Es entbehrt nicht einer gewissen Ironie, Dolly. Wie hieß das bei Mark Twain? ›Die Nachricht meines Todes –‹«

»Also, wie konnte das passieren?« fragte mich der Lokalredakteur.

»Das wüßte ich auch gern.«

»Das reicht nicht«, sagte die Frau.

»Dolly ist ziemlich aufgebracht«, sagte Givens.

»Dazu hat sie allen Grund«, sagte der Lokalredakteur. »Wer hat die Anzeige aufgegeben?« fragte er mich.

»Ehrlich gesagt, weiß ich das nicht mehr. Ich nehme an, die Leichenhalle.«

»Haben Sie zurückgerufen?«

»Nein, ich glaube nicht.«

»Bei den Angehörigen nachgefragt?«

»Bei uns garantiert nicht«, sagte Mrs. Givens.

»Nein«, sagte ich.

Der Lokalredakteur sagte: »Was tun wir, bevor wir einen Nachruf bringen?«

»Wir lassen uns den Todesfall von der Leichenhalle und der Familie bestätigen.«

»Was Sie nicht getan haben.«

»Nein, Sir, habe ich wohl nicht.«

»Warum nicht?«

Ich zuckte ratlos die Schultern und setzte eine zerknirschte Miene auf, aber ich hatte keine Antwort parat. Offen gestanden, hatte ich diese Vorschrift noch nie befolgt. Die Leute starben wie die Fliegen. Ich wußte nicht, welchen Sinn es haben sollte, ihre Angehörigen zu fragen, ob sie wirklich tot waren, oder eine Leichenhalle zurückzurufen, um sicherzugehen, daß diese gerade angerufen hatte. Den ganzen Vorschriftenkram hielt ich für reine Zeitverschwendung; ich hielt es für ausgeschlossen, daß jemand aus Jux und Dollerei Todesanzeigen erfand und Bestattungsunternehmer spielte. Jetzt wurde mir klar, wie dumm das war und daß mir der Sinn für die verschiedenen Spielarten menschlichen Humors offensichtlich völlig abging.

Aber das war noch nicht das Schlimmste. Da ich in der Lokalredaktion immer noch auf der untersten Sprosse stand, schrieb ich viele Nachrufe. An manchen Tagen konnte ich zwischen Nachrufen und Hochzeitsberichten wählen, aber die meiste Zeit schrieb ich nichts als Nachrufe, einen nach dem anderen, rund um die Uhr. Schon seit vier Monaten hatte ich praktisch nur mit dem Tod zu tun. Das bedrückte mich, erfüllte mich aber auch mit morbidem Snobismus und dem Gefühl, einem Geheimnis auf die Spur gekommen zu sein, von dem niemand sonst etwas ahnte. Es stürzte mich in deprimierende philosophische Gedanken über die Relativität von Glauben, Leidenschaft und harter Arbeit, und das zu einem Zeitpunkt meines Lebens, als ich alle drei dringend brauchte. Es machte mich fertig.

Ich hätte kündigen sollen, aber ich hatte keine Lust auf meine früheren Jobs. Bevor mir der Vater eines Freundes den hier besorgt hatte, war ich Kellner und Nachtwächter in Miethäusern gewesen, hatte jede Arbeit angenommen, solange sie mir nur tagsüber Zeit zum Schreiben ließ. Drei Jahre lang hatte ich so gelebt, und was hatte ich jetzt vorzuweisen? Ein paar Erzählungen in Literaturzeitschriften, die kein Mensch las, mich selbst eingeschlossen. Ich war ein Nervenbündel. Ich hatte viel für das Schreiben aufgegeben, und es hatte mir nichts zurückgegeben – weder Anerkennung noch Geld oder Liebe. Deswegen hatte ich bei diesem Job zugegriffen. Ich haßte ihn und machte bestenfalls Dienst nach Vorschrift, aber ich wollte ihn nicht verlieren. Eines Tages würde ich zu den Polizeiberichten aufrücken. Auf einen grünen Zweig kommen.

Ich hoffte, der Lokalredakteur würde mich runterputzen und dann laufen lassen, aber er hatte sich richtig auf mich eingeschossen. Wahrscheinlich wollte er vor Givens und seiner Frau damit protzen, daß ein echter Zeitungsmann seine Arbeit ernst nahm. Schließlich mußte ich wohl oder übel zugeben, daß ich am Vortag überhaupt keine Angehörigen oder Leichenhallen zurückgerufen hatte und daß ich das eigentlich immer so hielt.

Nachdem der Lokalredakteur mir das aus der Nase gezogen hatte, wußte er anscheinend nicht weiter. Er hatte wahrscheinlich mehr gehört, als ihm lieb war. Erst saß er bloß da, dann sagte er: »Nur um das noch mal klarzustellen: Wie lange bringt diese Zeitung schon unbestätigte Nachrufe?«

»Ungefähr drei Monate«, sagte ich. Noch während dieses Eingeständnisses spürte ich, daß ich lächelte. Ich konnte es weder unterdrücken noch verbergen. Es war eine panische Grimasse. Genauso hatte ich gelächelt, als meine Mutter mir eröffnete, daß mein Vater gestorben war. Aber das konnte der Lokalredakteur ja nicht ahnen.

Er beugte sich hinter seinem Schreibtisch vor, schüttelte leicht den Kopf wie ein Pferd und sagte: »Räumen Sie Ihren Schreibtisch.« Ich glaube, bis zu diesem Augenblick wollte er mich nicht feuern. Er war von seinen eigenen Worten überrascht, nahm sie aber nicht zurück.

Givens sah zwischen uns hin und her. »Nun mal langsam«, sagte er. »Wir wollen doch aus einer Mücke keinen Elefanten machen. Irren ist menschlich. Deswegen muß ein Mann doch nicht gleich seinen Job verlieren.«

»Hätte er auch nicht«, sagte Mrs. Givens, »wenn er ihn anständig gemacht hätte.«

Dagegen ließ sich wenig sagen.

Ich räumte meinen Schreibtisch. Als ich das Haus verließ, stand Givens am Zeitungskiosk und behielt den Ausgang im Auge. Seine Frau war nirgends zu sehen. Er kam auf mich zu, hob die Hände und meinte: »Was soll ich sagen? Mir fehlen die Worte.«

»Halb so wild«, sagte ich.

»Menschenskind, ich wollte nicht, daß Sie rausfliegen. Es war nicht mal mein Vorschlag herzukommen, wenn Sie die Wahrheit wissen wollen.«

»Vergessen Sie's. Bin ja selbst schuld.« Ich trug einen Karton mit Notizblöcken, Aktenordnern und ein paar Büchern. Er war schwer, und ich nahm ihn unter den anderen Arm.

»Passen Sie auf«, sagte Givens, »wie wär's, wenn ich Sie zum Lunch einlade? Was halten Sie davon? Das ist doch wohl das Mindeste.«

Ich sah die Straße hoch und runter.

»Dolly ist schon nach Hause gefahren«, sagte er. »Also, wie steht's?«

Ich hatte keine große Lust, mit Givens essen zu gehen, aber er legte offenbar großen Wert darauf, und nach Hause wollte ich ohnehin noch nicht. Was hatte ich dort auch zu suchen? Also meinte ich, klar, Lunch wäre prima. Givens fragte, ob ich ein anständiges Restaurant in der Nähe wüßte. Ein paar Häuser weiter war ein Chinese, aber da saßen immer jede Menge Reporter. Ich hatte keine Lust auf ihr geheucheltes Mitleid, da sie hinter meinem Rücken sowieso über mich herziehen würden, was ich ihnen nicht verdenken konnte. Ich schlug Tad's Steakhouse drüben an der Endhaltestelle der Straßenbahn vor. Da bekam man ein 200-Gramm-Lendenfilet mit Salat und Folienkartoffel für eins neunundzwanzig. Im Jahre 1974.

»So klamm bin ich noch nicht«, sagte Givens, sträubte sich aber nicht, und wir gingen.

Givens stocherte in seinem Essen, dann schob er seinen Teller weg und betrachtete meinen. Als ich fragte, ob mit dem Steak was nicht in Ordnung wäre, meinte er, er hätte keinen Appetit.

»Und?« fragte ich. »Was meinen Sie, wer da angerufen hat?«

Er hatte den Kopf gesenkt und sah mich unter den Brauen hervor an. »Tja, da bin ich überfragt. Ist mir schleierhaft.«

»Irgendwelche Vermutungen müssen Sie doch haben.«

»Nö. Keinen Schimmer.«

»Ein Arbeitskollege vielleicht?«

»Nee.« Er schüttelte einen Zahnstocher aus dem Döschen. Seine Hände waren blaß und sehnig.

»Es muß jemand sein, der Sie kennt. Sie haben doch bestimmt Freunde.«

»Ja klar.«

»Haben Sie sich mit einem gestritten? Kann der jetzt sauer auf Sie sein?«

Er hielt sich eine Hand vor den Mund, die andere fuhrwerkte mit dem Zahnstocher in seinen Zähnen herum. »Glauben Sie? Ich halte das Ganze eher für einen Witz.«

»Nichts für ungut, aber es ist ein schlechter Scherz, für

jemand anders eine Todesanzeige aufzugeben. Geradezu bedrohlich. An Ihrer Stelle käme ich mir bedroht vor.«

Givens begutachtete den Zahnstocher und ließ ihn in den Aschenbecher fallen. »Von der Seite hab ich das noch gar nicht betrachtet«, meinte er. »Sie könnten recht haben.«

Ich merkte, daß er mir kein Wort glaubte - die Angelegenheit war ihm ein Rätsel. Sein Todesurteil war verkündet worden, und in Zukunft mußte er mit diesem Urteilsspruch leben, konnte ihm immer weniger entgegensetzen und würde eines Tages von ihm eingeholt werden. Jemand hatte einen Killer auf ihn angesetzt, der mit Worten tötete. So kam es mir jedenfalls vor.

»Und Sie sind sicher, daß es keiner von Ihren Freunden war?« fragte ich. »Könnte doch ein winziger Anlaß gewesen sein. Vielleicht haben Sie beim Kartenspielen abgesahnt und die Runde abgebrochen, bevor er die Chance zur Revanche hatte.«

»Ich spiele nicht«, sagte Givens.

»Was ist mit Ihrer Frau? Gibt's in der Hinsicht Probleme?«

»Nö.«

»Alles Friede, Freude, Eierkuchen?«

Er zuckte die Schultern. »Immer die alte Leier.«

»Warum nennen Sie sie eigentlich Dolly? Im Nachruf hieß sie doch anders.«

»Das hat keinen besonderen Grund. Ich hab sie schon immer so genannt. Alle nennen sie so.«

»Für mich sieht sie nicht nach einer Dolly aus«, sagte ich.

Er antwortete nicht, sah mich nur schweigend an.

»Sagen wir, Dolly ist fuchsteufelswild auf Sie und will Ihnen einen Schuß vor den Bug verpassen - aber nicht auf dem üblichen Weg.«

»Nie im Leben.« Givens sagte das ohne allen Ärger. Er wollte mich von nichts überzeugen, wahrscheinlich hatte er also recht.

»Sie hinterlassen eine Tochter, stimmt's? Wie hieß die noch gleich?«

»Tina«, sagte er mit zärtlichem Unterton.

»Genau, Tina. Kommt die in Frage?«

»Wir haben unsere Reibereien, aber sie war's nicht, das garantier ich Ihnen.«

»Donnerwetter«, sagte ich. »Irgendwer muß es doch gewesen sein.«

Ich aß mein Steak auf und betrachtete das Treiben auf der Straße: Alkis, Straßenprediger, ambulante Patienten, Prostituierte und Pseudohippies, die Touristen in schneeweißen Schuhen Oregano verkauften. Alles bloß Show, bis hin zum Popcorngeruch, der in Schwaden bei Woolworth herauswaberte. Richard Brautigan kam oft hierher. Groß und eulenartig neigte er sich über seinen Teller, aß langsam und käute jeden Bissen wieder, wobei er die Straße nie aus den Augen ließ. Hier passierten komische Sachen und auch scheußliche. Brautigan ließ sich nichts entgehen und aß dabei ruhig weiter.

Ich erzählte Givens, wir säßen am selben Tisch, an dem Richard Brautigan manchmal saß.

»Wer bitte?«

»Richard Brautigan, der Schriftsteller.«

Givens schüttelte den Kopf.

Jetzt wurde es für mich langsam Zeit. »Okay«, sagte ich, »reden Sie schon. Wer wünscht sich Ihren Tod?«

»Niemand wünscht sich meinen Tod.«

»Jemand malt sich Ihren Tod aus. Denkt darüber nach. Der Wunsch ist der Vater des Verbrechens.«

»Niemand wünscht sich meinen Tod. Ihr Problem ist, daß Sie glauben, alles müßte gleich etwas bedeuten.«

Das gehörte tatsächlich zu meinen Problemen.

»Bloß mal aus Neugier«, sagte er, »was hielten Sie denn davon?«

»Wovon?«

»Meinem Nachruf.« Er beugte sich vor, spielte mit Pfeffer- und Salzstreuer, klapperte mit ihnen und schob sie herum wie Partner beim Squaredance. »Ich meine, haben Sie ein Gefühl dafür bekommen, wer ich war? Was für ein Mensch?«

Ich schüttelte den Kopf.

»Nichts Hervorstechendes?«

Ich verneinte.

»Verstehe. Darf ich fragen, was erforderlich ist, damit Sie sich an jemanden erinnern?«

»Hören Sie«, sagte ich, »wenn man den lieben langen Tag Nachrufe schreibt, dann verschwimmen die ein bißchen.«

»Klar, aber an manche müssen Sie sich doch erinnern.«

»An manche - sicher.«

»Welche?«

»Meine Lieblingsschriftsteller. Große Baseballspieler. Filmstars, in die ich verknallt war.«

»Mit anderen Worten Berühmtheiten.«

»Einige ja. Nicht alle.«

»Man kann ein gutes Leben führen, ohne eine Berühmtheit zu sein«, sagte er. »Menschen mit großen Namen sind nicht unbedingt große Menschen.«

»Stimmt«, sagte ich, »aber das ist eine Wahrheit kleiner Menschen.«

»Ach ja? Und wofür halten Sie sich?«

Ich schwieg.

»Wenn Sie nur von großen Namen zu beeindrucken sind, müssen Sie ein erbärmlicher Wicht sein. So seh ich das jedenfalls.« Er sah mich grimmig an und umklammerte Pfeffer- und Salzstreuer wie ein MG-Schütze vor dem Befehl zum Feuern.

»Ich laß mich nicht nur davon beeindrucken.«

»Ach nein? Wovon denn sonst noch?«

Ich ließ die Frage kurz im Raum stehen. »Von moralischer Größe«, sagte ich dann.

Er wiederholte den Satz. Er klang schwülstig.

»Sie wissen, wie ich das meine«, sagte ich.

»Wenn mich nicht alles täuscht, ist moralische Größe nicht gerade Ihre Stärke«, sagte er.

Ich widersprach ihm nicht.

»Und eine Berühmtheit sind Sie offenbar auch nicht.«

»Offenbar nicht.«

»Was bleibt Ihnen dann?« Als ich nicht antwortete, sagte er: »Glauben Sie, Sie würden sich an Ihren eigenen Nachruf erinnern?«

»Wohl kaum.«

»Als ob es da einen Zweifel gäbe! Sie würden keinen Gedanken daran verschwenden.«

»Bitte, dann eben definitiv nicht.«

»Sie würden keinen Gedanken daran verschwenden. Und das wäre falsch. Wenn man genau hinschaut, haben wahrscheinlich auch Sie hervorstechende Eigenschaften. Gute Eigenschaften. Hat doch jeder. Worauf sind Sie stolz?«

»Ich bin Überlebenskünstler«, sagte ich. Aber ich mußte zugeben, daß so etwas in einem Nachruf nicht besonders überzeugend klang.

Givens sagte: »Ich bin auf meine Loyalität stolz. Loyalität spielt in meinem Leben eine große Rolle. Wenn Sie die Augen aufgesperrt hätten, wäre Ihnen das nicht entgangen. Wenn Sie lesen, daß ein Mann im Krieg für sein Vaterland gekämpft hat, daß er zweiundvierzig Jahre mit derselben Frau verheiratet war, immer ein und denselben Beruf ausübte, bei Gott, das sollte Ihnen doch einiges sagen. Das vermittelt einem schließlich ein gewisses Bild.«

Er hielt inne und bekräftigte nickend seine eigenen Worte. »Und manchmal war es gar nicht so einfach«, sagte er.

Ich mußte lachen, hauptsächlich, weil es mir erst jetzt wie Schuppen von den Augen fiel. »Sie waren es«, sagte ich. »Sie waren es selbst.«

»Ich war was?«

»Sie haben den Nachruf in Auftrag gegeben.«

»Warum sollte ich?«

»Das möchte ich von Ihnen hören.«

»Damit würde ich zugeben, daß ich es war.« Givens grinste, voller Stolz darauf, was für ein ausgekochtes Schlitzohr er war.

Ich sagte: »Sie müssen ja von allen guten Geistern verlassen sein«, aber das meinte ich nicht so. Givens' Beweggründe waren von A bis Z nachvollziehbar, ich mußte sie sogar bewundern. Er hatte sich eine Methode ausgedacht, um an seiner eigenen Beerdigung teilzunehmen. Er hatte gleichsam sein letztes Hemd angelegt, sich gewaschen und aufgebahrt gesehen und seiner Gedenkrede gelauscht. Und was das Allerbeste war: Danach war er auferstanden. Darum drehte sich das Ganze, auch wenn er sich einredete, er hätte bloß Dolly einen Schreck einjagen oder seine Tugenden auf dem Präsentierteller sehen wollen. Das Ganze drehte sich um Auferstehung, und dafür hatte dieser Steuereintreiber etwas übrig. Es war geradezu biblisch.

»Sie sind zum Piepen, Mr. Givens. Sie sind echt zum Piepen.«

»Ich habe es nicht nötig, mich beleidigen zu lassen.«

»Immer mit der Ruhe«, sagte ich. »Ich bin nicht wütend auf Sie.«

Er schob seinen Stuhl zurück und stand auf. »Ich habe Besseres zu tun, als mir Ihre Vorwürfe anzuhören.«

Ich folgte ihm nach draußen. Ich wollte ihn ein wenig zappeln lassen. Schließlich war er mir noch etwas schuldig. »Geben Sie zu, daß Sie es waren«, sagte ich.

Er wandte sich ab und ging die Powell hoch.

»Sie sollen es bloß zugeben«, sagte ich. »Ich nehm's Ihnen nicht mal übel.«

Mit schildkrötenhaft vorgerecktem Kopf lief er weiter und schob sich durch die Menge. Er war aalglatt und schnell. Schließlich packte ich seinen Arm und zog ihn in einen Hauseingang. Seine Muskeln spannten sich unter meinen Fingern, und er hätte sich fast losgerissen, aber ich verstärkte meinen Griff, und wir sahen uns böse in die Augen.

»Los, geben Sie's zu.«

Er schüttelte den Kopf.

»Ich brech Ihnen das Genick, wenn's sein muß«, sagte ich.

»Lassen Sie mich los«, sagte er.

»Wenn Ihnen jetzt etwas zustößt, stimmt Ihr Nachruf plötzlich wieder, und ich habe meinen Job zurück.«

Er versuchte wieder, sich loszureißen, aber ich hielt ihn fest.

»Das wäre ein Brüller für die Titelseite«, sagte ich.

Ich spürte, wie sein Arm erschlaffte. Dann sagte er kaum vernehmlich »ja«. Sonst nichts.

Mehr war aus ihm nicht herauszuholen. Das mußte reichen. Als ich seinen Arm losließ, drehte er sich um, zog den Kopf ein und verschmolz mit dem Menschenstrom, der sich an mir vorbeiwälzte. Ich ging zu Tad's zurück und holte meinen Karton. Ein Stück weiter ahmte ein Pantomime einen jungen Schnösel im Dreiteiler nach. Er traf die Arroganz seines Hauptdarstellers und sein hochnäsig vorgerecktes Kinn bis aufs I-Tüpfelchen. Ein Mädchen lachte heiser. Der Schnösel sah sich um, und der Pantomime erstarrte. Er stand immer noch in dieser Pose da, als ich vorbeikam. Ich drückte ihm einen Vierteldollar in die Hand und hoffte, er würde nicht mich aufs Korn nehmen.

Gefallen

B.D. trug ganz bestimmte Gegenstände mit sich herum. Bei seinen Unternehmungen und Vorgehensweisen beachtete er eine bestimmte Ordnung, und er wurde gereizt und unsicher, wenn diese Ordnung durchbrochen wurde. Es gab bestimmte Wörter, die er in bestimmten Augenblikken vor sich hin murmelte, Zauberwörter. Manchmal glaubte er wirklich an all das. Manchmal glaubte er an gar nichts. Aber er war am Leben, und die gute Sache betrachtete er stets mit Respekt.

Er hieß Benjamin Delano Sears, kurz B.D., aber seine Freunde in der Einheit hatten sich angewöhnt, ihn »Biddy« zu nennen, Hühnchen, weil er so umständlich war und alle wie eine Henne begluckte. Er mußte immer ganz genau wissen, wo sie waren. Er triezte sie, daß sie auch ja ihre Malaria- und Salztabletten nahmen. Wenn sie im Busch waren, machte er sie mit seinen Ausrüstungskontrollen wahnsinnig. Er benahm sich wie ein Truppführer, was er nicht war und niemals sein würde, denn Sergeant Holmes zog ihn dafür nicht mal in Betracht. Sergeant Holmes hatte eine Reihe typischer Offizierssprüche auf Lager. Einer davon lautete: »Wenn du was nicht schaffst, schafft es dich.« Er hatte beschlossen, daß B.D. es nicht schaffte, und B.D. widersprach nicht; er wußte noch besser als Sergeant Holmes, wieviel Angst er hatte. Er wollte es bloß nach Hause schaffen, mitsamt seinen Freunden. Die meisten schafften es tatsächlich. Die Einheit hatte während B.D.'s Dienstzeit nur leichte Verluste, meistens durch schieres Glück. B.D.'s Freunde wurden einer nach dem anderen in die Staaten zurückversetzt, und schließlich blieb nur noch Ryan übrig. B.D. und Ryan waren in derselben Woche angekommen. Sie kannten dieselben Geschichten. Die Namen abwesender Männer, vergangener Operationen und abgelegener Orte bedeuteten ihnen etwas, und die später Eingetroffenen betrachteten diese beiden als eine Art kulthaftes Überbleibsel. So ähnlich sahen sich B.D. und Ryan auch selbst.

Sie waren nicht von Anfang an Freunde gewesen. Ryan riskierte immer eine dicke Lippe, das Großmaul. Er erzählte alles, was passierte, wie ein Sportreporter, aber sein Bericht paßte nie zum tatsächlichen Geschehen. Er beschwerte sich, wenn Operationen abgeblasen wurden, verfiel in weibische Ekstasen mit gespielt französischem Akzent, wenn es kalten Dosenfraß gab, und klatschte lautstark Beifall für offensichtlich hirnlose Befehle. Zuerst hielt ihn B.D. bloß für eine Nervensäge. Dann wachte er eines Morgens auf und lachte über etwas, das Ryan am Vorabend gesagt hatte. Sie hatten Splitterminen verlegt. Sergeant Holmes verlor die Geduld, als er an einer herumfummelte, und sagte: »Jungs, hat einer von euch mal einen Schraubenzieher?«, und Ryan schoß augenblicklich zurück: »Welche Größe?« Das war Kommißblabla, aber bei B.D. funktionierte es. Die ganze Zeit hatte er Ryans Stimme im Ohr, ihre Frische und Fähigkeit, ihren beinahe perfekten Anschein von klarem Verstand.

Welche Größe?

Ryan und B.D. hatten noch ungefähr sechs Wochen vor sich, als Lieutenant Puchinsky, ihr befehlshabender Offizier, zum Bataillonsstab versetzt wurde. Pinch Puchinsky hielt sich für einen Star – er hatte als Quarterback in der Footballmannschaft von Penn State University gespielt, verwöhnt, verhätschelt und illegal subventioniert, und für ihn war es selbstverständlich, daß ihn die anderen genauso einschätzten. Und das taten sie auch. Er mußte keinen Befehl zweimal geben und wäre auch nie darauf gekommen, denn er konnte sich nicht vorstellen, daß ihm irgend jemand den Gehorsam verweigerte. Er konnte sich überhaupt nichts Widriges vorstellen und bewegte sich durch jede Gefahr, als hätte sie nichts mit ihm zu tun. Seine Männer verehrten ihn, weil kaum einer je verwundet wurde.

Es lag also in der Natur der Sache, daß sein Nachfolger, Lieutenant Dixon, nicht geachtet wurde, obwohl nichts Verachtenswertes an ihm war. Er war ein stolzer, nachdenklicher Mann, bereits zweimal verwundet und nun unter Soldaten gelandet, deren Laxheit geradezu abgekartet schien, um ihn endgültig fertigzumachen. Die Männer hielten ihre Waffen nicht in Schuß. Sie befolgten beim Funken nicht die Vorschriften. Auf Patrouille waren sie unachtsam, laut und nicht reaktionsschnell genug. Lieutenant Dixon machte es sich zur Aufgabe, sie auf Vordermann zu bringen.

Das stellte sich als ziemlich zäh heraus. Er hatte weder Geduld noch Humor, und das Befehlen lag ihm auch nicht. Er war klein und bekam allmählich eine Glatze, und wenn er sich aufregte, wurde er rot und seine Stimme kippte ins Falsett. Deshalb nannten die Männer ihn Fudd, wie die Comicfigur. Ryan äffte ihn unablässig und mit furchtbarer Präzision nach. Es war nur eine Frage der Zeit, bis Lieutenant Dixon ihn hörte, und es kam schließlich dazu, als Ryan, B.D. und ein paar Neue die Innenwände eines Bunkers mit Sandsäcken sicherten. Ryan tönte gerade in Lieutenant Dixons Stimmlage, als dessen Kopf in der Tür auftauchte. Alle sahen ihn. Doch statt den Mund zu halten, machte Ryan weiter, als wäre er nicht da. B.D. hielt seinen Kopf gesenkt und tat sehr beschäftigt. Ihm war nicht nach Lachen zumute.

»Ryan«, sagte Lieutenant Dixon, »was glauben Sie eigentlich, was Sie da tun?«

Ryan antwortete, immer noch mit Lieutenant Dixons Stimme: »Sandsäcke stapeln, Sir.«

Lieutenant Dixon musterte ihn. Dann: »Ryan, finden Sie das w-witzig?«

»Nein, Sir. W-witzig finde ich einen Fünfzehnzentimeterschwanz an einem Fünfzentimeterlieutenant.«

B.D. schloß die Augen, und als er sie wieder aufschlug, war Lieutenant Dixon weg. Er straffte sich. »Ganz toll«, sagte er zu Ryan.

Ryan stach seine Schaufel in die Erde und stützte sich darauf. Er knotete sein Stirntuch auf und wischte sich den Schweiß vom Gesicht, von den schmalen Schultern und der Brust. Seine Rippen stachen hervor. Seine Haut war käseweiß, bis auf Hände, Nacken und Gesicht, die über und über mit Sommersprossen bedeckt waren und im Dämmerschein des Bunkers fast schwarz aussahen. »Ich kann einfach nicht anders«, sagte er.

Drei Tage später schickte Lieutenant Dixon Ryan mit einer Gruppe Neuer auf eine Nachtaktion in den Busch. Das war strikt gegen die Abmachung, an die sich Lieutenant Puchinsky immer gehalten hatte: Je kürzer man noch zu dienen hatte, desto weniger bekam man zu tun. So ein Kommando wurde einem einfach nicht aufgebrummt, wenn man keine zwei Monate mehr vor sich hatte. Lieutenant Dixon brummte Ryan die Nachtaktion auch nicht direkt auf. Statt dessen wandte er sich beim Mittagsappell an Ryan und fragte ihn, ob er sich nicht freiwillig melden wolle. Ryan sagte, das würde er liebend gerne tun, er wäre schon richtig wild darauf gewesen. Lieutenant Dixon notierte seinen Namen.

An jenem Abend beobachtete B. D. wie das Kommando loszog. Mit geschwärzten Gesichtern schlichen sie zur Umzäunung des Lagers, pirschten im Zickzack durch die Minensperre, überquerten das hinter dem Drahtzaun liegende Ödland und tauchten in die dunkle Masse der Bäume ein. Der Himmel war ein einziger lila Dunst.

B.D. ging zu seinem Feldbett, setzte sich, die Hände auf die Knie gestützt, und starrte das Durcheinander auf Ryans Bett an: Rasierzeug, Zigaretten, Schmutzwäsche, Sandalen, ein High-School-Jahrbuch, in dem Ryan gern herumblätterte. B. D. hob das Moskitonetz an und nahm das Buch. *The Aloysian* hieß es. Unter den Porträtfotos von Schülern der Abschlußklasse war auch Ryan abgebildet - er sah feierlich aus, fast wie in Trauer. Er hatte lange Haare. Der Fotograf hatte seine Sommersprossen wegretuschiert und indirekte Beleuchtung benutzt, um die Konturen von Kopf und Schultern zu betonen. Ohne den Namen hätte B.D. ihn nicht wiedererkannt. Unter dem Bild stand der Satz: »Was gäb ich für einen Schluck des warmen Südens!«

Was zum Teufel sollte das denn heißen?

Er entdeckte Ryan auf ein paar Gruppenbildern. Auf einem, das beim Werkunterricht gemacht worden war, stand er mit ein paar anderen Jungen hinter dem Lehrer und hielt ein Bündel Rohre über seinen Kopf, die wie ein Geweih aussahen.

B.D. betrachtete das Foto genau. Dieser Gesichtsausdruck war ihm vertraut, diese gewinnende Sanftmut, die Ryan wie eine Maske über List und Spott trug. B. D. bekam richtig Lust, ihm einen verstohlenen Blick zuzuwerfen, um ihm zu sagen, daß er wußte, was los war. Er legte das Buch auf Ryans Bett zurück.

Er hatte Magenschmerzen. Das war ein neuer Schmerz, nicht stechend, sondern gleichmäßig und so undeutlich, daß er mit den Fingern tasten mußte, um die Quelle ausfindig zu machen. Wenn er sich vornüber beugte, wurde der Schmerz schlimmer. Er stand auf, und es ließ etwas nach, und er ging vor seinem Bett auf und ab. Einer der Neuen, ein Dicker aus Hawaii, fragte: »Hey Biddy, alles okay?« B. D. hielt inne. Er hatte ganz vergessen, daß noch andere im Raum waren. Dieser Hawaiianer spielte Karten mit einem Typen, der eine grüne Sonnenbrille aufhatte, und noch ein paar anderen. Alle schauten ihn an.

B. D. sagte: »Hast du nicht gelesen: ›Der Gesundheitsminister warnt‹?«

Der Hawaiianer warf einen Blick auf seine Zigarette.

»Scheiß Biddy«, sagte der Mann mit der Sonnenbrille, als wäre B. D. gar nicht da. »Seit acht Monaten sitze ich hier in diesem Scheißloch, und er nennt mich immer noch *Neuer.*«

»Ryan nennt mich Tonto«, sagte der Hawaiianer. »Sehe ich etwa wie ein Indianer aus? Hey, im Ernst, Mann, sehe ich aus wie ein Indianer?«

»Na, wie ein Weißer siehst du nicht gerade aus.«

»Ja, ja, ich sehe nicht mal wie ein Indianer aus, das ist es wohl.«

»Nenn ihn doch Kemo Sabe, mal sehen, wie ihm das gefällt.«

»Ryan? Da fährt der voll drauf ab.«

B. D. ging auf Sergeant Holmes' Zelt zu. Der Himmel hing tief und schwer. Zum Abendessen hatte es Hamburger gegeben, »Rattenburger«, wie Ryan sie nannte *(Hey, Koch, warum steckste bei dem hier nicht auch noch den Schwanz mit rein?)*, und der Fettgeruch hing immer noch in der Luft. B. D. spürte plötzlich, wie es ihm im Rücken kalt wurde, und er sackte in die Hocke, auf irgend etwas wartend; was, wußte er nicht. Er hörte das Tuckern von Generatoren, das Knistern und Donnern ferner Artilleriegefechte und das aufgebrachte Sirren der Insekten. B.D. kauerte sich dort zusammen. Dann richtete er sich wieder auf, sah sich um und ging weiter.

Sergeant Holmes lag ausgestreckt auf seinem Feldbett und hörte Musik von einem großen Tonbandgerät über ein Paar Kopfhörer, das seinen Schädel wie ein Helm bedeckte. Er trug rote Bermudashorts. Seine Augen waren geschlossen, und seine langen Spinnenfinger wogten schlaff über dem Bauch hin und her. Er hatte die schwärzeste Haut, die B.D. jemals gesehen hatte. B.D. setzte sich neben ihn und schüttelte ihn am Fuß. »Hey«, sagte er. »Hey, Russ.«

Sergeant Holmes schlug die Augen auf, dann nahm er langsam die Kopfhörer ab.

»Dixon hat kein Recht, Ryan auf diese Nachtaktion zu schicken.«

Sergeant Holmes setzte sich auf und legte die Kopfhörer auf den Boden. »Irrtum. Es ist nicht nur sein Recht, sondern seine Pflicht, Leute loszuschicken.«

»Ryan ist schon draußen gewesen. Oft sogar. Er hat nur noch knapp zwei Monate.«

»Genau wie Sie, stimmt's?«

B.D. nickte.

»Verstehe, warum Sie sich Sorgen machen.«

»Sie können mich mal«, sagte B.D.

Sergeant Holmes grinste. Auf diesem schwarzen Gesicht war das ein Ereignis.

»Das ist gegen die Abmachung, Russ.«

»Abmachung? Was soll dieser Quatsch von wegen Abmachung? Haben Sie was Schriftliches?«

»Das war auch so klar.«

»Eltee Pinch ist weg, Biddy. Eltee Dixon ist jetzt hier der Oberschinder. Und er hat seine eigene Philosophie.«

»Philosophie«, sagte B.D.

»So sieht's aus«, sagte Sergeant Holmes.

B.D. saß da, schaute zu Boden und rieb sich die Knöchel. »Was meinen Sie?«

»Ich meine, daß jetzt Lieutenant Dixon das Sagen hat.«

»Die Neuen kommen auch alleine zurecht. Haben wir doch auch geschafft.«

»Einen Scheiß haben Sie, Biddy. Sie haben den Kopf eingezogen, seit Sie hier sind, Sie und Ryan genauso.«

»Wir haben auch was riskiert.«

»Hey, so ist das nun mal, Biddy. Wenn's Ihnen nicht paßt, reden Sie mit dem Eltee.«

Er setzte seine Kopfhörer auf, legte sich aufs Bett und schloß die Augen. Seine Finger wogten durch die Luft wie Seetang.

Ein paar Tage später stellte Lieutenant Dixon wieder eine Nachtpatrouille zusammen. Bevor er die Namen verlas, fragte er, ob sich einer der alten Hasen freiwillig melden wolle. Keiner antwortete. Alle waren still, warteten, schauten ihn an.

Lieutenant Dixon studierte seinen Block, schrieb etwas auf und schaute wieder hoch. »Also. Wer geht?« Als niemand etwas sagte, meinte er: »Na los. So schlimm ist es doch gar nicht. Stimmt's, Ryan?«

B. D. stand neben Ryan. »Nicht antworten«, flüsterte er.

»Es ist ganz toll!« legte Ryan los. »Unvergleichlich, Sir. Oben an Gottes Himmelszelt sieht man die Sternlein blinken ...«

»Danke«, sagte Lieutenant Dixon.

»Die Bäume leisten einem Gesellschaft ...«

»Halt den Rand«, sagte B. D.

Doch Ryan machte immer weiter, bis Lieutenant Dixon schließlich die Geduld verlor und ihn unterbrach. »Sehr schön«, sagte er, dann: »Freut mich, daß es Ihnen so gut gefallen hat.«

»Kann gar nicht genug davon kriegen, Sir.«

Lieutenant Dixon klatschte den Block an seinen Oberschenkel. Und noch einmal. »Dann nehme ich an, Sie hätten gegen eine neue Runde nichts einzuwenden?«

»Wirklich, Sir, darf ich?«

»Ich denke, das läßt sich machen.«

Nach dem Mittagessen folgte B.D. Ryan in ihre Unterkunft. Ryan legte seine Ausrüstung zurecht. »Ich weiß, ich weiß«, sagte er. »Ich kann einfach nicht anders.«

»Du kannst doch mal dein Maul halten. Du kannst den kleinen Arsch doch mal in Frieden lassen.«

»Das ist es ja, ich kann nicht. Ich versuche es, aber ich schaff's nicht.«

»Blödsinn«, schimpfte B.D., aber er merkte, daß Ryan es ernst meinte, und diese Einsicht machte ihn müde. Er ließ sich auf seinem Feldbett nieder, lehnte sich zurück und starrte das Leinwanddach an. Das Sonnenlicht flimmerte durch tausend kleine Löcher.

»Er ist ein dermaßenes Arschloch«, sagte Ryan. »Einer muß ihm das mal klarmachen, der hat doch keinen blassen Schimmer, null Durchblick, was für ein Arsch er ist. Irgendwer muß doch die Verantwortung übernehmen.«

»Dazu hat dich keiner ernannt«, sagte B.D.

»Eigeninitiative«, sagte Ryan. Er setzte sich auf seine Feldkiste und nestelte am Riemen seines Helms herum.

B.D. schloß die Augen. Die Luft war heiß und drückend und roch nach der Plane über ihren Köpfen, ein Geruch, der ihn ans Ferienlager erinnerte.

»Aber das ist nicht der wahre Grund«, sagte Ryan. »Ich könnte es genausogut bleibenlassen. Ich denke, ich habe meine Meinung klargemacht.«

»Kann ich bestätigen. Keine Sorge.«

»Es ist wie eine Allergie – weißt du, wie manche Leute bei Katzen? Ich komme in seine Nähe, und zack, mein Herz wummert wie verrückt, und dieses ganze Zeug kommt aus mir raus. Ich stehe bloß da und sehe mir selbst zu. Komisch, was? Komisch, aber wahr.«

»Du brauchst doch bloß still zu sein«, sagte B.D. hoffnungslos.

Die Wirkung einer M-26-Splittergranate, von sich aus schon stark genug, um das Dach eines kleinen Hauses hochzujagen, ließe sich »exponentiell verstärken«, stand in einer Broschüre, die der Stützpunktkommandant herausgegeben hatte, »indem man sie in der Nähe flüchtiger Stoffe detonieren läßt«. Diese absurd gestelzte Broschüre, gedacht als Warnung vor dem feindlichen Vorgehen, Granaten mit Zeitzünder in den Benzintanks unbeaufsichtigter Jeeps und Trucks zu plazieren, war für die Hälfte der Männer in der Division unverständlich. B. D. aber hatte alles begriffen und sich gut gemerkt.

Er hatte vor, einen Zwanzigliterkanister Benzin von einem der Generatoren zu nehmen und neben dem Zelt stehenzulassen, wo Lieutenant Dixon abends seinen Papierkram erledigte. Er wollte den Zünder einer Granate überkleben, den Stift ziehen und die Granate in den Kanister werfen. Bis das Benzin sich durch das Klebeband gefressen hatte, würde er schon im Bett liegen.

B. D. hatte seines Wissens noch niemanden getötet. Seine Kompanie war zwar schon dreimal in einen Hinterhalt geraten, und B.D. hatte zusammen mit allen anderen zurückgeschossen, aber immer ziemlich panisch und wie benebelt. Irgend etwas passierte mit seinen Augen, alles färbte sich gelb und verschwamm, und er sah alles in einer Reihe verwackelter Bilder, an die er sich nachher nie deutlich erinnern konnte. Er wußte nie genau, was geschehen war. Aber er glaubte, wenn er jemanden getötet hätte, wüßte er es bestimmt, auch wenn es im Dunkeln war oder aus der Deckung heraus, wo er nicht sehen konnte, wenn der Gegner zu Boden ging. Er war überzeugt davon, daß er es sonst wüßte.

Nur an einmal erinnerte er sich, da hatte er wirklich jemanden im Visier gehabt. Das war im Laufe einer »Aufräumaktion« gewesen, als sie ein Gebiet vollständig evakuiert und es zur Gefechtszone erklärt hatten. Niemand durfte sich dort noch aufhalten. Den ganzen Morgen arbeiteten sie sich flußaufwärts vor, durchkämmten die leeren Weiler am Ufer. Nichts. Keine Tretminen, keine Heckenschützen, keine Minen. Null. Doch dann, während sie Mittagspause machten, sah B. D. jemanden. Er schob beim hinteren Teil der Kompanie Wache und sah, wie ein Mann aus den Bäumen in ein Gelände aus überwucherten Reisfeldern kam. Er schwang einen Stock vor sich her, während er sich mit langsamen, zögernden Schritten einen Weg zur gegenüberliegenden Baumlinie bahnte. B.D. verhielt sich still und beobachtete ihn. Er war träge und satt von dem gerade beendeten Essen. Die Sonne schien ihm warm auf den Rücken. Eine Brise wehte über die Reisfelder, bog die Gräser, kräuselte das Wasser. Schließlich hob er sein Gewehr und legte auf den Mann an. Er hatte ihn fest im Visier. Er hätte ihn umlegen können, kinderleicht, aber er beschloß, daß es ein Blinder war, und deshalb tat er es nicht. Er ließ ihn ziehen und sagte kein Wort darüber. Doch später kamen ihm Zweifel. Und wenn er nun gar nicht blind gewesen war? Wenn es bloß ein Typ mit einem Stock war, ganz seelenruhig? Egal was, er hatte dort jedenfalls nichts zu suchen. B. D. hatte ein komisches Gefühl bei der ganzen Sache. Und wenn er nun in Wirklichkeit ein Vietcong war, der nachher einen Haufen Amerikaner umbrachte? Auch ein Blinder konnte ein Vietcong sein, ein Kader, Logistik, irgendein hoher Offizier ...

Blinde konnten doch alles mögliche tun.

Sobald es dunkel war, lief B.D. quer über das Gelände zu einem der Wachbunker, klaute eine Granate aus einer offenstehenden Kiste und gab vor, einen Mann namens Walcott zu suchen.

Er wollte den Bunker gerade wieder verlassen, als der kürbisköpfige Captain Kroll keuchend in der Tür erschien. Sein Körper war ziemlich normal, vielleicht etwas plump, aber nicht absonderlich - und dann dieser unglaubliche Kopf. Sein Kopf war so groß, daß ihn alle im Lager kannten und meistens mit einer Nachsicht behandelten, in deren Genuß er mit einem etwas kleineren Kopf vielleicht nicht gekommen wäre. »Captain Kopf« nannte man ihn, oder einfach nur »Der Kopf«. Er arbeitete beim geheimen Nachrichtendienst, was immer für einen Lacher gut war, und schien nicht zu merken, wie groß sein Kopf wirklich war.

Captain Kroll kauerte sich auf die Erde und wies alle an, sich um ihn herum hinzuhocken, wie wenn sich beim Football die Mannschaft zusammendrängt. B.D. blieb nichts anderes übrig, als sich zu ihnen zu setzen. Captain Kroll sah jedem einzelnen ins Gesicht und sagte mit gedämpfter Stimme, die Kundschafterpatrouillen berichteten von massiven Truppenbewegungen überall im Tal. Es sei wichtig, sich jetzt in äußerster Alarmbereitschaft zu halten, sagte er. Mister Charles - so wurde der Vietcong genannt - bräuchte ein paar Skalps, mit denen er in Paris angeben konnte. Mister Charles hätte ein Tänzchen mit uns vor.

»Rock'n' Roll!« sagte der Kerl hinter B.D.

Das war ein absolut saublöder Spruch. Keiner sonst gab einen Mucks von sich.

»Noch Fragen?«

Keine Fragen.

Captain Kroll drehte seinen großen Kopf von einer Seite auf die andere. »Zeigt's ihnen!« sagte er.

Allgemeines Gelächter.

Captain Kroll zuckte zurück, als hätte ihn jemand geohrfeigt, dann stand er auf und verließ den Bunker. B. D. folgte ihm nach draußen und ging in die andere Richtung. Die Granate schlug gegen seine Hüfte, während er dumpf, an nichts denkend, über das Gelände schlenderte. Er wußte nicht, wohin er ging, bis er angekommen war.

Lieutenant Puchinsky trank mit ein paar anderen Offizieren ein Bier. B.D. stand in der Tür zum Zelt. Er sagte: »Hier ist Biddy, Sir. Biddy Sears.«

»Biddy?« Lieutenant Puchinsky beugte sich vor und blinzelte. »Ach je, Biddy.« Er stellte seine Büchse hin.

Sie gingen ein Stück. Lieutenant Puchinsky verströmte einen etwas strengen Geruch, deutlich, aber nicht abstoßend, den B. D. vergessen hatte. Nun erinnerte er sich wieder und atmete ihn ein, was ihn tröstete, genauso wie die Masse des Mannes, seine große, aufragende Erscheinung.

Lieutenant Puchinsky blieb neben einem Sturmzaun stehen, der eine Grube voller Kisten einfaßte. »Sie haben doch jetzt nicht mehr lange«, sagte er.

»Vierunddreißig Tage und einmal Wecken.«

»Ich bin schon auf zwanzig runter.«

»Zwanzig. Meine Güte, Sir. Das ist klasse. Zwanzig, da hätte ich auch nichts gegen.«

Eine Leuchtrakete explodierte über dem kahlen Streifen außerhalb des Maschendrahts. Beide zuckten bei der plötzlichen Helligkeit zusammen. Die Leuchtrakete sank langsam und zischend zu Boden und überzog das Lager mit einem kalten grünen Licht, in dem alles ein hilfloses, kriechendes Aussehen annahm. Sie sagten nichts, bis sie aufprallte.

»Eine von unseren«, stellte Lieutenant Puchinsky fest.

»Jawohl, Sir«, antwortete B. D., obwohl er wußte, daß das nicht stimmen mußte.

Lieutenant Puchinsky trat von einem Fuß auf den anderen.

»Es geht um Lieutenant Dixon, Sir.«

»O Gott, sagen Sie bloß nicht, Sie haben Ärger mit Lieutenant Dixon.«

»Doch, Sir.«

Als Lieutenant Puchinsky ihn fragte, ob er den Dienstweg beschritten habe, wußte B.D., daß er schon verloren hatte. Er versuchte, die Situation zu erklären, aber ihm fehlten die richtigen Worte, und Lieutenant Puchinsky unterbrach ihn andauernd, um zu wiederholen, daß er nicht mehr zuständig sei. Er wollte nicht mal gelten lassen, daß etwas Ungerechtes vorgefallen war, denn schließlich hatte sich Ryan ja freiwillig gemeldet.

»Lieutenant Dixon hat ihn dazu gebracht«, sagte B. D.

»Wie denn?«

»Ich kann das nicht erklären. Er schafft es.«

Lieutenant Puchinsky sagte nichts.

»Wir haben getan, was Sie wollten«, sagte B.D. »Wir haben unseren Teil der Abmachung eingehalten.«

»Es gab keine Abmachungen«, sagte Lieutenant Puchinsky. »Für mich hört sich das an, als hätten Sie ein persönliches Problem, Soldat. Falls Sie für Ihren Auftrag persönliche Probleme brauchen, kriegen Sie die von uns. Ist das klar?«

»Jawohl, Sir.«

»Wenn Sie sich solche Sorgen um ihn machen, warum melden Sie sich dann nicht freiwillig?«

B. D. nahm Habachtstellung ein, knallte Lieutenant Puchinsky einen wütend korrekten Gruß hin und wollte gehen.

»Hiergeblieben, Biddy.« Lieutenant Puchinsky ging zu B. D. »Was erwarten Sie denn von mir? Versetzen Sie sich in meine Lage – was soll ich tun?«

»Sie könnten mit ihm reden.«

»Das wird überhaupt nichts bringen, das garantiere ich Ihnen.« Als B. D. nicht antwortete, fügte er hinzu: »Na gut. Wenn's Ihnen dann besser geht, red ich mal mit ihm.«

B.D. fühlte sich besser, aber nicht lange.

In jener Nacht konnte er nicht einschlafen, und wie er so im Dunkeln dalag, mit offenen Augen und einem rostigen Geschmack im Mund, da wurde ihm das Ausmaß seiner Niederlage klar. B. D. wußte genau, was passieren würde: Jetzt glaubte Lieutenant Puchinsky selber noch, daß er mit Lieutenant Dixon reden würde, und er würde seiner Absicht vielleicht ein, zwei Stunden treu bleiben, vielleicht sogar bis morgen früh, aber dann würde er alles vergessen. Er war Offizier. Offiziere konnten aussehen und reden wie normale Soldaten, aber wenn man einen Strich zog, schlugen sie sich immer auf die Seite der Offiziere, denn das waren sie nun mal. Lieutenant Puchinsky hatte schon beschlossen, daß sich nichts ändern würde, wenn er mit Lieutenant Dixon redete. Und er hatte recht, B. D. wußte es. Er begriff, daß er es die ganze Zeit gewußt hatte und nur zu Lieutenant Puchinsky gegangen war, damit er hinterher nicht mehr mit Lieutenant Dixon umgehen konnte. Er hatte seine Karten aufgedeckt, weil er Angst hatte, sie auszuspielen, und jetzt war die Chance vertan. In vier, fünf Tagen, wenn das Bataillon das nächste Mal einen Trupp für eine Nachtaktion brauchte, würde Lieutenant Dixon da stehen und nach Freiwilligen fragen, und Ryan würde sein Maul wieder aufreißen.

Und Lieutenant Puchinsky fand, daß er, B. D., an seiner Stelle losziehen sollte.

B. D. lag eine Zeitlang auf dem Rücken, dann drehte er sich auf die Seite. Es war heiß. Schließlich stand er auf und ging zum Eingang des Zelts. Da saß ein Neuer in Boxershorts und rauchte Pfeife. Er nickte B. D. zu, sagte aber nichts. Kein Lüftchen regte sich. B. D. blieb einen Moment in der Tür stehen, dann ging er wieder hinein und setzte sich auf sein Feldbett.

B. D. war nicht tapfer. Das wußte er, so wie er andere Dinge über sich wußte, die er noch vor einem Jahr für unglaublich gehalten hätte. Er hätte nicht geglaubt, daß er zwischen bettelnden Kindern hindurchgehen konnte, ohne etwas zu fühlen. Er hätte nicht geglaubt, daß ein regelmäßiger Freier von Prostituierten aus ihm werden konnte. Er hätte nicht geglaubt, daß ein Jammerlappen oder Drückeberger aus ihm werden konnte. Er hatte bestimmte Selbstbilder aufgeben müssen, aus denen er früher Stolz und ein heiteres Gefühl der Daseinsberechtigung gezogen hatte, doch das eine Selbstbild, an dem er immer noch hing und das von grundlegender Bedeutung für ihn war, zeigte ihn als einen Mann, der für einen Freund alles tun würde.

Alles hieß alles. Es konnte heißen, verletzt oder sogar getötet zu werden. B. D. konnte sich in etwa vorstellen, wie so etwas ablaufen konnte, durch impulsives Handeln wie zum Beispiel, einem Verwundeten nachzusetzen, auf eine Granate zu springen und anderes, worüber er gehört und gelesen hatte und worin er die Möglichkeiten seines eigenen Wesens erkannt zu haben glaubte. Aber dieser Fall lag anders.

B. D. sah sogar einen großen Unterschied. Denn es war eine Sache, etwas im Eifer des Gefechts zu tun, und eine ganz andere, darüber nachzudenken, sie im voraus auf sich zu nehmen. Alles hieß alles, aber B. D. hatte nie gedacht, daß es auch heißen konnte, sich freiwillig zu einer Nachtaktion zu melden. Diese Pflicht hatte er getan, und er haßte sie mehr als alles andere. Die ganze Nacht mußte man da draußen liegen, ohne sich zu rühren. Wenn man glaubte, es seien einige Stunden vergangen, stellte sich heraus, daß es erst fünfzehn Minuten waren. Man konnte nichts sehen, kein bißchen. Man mußte alles durchs Hören rauskriegen und hatte bei jedem Geräusch Lust, die ganze Chose in die Luft zu jagen, aber das durfte man nicht, denn dann hätten die anderen gewußt, wo man war. Und dann hatten sie einen. Oder eine verbündete Einheit hörte das Feuer, bekam es mit der Angst und rief die Artillerie. Das passierte einmal, als B.D. draußen war; ein paar Typen flippten aus und ballerten irgendwelche Büsche zu Klump, und es dauerte keine drei Minuten, schon war die Artillerie zur Stelle. B.D. war schon mal unter Mörserbeschuß gewesen, aber noch nicht unter Artilleriefeuer. Das war vielleicht was. Artillerie, das war der Weltuntergang. Ein Wunder, daß er dabei nicht hopsgegangen war - ein wahres Wunder. Er wußte nicht, ob er das noch mal auf sich nehmen wollte. Das wußte er wirklich nicht.

B.D. durchwühlte Ryans Sachen nach einer Zigarette. Er zündete sie an und paffte sie, ohne zu inhalieren, blies den Rauch über seinen Kopf; er haßte den Geruch. Die Männer um ihn her schliefen weiter, ihre Körper lagen blaß und undeutlich unter den Moskitonetzen. B.D. drückte die Zigarette aus und legte sich wieder hin.

So gut kannte er Ryan eigentlich gar nicht, wenn er es recht bedachte. Er konnte an seinen Fingern abzählen, was er von ihm wußte. Ryan war neunzehn. Er hatte vier ältere Schwestern, keine Brüder und eine Freundin, von der er nie sprach. Worüber er allerdings gern sprach, waren seine Fahrten mit ein paar Kumpels rauf nach New Hampshire, zum Forellenangeln. Er war tolpatschig. Er redete zuviel. Er konnte alles essen, sogar Schlitzaugenfraß. Er nannte die schwarzen Typen Zulus, kam aber besser mit ihnen klar als B.D., der von sich behauptete, er wäre farbenblind. Seine Mutter war tot. Sein Vater hatte ein Eisenwarengeschäft und machte nebenbei ein paar Dollars mit nostalgischen irischen Liedern, die er auf Hochzeiten und Beerdigungen sang. Ryan konnte seinen Vater beim Singen nachmachen, daß B.D. jedesmal vor Lachen am Boden lag. Er machte irgendwas mit seinen Augenbrauen, das war es. Wenn er nur daran dachte, lachte B.D. im Dunkeln schon los.

An dem Wochenende kümmerte sich Ryan um den Nachschub, reine Routinesache. Er trug gerade Munition von einem hinten gelegenen Depot nach vorn, als von einem niedrigen Hügel aus, der angeblich sicher war, ein Maschinengewehr das Feuer eröffnete. Ryan und mehrere andere Soldaten, die die Kisten durch den Schlamm schleppten, wurden getroffen. Für das ganze Gebiet wurde Alarm gegeben. Außenwachen ballerten auf den Hügel. Offiziere rannten vorbei, jeder gab andere Befehle.

Als B. D. von Ryan hörte, verließ er seinen Posten und raste los Richtung Landezone. Zwei verletzte Männer lagen dort, außerdem Verwundete, die noch gehen konnten, und ein Leichnam in einem Leichensack, aber Ryan war weg. Ein paar Minuten zuvor war er mit den anderen, die sich in kritischem Zustand befanden, ausgeflogen worden. Der diensthabende Arzt sagte, Ryan hätte einen Schuß knapp über dem linken Auge abgekriegt, vielleicht war es auch das rechte. Er wußte nicht, wie ernst es stand, ob ihn die Kugel direkt oder von der Seite getroffen hatte.

B. D. sah zum Himmel hoch, in die dunklen, tiefhängenden Quellwolken. Er war sich der Gegenwart der anderen Männer bewußt und biß die Zähne zusammen, um zu zeigen, daß er seine Gefühle unter Kontrolle hatte, was ja auch stimmte. Jahre später erzählte er diese Geschichte der Frau, mit der er zusammenlebte und die er heiraten wollte. Er bot sie ihr dar als etwas Wichtiges, das sie von ihm wissen sollte - wie sein guter Freund Ryan getroffen worden war und wie er hingelaufen war, um bei ihm zu sein, ihn aber nicht mehr gefunden hatte. Er beschrieb die Szene auf der Lichtung, die Verwundeten, die schlammbedeckt auf den Baumstümpfen saßen, gefühllos vom Schock, und den Toten in seinem Leichensack, nicht ausgestreckt wie ein Schlafender, sondern ganz zusammengerollt. Ein großer Klumpen. Er beschrieb den aufgewühlten Erdboden, das Durcheinander von Kisten und Kanistern. Den dunklen Himmel. Und Ryan weg, einfach so. Sein bester Freund.

Diese Geschichte zu erzählen, fiel B. D. nicht leicht. Er redete fast nie vom Krieg, oder nur ganz allgemein, und auch dann grollend, gereizt. Er wollte nicht wie die anderen klingen, wenn sie auf das Thema zu sprechen kamen, ein langes Gesicht ziehen oder abwehrend darüber lachen – eine Pose einnehmen. Er wollte nicht durchblicken lassen, daß er mehr geleistet hätte, als in Wahrheit der Fall war, und ebensowenig, daß er nicht genug geleistet hätte, was er wirklich glaubte: nämlich daß er nichts weiter getan hätte, als am Leben zu bleiben. Als er an diese Zeit zurückdachte und an das Leben, das er seither geführt hatte – wie er sich durchs Studium gerackert hatte, ein Geschäft aufgemacht hatte, seinen Freunden ein guter Freund gewesen war, seine Mutter ein Vierteljahr lang gepflegt hatte, während sie an Krebs starb –, da fiel all das von ihm ab, als wäre es gar nichts, und er fühlte sich genauso wie damals, schwach, gewissenlos und furchtsam.

Also wich B. D. dem Thema aus.

Doch er wußte, daß dieses Schweigen selbst schon zu einer Pose geworden war, und deshalb erzählte er seiner Freundin von Ryan. Er wollte aufrichtig zu ihr sein. Tja, und was für eine Überraschung, als dann alles wie eine Lüge klang. Er konnte es nicht richtig sagen, konnte nicht verständlich machen, was er damals gefühlt hatte. Er fand nicht die richtigen Worte, irgendwie klangen sie falsch und bildeten sentimentale Harmonien. Die Einzelheiten klangen gekünstelt. Seine Stimme war gemessen und ernst, kalkuliert, aufgesetzt. Es war ihm peinlich, und er merkte, daß es ihr genauso peinlich war, deshalb brach er ab. B. D. zog daraus den Schluß, daß sich Trauer nicht beschreiben ließ.

Doch das war nicht der Grund für sein Scheitern. Er scheiterte, weil er die Trauer nicht an jenem Tag empfunden hatte, als Ryan einfach weg gewesen war. Er hatte Erleichterung verspürt – Freiheit. Das konnte er nicht erkennen, geschweige denn zugeben, aber so war es, ein starkes, beinahe lähmendes Gefühl der Erlösung. Es erwischte ihn unvorbereitet, aber er kämpfte es nieder, beherrschte es, bevor ihm zu Bewußtsein kam, was es war, und er es für etwas anderes hielt. Er nahm sich zusammen, wie es die Umstände erforderten. Als der nächste Helikopter einflog, half B. D. dem Arzt, die Leiche und die Verwundeten an Bord zu bringen, und ging auf seinen Posten zurück. Es fing gerade an zu regnen.

Ein Arzt in Qui Nhon tat für Ryan, was er konnte, und setzte ihn auf die Liste derer, die per Schiff nach Japan gebracht werden sollten. In der gleichen Nacht schafften sie ihn auf eine C-141, die Verletzte nach Yokota ausflog, um von dort ins Krankenhaus nach Zama transportiert zu werden. Zu Anfang war der Flug unruhig wegen der Windböen und der steilen, fast korkenzieherartigen Drehungen, die der Pilot fliegen mußte, um dem Bodenfeuer aus der Gegend um den Flugplatz auszuweichen. Die Krankenschwestern kauerten im Gang und hielten die Tragen am Rahmen fest, während das Flugzeug schaukelte und trudelte. Die Lampen flackerten. IV-Beutel schwangen an ihren Haken hin und her. Männer schrien auf. So schraubten sie sich empor, bis sie die dünnen, kalten, ungestörten Höhen erreichten und der Pilot auf Kurs gehen konnte. Die meisten Verwundeten beruhigten sich, und die Krankenschwestern gingen ihrer Arbeit nach.

Eine Schwester hörte, wie Ryan etwas sagte, als sie an seinem Lager vorbeikam. Sie kniete sich neben ihn, und er sagte es noch einmal, ein Wort, das sie nicht verstehen konnte. Sie nahm seinen Puls, überprüfte seine Atmung: flach, aber regelmäßig. Der Verband um Stirn und Gesicht war durchgeweicht. Sie wechselte ihn, mußte aber die sickernde Kompresse auf der Wunde lassen, denn die Order auf der

Akte besagte ausdrücklich, sie dürfe nicht berührt werden, bevor er bei einem ganz bestimmten Ärzteteam in Zama eintraf. Als sie mit dem Verband fertig war, wischte die Schwester ihm das Gesicht ab. »Kommen Sie doch herein«, sagte Ryan und griff nach ihrer Hand.

Sie erschrak. »Was?«

Er sprach nicht mehr. Sie ließ ihn ihre Hand halten, bis sein Griff nachließ, doch als sie versuchte, sich ihm zu entziehen, krallte er sich wieder fest. Seine Lippen bewegten sich lautlos.

Auf der Trage neben Ryan lag ein Junge, dem beide Füße abgerissen worden waren. Er schlief oder war bewußtlos; sie konnte sehen, wie sich seine Brust hob und senkte. Seine Hand an ihrer Seite ruhte auf der Ablage. Sie nahm sie beim Handgelenk, und als Ryans Griff wieder lockerer wurde, gab sie ihm die Hand seines Nachbarn und zog die eigene zurück. Er schien den Unterschied nicht zu bemerken. Sie wischte sein Gesicht noch einmal ab und ging dann, um einer anderen Schwester mit einem Patienten zu helfen, der ständig aufstehen wollte.

Sie wußte nicht genau, wann Ryan starb. Einen Moment lebte er noch, und als sie kurz darauf wieder vorbeikam, war er schon weg. Er hielt immer noch die Hand des anderen Jungen.

Sie stand da und schaute die beiden an. Sie wußte nicht, was sie tun sollte. Schließlich ging sie zu einer anderen Schwester und nahm sie beiseite. »Ich brauche wohl doch ein bißchen was«, sagte sie.

Die andere schaute sich um und sagte: »Ich habe keins.«

»Beth«, sagte sie. »Bitte.«

»Bitte mich nicht darum, ja? Du hast es versprochen.«

»Schau ...« sagte sie. »Nur dieses eine Mal. Für diesen Flug. Es ist alles in Ordnung ... wirklich, Beth, ich mein's ernst. Alles in Ordnung.«

Später, in einer Ruhepause, hielt sie inne und lehnte ihre Stirn an eines der kleinen Fenster. Die Sonne war gerade über den Horizont geklettert. Der Himmel war klar, keine Wolke zwischen ihr und dem Meer dort unten, dessen Namen sie so gern hörte, wenn die Piloten ihn aussprachen – das Ostchinesische Meer. Durch das verzerrende Plexiglas konnte sie ein paar kleine Inseln erkennen und das weiße Schimmern im Wirbel des Kielwassers hinter einem Schiff. Eines Tages würde sie eine Passage auf einem dieser Schiffe buchen, allein oder vielleicht mit ein paar Freunden. In der Sonne liegen. Die gute Seeluft atmen. Den ganzen Tag nichts tun außer essen und schlafen und clean sein, den Möwen Krümel hinwerfen und die Delphine beobachten, wie sie spielerisch neben ihnen herschwammen, abtauchten und dann ganz hoch aus dem Wasser sprangen, um den Menschen an der Reling eine Vorführung zu geben, ihr und ihren Freunden. Sie konnte das Ganze vor sich sehen. Wenn sie die Augen schloß, konnte sie alles genau vor sich sehen.

Pulver

Kurz vor Weihnachten nahm mich mein Vater mit zum Skifahren am Mount Baker. Er hatte sich dieses Privileg erkämpfen müssen, denn meine Mutter war ihm immer noch böse, weil er mich bei seinem letzten Besuch in einen Nachtclub geschleust hatte, wo Thelonious Monk spielte.

Er ließ nicht locker. Er versprach, Hand aufs Herz, gut auf mich aufzupassen und mich Heiligabend pünktlich zum Essen zu Hause abzuliefern, da gab sie nach. Doch an jenem Morgen, als wir die Hütte verließen, um uns auf den Rückweg zu machen, fing es an zu schneien, und dieser Schnee hatte für ihn etwas ganz Besonderes, so daß wir unbedingt noch eine letzte Abfahrt machen mußten. Es wurden mehrere letzte Abfahrten daraus. Er gab nichts auf mein Murren. Schnee umwirbelte uns in beißenden, blendenden Schüben, zischte wie Sand, und immer noch waren wir auf Skiern. Als uns der Lift ein weiteres Mal zum Gipfel trug, schaute mein Vater auf seine Armbanduhr und meinte: »Jemine. Jetzt aber schnell.«

Inzwischen konnte ich schon die Bahn nicht mehr erkennen. Es hatte auch gar keinen Zweck. Ich hängte mich an ihn dran wie eine Klette, machte genau das, was er machte, und irgendwie schafften wir es bis unten, ohne von einer Felskante zu segeln. Wir gaben die Skier ab, und mein Vater legte dem Austin Healy Schneeketten an, während ich von einem Bein aufs andere trat, meine Handschuhe aneinanderschlug und wünschte, ich wäre zu Hause. Ich sah alles genau vor mir. Die grüne Tischdecke, die Teller mit dem Palmenmuster, die roten Kerzen, die darauf warteten, angezündet zu werden.

Auf der Ausfallstraße kamen wir an einem Diner vorbei. »Willst du 'ne Suppe essen?« fragte mein Vater. Ich schüttelte den Kopf. »Kopf hoch«, sagte er. »Ich krieg dich schon da hin. Stimmt's, Professor?«

Ich hätte jetzt sagen müssen: »Stimmt, Professor«, aber ich sagte gar nichts.

Ein Polizist winkte uns vor dem Skiort an den Straßenrand. Ein paar Holzböcke blockierten die Fahrbahn. Der Polizist kam an unser Auto und beugte sich zum Fenster meines Vaters herab. Sein Gesicht war von der Kälte gebleicht. Schneeflocken hingen an seinen Augenbrauen und am Fellbesatz von Jacke und Mütze.

»Sagen Sie bloß nicht«, meinte mein Vater.

Der Polizist sagte aber doch. Die Straße war gesperrt. Es konnte aufklaren, vielleicht auch nicht. Ein Sturm kam für jeden überraschend. Zu stark, zu schnell. Schwer, die Leute auf Trab zu bringen. Heiligabend. Was wollen Sie machen.

Mein Vater sagte: »Schauen Sie mal. Das sind doch bloß zehn, zwölf Zentimeter. Mit dem Wagen hab ich schon ganz andere Sachen geschafft.«

Der Polizist richtete sich mit knirschenden Stiefeln auf. Sein Gesicht war nicht mehr zu sehen, aber zu hören war er. »Die Straße ist gesperrt.«

Mein Vater saß da, beide Hände auf dem Steuerrad, und rieb mit den Daumen über das Holz. Er starrte die Sperre an. Es sah so aus, als versuchte er, sich klarzumachen, was das bedeutete. Dann dankte er dem Polizisten und wendete den Wagen mit einer merkwürdigen, demonstrativ altjüngferlichen Vorsicht. »Das verzeiht mir deine Mutter nie«, murmelte er.

»Wir hätten früher losfahren sollen«, sagte ich. »Professor.«

Er redete erst wieder mit mir, als wir im Diner in einer Nische saßen und auf unsere Hamburger warteten. »Das verzeiht sie mir nicht«, wiederholte er. »Begreifst du? Niemals.«

»Ich nehm's an«, sagte ich, aber keiner fragte danach, was ich annahm; sie würde ihm nicht verzeihen.

»Das darf ich nicht zulassen.« Er beugte sich zu mir. »Ich sag dir mal, was ich möchte. Ich möchte, daß wir alle wieder zusammen sind. Möchtest du das auch?«

»Jawohl, Sir.«

Er knuffte mein Kinn mit den Fingerknöcheln. »Mehr wollte ich nicht hören.«

Als wir aufgegessen hatten, ging er zum Münztelefon im hinteren Teil des Diners, dann kam er zurück an den Tisch. Ich ging davon aus, daß er meine Mutter angerufen hatte, aber er ließ nichts verlauten. Er trank seinen Kaffee Schluck für Schluck und starrte durchs Fenster auf die leere Straße. »Na los, los«, sagte er. Und etwas später: »Los, mach schon!« Als der Wagen des Polizisten vorbeifuhr, stand er auf und legte ein paar Münzen auf die Rechnung. »Okay. Vámonos.«

Der Wind hatte sich gelegt. Der Schnee fiel schnurgerade herab, jetzt allerdings weniger, leichter. Wir fuhren wieder aus dem Ort, Richtung Sperre. »Räum sie zur Seite«, befahl mein Vater. Als ich ihn ansah, fragte er: »Worauf wartest du?« Ich stieg aus und zerrte einen der Böcke beiseite; nachdem er durchgefahren war, schob ich ihn wieder zurück. Er stieß die Beifahrertür auf. »Jetzt bist du ein Komplize«, stellte er fest. »Wir gehen gemeinsam unter.« Er legte den Gang ein und warf mir einen Blick zu. »Kleiner Scherz, Junge.«

Das erste lange Stück bergab behielt ich die Straße hinter uns im Auge, um zu sehen, ob der Polizist uns auf den Fersen war. Die Sperre verschwand. Dann nichts als Schnee:

Schnee auf der Straße, Schnee, der von den Ketten hochspritzte, Schnee auf den Bäumen, Schnee am Himmel; und unsere Fahrspur im Schnee. Ich schaute mich um und erschrak. Der Straßenverlauf hinter uns war von unseren Reifenspuren gezeichnet, aber vor uns gab es keine. Mein Vater durchpflügte unberührten Schnee zwischen Reihen hoher Bäume. Er summte »Stars Fell on Alabama«. Ich spürte, wie der Schnee an der Unterseite des Wagens, unter meinen Füßen entlangschurrte. Ich klemmte meine Hände zwischen die Knie, damit sie nicht mehr zitterten.

Mein Vater grunzte nachdenklich und sagte: »Versuch du so was bloß nicht.«

»Mach ich nicht.«

»Das sagst du jetzt, aber eines Tages hast du deinen Führerschein, und dann glaubst du, du kannst alles machen. Aber das hier, das kannst du nicht. Dazu braucht man, was weiß ich ... einen gewissen Instinkt.«

»Vielleicht hab ich den ja.«

»Nein. Du hast deine Stärken, aber das ... nicht. Ich erwähne das nur, damit du dir nicht einbildest, so was könnte jeder einfach so. Ich bin ein erstklassiger Autofahrer. Das ist keine besondere Tugend, verstanden? Es ist einfach eine Tatsache, und das solltest du dir klarmachen. Natürlich geht davon auch einiges aufs Konto der alten Kiste hier - es gibt nicht viele Autos, mit denen ich das versuchen würde. Hör mal hin!«

Ich hörte hin. Ich hörte das Schlagen der Schneeketten, das steife, ruckartige Kratzen der Scheibenwischer, das Schnurren des Motors. Er schnurrte tatsächlich. Der Wagen war fast neu. Mein Vater konnte ihn sich eigentlich nicht leisten und gelobte ständig, ihn zu verkaufen, aber passiert war nichts.

»Was glaubst du, wo der Polizist hingefahren ist?« fragte ich.

»Ist dir warm genug?« Er langte herüber und drehte das Gebläse hoch. Dann stellte er die Scheibenwischer ab. Wir brauchten sie nicht mehr. Die Wolkendecke war aufgerissen. Ein paar vereinzelte fedrige Flocken trieben in unseren Sog und wurden davongefegt. Wir verließen den Wald und kamen auf ein weites Feld aus Schnee, das eine Zeitlang eben verlief und dann steil nach unten sackte. Zwei Reihen orangefarbener Pfosten waren in regelmäßigen Abständen aufgestellt worden, und mein Vater steuerte zwischen ihnen hindurch. Allerdings standen sie weit genug auseinander, daß ich mich ernsthaft fragte, wo die Straße genau verlief. Er summte wieder und machte kleine Improvisationen um die Melodie.

»Na schön. Wo liegen denn meine Stärken?«

»Ich fang besser gar nicht erst an«, antwortete er. »Ich würde den ganzen Tag brauchen.«

»Aha. Dann sag doch eine.«

»Kinderleicht. Du denkst immer voraus.«

Richtig. Ich dachte immer voraus. Ich war ein Junge, der seine Kleidung auf numerierte Bügel hängte, was für eine vernünftige Rotation sorgte. Ich nervte meine Lehrer, sie sollten mir lange im voraus Hausarbeiten aufgeben, damit ich Arbeitspläne machen konnte. Ich dachte voraus, und deshalb wußte ich auch, daß andere Polizisten am Ende unserer Fahrt auf uns warten würden, falls wir es bis dahin schafften. Was ich noch nicht wußte, war, daß mein Vater sich an ihnen vorbeiwinden und -winseln würde. Er sang zwar nicht »O Tannenbaum«, aber es fehlte nicht viel. Er lieferte mich pünktlich zum Weihnachtsessen zu Hause ab. Damit erkaufte er sich eine letzte Frist, bis meine Mutter beschloß, daß die Trennung endgültig war. Ich hatte von Anfang an gewußt, wir würden erwischt werden; ich hatte mich damit abgefunden. Und vielleicht hörte ich deshalb auf zu schmollen und hatte plötzlich einen Riesenspaß.

Warum auch nicht? Diese Fahrt schoß den Vogel ab. Es war wie in einem Motorboot, nur besser. Mit einem Boot kann man nicht bergab fahren. Die Welt gehörte uns. Und es riß nicht ab, die schneebeladenen Bäume, die makellose Schneefläche, die plötzlichen weißen Ausblicke. Hie und da sah ich kleine Anzeichen der Straße, Gräben, Zäune, Pfosten, aber nicht genug, um den Weg zu finden. Mußte ich ja auch nicht. Mein Vater saß am Steuer. Mein Vater in seinem achtundvierzigsten Jahr, zerknittert, freundlich, ohne jedes Ehrgefühl, durch und durch selbstgewiß. Er war ein erstklassiger Fahrer. Schiere Überredung, kein Zwang. So feinfühlig am Steuer, so taktvoll an den Pedalen. Ich vertraute ihm tatsächlich. Und das Beste sollte erst noch kommen – Achterbahn und Haarnadelkurven. Unbeschreiblich. Es sei denn, so: Wer noch nicht über frischen Pulverschnee gefahren ist, der ist noch nie gefahren.

Das Leben des Körpers

Eines Abends fühlte sich Wiley einsam und fuhr nach North Beach in eine Bar, mit deren Inhaber er früher zusammen unterrichtet hatte. Er sah sich ein Basketballspiel an und plauderte mit der Frau, die neben ihm an der Bar saß. Sie war Tierärztin und hieß Kathleen. Wiley sprach ihren Namen übertrieben irisch aus, und sie lächelte ihn an. Sie hatte Sommersprossen und smaragdgrüne Augen, »grün wie Irlands Wiesen«, sagte er, worauf sie den Kopf in den Nacken warf und lachend entschied, den Dingen ihren Lauf zu lassen - das spürte er, das sah er förmlich. Sie war beschwipst und berührte beim Gespräch sein Handgelenk, seine Finger und einmal, als sie etwas betonen wollte, sogar seinen Schenkel. Wiley stimmte ihr zu, obwohl er gar nicht hörte, was sie sagte. Das Blut rauschte in seinen Ohren.

Kathleens Begleiter, ein kleiner, rotgesichtiger, bärtiger Mann in einer Safarijacke, hielt sein Glas mit beiden Händen fest und brütete vor sich hin. Manchmal sah er hoch und blickte Kathleens Rücken an. Dann widmete er sich wieder seinem Glas. Wiley wollte ihn ins Gespräch einbeziehen, beugte sich vor und starrte ihn an, bis sich ihre Augen trafen, dann prostete er ihm zu. Der Mann glotzte ihn an wie ein Fisch, stach mit dem Finger in seine Richtung und schrie etwas Unverständliches. Kathleen drehte sich zu ihm und legte ihm begütigend die Hand auf den Arm. Dann kam der Barkeeper dazu. Er wischte sich die Hände an einem Handtuch ab, beugte sich über die Bar und unterhielt sich leise mit Kathleen und dem kleinen Mann, wobei Wiley ihnen aufmunternd zusah.

»So ist's recht«, sagte Wiley. »Beruhigen Sie ihn.«

Der Kleine riß sich von Kathleen los. Diese sah sich zu Wiley um und sagte: »Sie halten gefälligst die Klappe.«

Der Barkeeper nickte. »Seien Sie bitte ruhig«, sagte er.

»Moment mal«, sagte Wiley.

Der Barkeeper ignorierte ihn und sprach leise weiter. Wiley bekam nicht alles mit, aber es lief darauf hinaus, daß er, Wiley, sich im Lauf des Abends systematisch betrunken hätte, und sie sollten ihn nicht weiter ernst nehmen.

»Hey, hey, hey!« sagte Wiley. »Jetzt halt mal die Luft an. Ich unterhalt mich ruhig und friedlich mit meiner Nachbarin, da erklärt mir dieser Napoleon aus heiterem Himmel den Krieg. Und jetzt soll ich der Buhmann sein?«

»Sir, ich hatte Sie gebeten, ruhig zu sein.«

»Den sollten Sie langsam trockenlegen«, sagte der kleine Mann.

»Hatte ich gerade vor.«

»Ich faß es nicht«, sagte Wiley. »Nur zu Ihrer Information, ich bin zufällig ein alter Freund von Bob.«

»Mr. Lundgren ist heute abend nicht da.«

»Das seh ich. Hab schließlich Augen im Kopf. Aber wenn Bob hier wäre ...« Wiley stockte. Die drei sahen ihn an, als hätte er sich bis auf die Knochen blamiert. Der Winzling war plötzlich so überheblich, daß sein Zorn verraucht war. Wiley mußte zugeben, daß es peinlich klang – sich auf den Wirt berufen, also wirklich. Einen ehemaligen Mathelehrer. »Ich habe eine Menge einflußreiche Freunde«, sagte er, um es selbst ins Lächerliche zu ziehen, aber sie sahen ihn bloß unverwandt an. Die dachten wirklich und wahrhaftig, er meinte das ernst. »Bleibt mal auf dem Teppich«, sagte er.

»Ich bin sicher, Mr. Lundgren wird mit Vergnügen Ihre Rechnung übernehmen«, sagte der Barkeeper. »Wenn Sie sich beschweren möchten, steht er Ihnen morgen nachmittag zur Verfügung.«

»Das meinen Sie doch nicht im Ernst. Sie wollen mich an die Luft setzen?«

Der Barkeeper überlegte. Dann sagte er: »Im Moment bitten wir Sie noch.«

»Aber das ist doch kindisch.«

»Sie können aus eigenem Antrieb gehen, Sir, und ich wäre Ihnen sehr verbunden, wenn Sie das täten.«

»Es ist doch einfach unglaublich«, sagte Wiley mehr zu sich als zum Barkeeper, in dessen ausgesuchter Höflichkeit ihm keineswegs der drohende Unterton entging, notfalls auch wirkungsvoll Gewalt anzuwenden. Aber er dachte nicht im Traum daran, sich hetzen zu lassen. Er trank in aller Ruhe aus und stellte das Glas auf die Bar. Dann glitt er vom Hocker, deutete eine Verbeugung vor Kathleen an und dankte ihr formvollendet für den schönen Abend. Würdevoll durchquerte er die Bar, trat ins Freie und achtete darauf, daß die Tür nicht knallte.

Es war kalt und nieselte. Wiley blieb unter der Markise stehen und wartete vergeblich darauf, daß es aufhörte. Aus der Bar gegenüber hörte er lautes Frauenlachen; Bilder lippenstiftbeschmierter Zähne und einer rosa Zunge, die sich den Sahneschnurrbart eines White Russian ableckte, fielen ihm ein. Er drehte sich in Richtung der Kneipe und schob den Kopf vor, als schnupperte er Gerüche – Curry, gerösteter Kaffee, frischgebackenes Brot. Er schlug den Mantelkragen hoch und lief den Hügel empor zu der Tankstelle, wo er seinen Wagen abgestellt hatte. An der Ecke blieb er stehen.

Er konnte jetzt nicht einfach nach Hause gehen. Er durfte nicht zulassen, daß er Kathleen als Witzfigur im Gedächtnis blieb. Sie mußte unbedingt die Wahrheit erfahren und durfte nicht in dem Irrglauben durchs Leben gehen, er wäre ein brabbelnder Pichelbruder, der aus Bars rausgeschmissen wurde. Das war er nämlich nicht. So etwas war ihm noch nie passiert.

Er überquerte die Straße und lief wieder bergab, auf die andere Bar zu. In einer Ecke saßen zwei Frauen und drei Männer. Die Frau, deren Lachen Wiley gehört hatte, konnte noch immer nicht aufhören und quittierte jede Bemerkung der anderen mit einer Lachsalve. Alle waren in den Fünfzigern, dem Anschein nach Touristen, und sie waren die einzigen Gäste. Wiley bestellte einen Whiskey und setzte sich damit ans Fenster, wo er die Bar, die er eben hatte verlassen müssen, im Auge behalten konnte.

So etwas war ihm noch nie passiert. Er war Englischlehrer an einer privaten High School. Er lebte allein und ging selten aus, und Whiskey trank er so gut wie nie. Er mochte guten Wein, damit kannte er sich aus, hütete sich jedoch, es mit der Kennerschaft zu übertreiben. Wenn er seinen Unterricht vorbereitet hatte, gönnte er sich abends ein Glas Wein und las Romane aus dem 19. Jahrhundert. Zeitgenössische Literatur mochte er nicht, ihr Narzißmus, ihre moralische Zurückhaltung und ihr Schweigen angesichts all der Ungerechtigkeit auf der Welt stießen ihn ab. Wiley hatte mit dem Unterrichten angefangen, um sich während der Arbeit an seiner Dissertation etwas dazuzuverdienen, aber dann hatte er das Interesse am Wissenschaftsbetrieb verloren, je mehr er die Macht seiner neuen Position spürte. Seine Schüler waren jung genug, um noch nicht den Lügen ins Netz gegangen zu sein, die die Welt über sich verbreitete; ihnen konnte er noch eine andere Sicht auf die Dinge beibringen.

Wiley las seine Wälzer bis weit in die Nacht hinein und bekam oft nur wenige Stunden Schlaf, aber in neun Jahren hatte er noch keinen einzigen Arbeitstag versäumt; jeden Morgen wälzte er sich auf den letzten Drücker aus dem Bett, fuhr mit leerem Magen in die Schule, fummelte an den letzten Knöpfen herum und hielt mit den Knien einen überschwappenden Kaffeebecher fest.

Er lebte nicht gern allein. Er wollte eine Familie gründen und hatte zeitlebens gedacht, in seinem jetzigen Alter würde er längst verheiratet sein, aber in bezug auf Frauen war er ein Pechvogel. Die letzte hatte ihn nach vier Monaten abserviert. Sie hieß Monique und war französische Austauschlehrerin, eine hochgewachsene, sorglose Pariserin, die die Jungen in ihren Klassen lächerlich machte, indem sie ihre unbeholfene Aussprache nachäffte, und die Mädchen, indem sie sie vor den Jungen in den Schatten stellte. Ihre Sonnenbrille trug sie sogar im Kino. Ihre vollen roten Lippen zogen ständig einen Schmollmund, und mit der Zeit hatte Wiley gelernt, daß sie das nicht aus Leidenschaft, sondern aus Verachtung tat, zumindest was ihn anging. Nachdem sie den *Fänger im Roggen* gelesen hatte, äußerte sich ihre Unzufriedenheit nur noch in dem Wort Möchtegern. Er begriff nie, warum sie sich überhaupt mit ihm eingelassen hatte. Manchmal dachte er, wegen seiner Sprache; er hörte sich gern reden und konnte elegant formulieren, und Monique war in die Staaten gekommen, um ihr Englisch aufzupolieren. Letztlich wurde er jedoch nicht schlau aus ihr, und sie schickte ihn ohne jede Begründung in die Wüste.

Wiley hatte zwei Whiskeys getrunken und sich gerade den dritten geholt, als Kathleen mit dem kleinen Mann aus der Bar trat. Sie blieben im Eingang stehen und sahen in den inzwischen strömenden Regen hinaus. Sie standen jeder für sich, schwiegen und sahen dem Regen zu, der von der Markise tropfte. Kathleen schaute in ihre Handtasche und sagte etwas zu ihrem Begleiter. Er tastete seine Jackentaschen ab. Sie wühlte erneut in ihrer Handtasche, dann zogen beide die Köpfe ein und gingen den Hügel hoch. Wiley stand abrupt auf und warf seinen Stuhl um. Er stellte ihn wieder hin und verließ die Bar.

Er mußte laufen, was ihn Mühe kostete. Seine Füße wollten nicht, wie er wollte. Er beugte sich vor und zwang sie geradeaus. Als er an die Ecke kam, rief er: »Kathleen!«

Sie hatte die gegenüberliegende Ecke erreicht. Der Mann war ihr einige Schritte voraus und stemmte sich gegen den Regen. Beide blieben stehen und sahen zu Wiley herüber. Er überquerte die Straße und sagte: »Ich liebe dich, Kathleen.« Er war überrascht, als er sich hörte, um so mehr, als er bei Erreichen des Bordsteins hinzufügte: »Komm mit zu mir.« Sie sah anders aus als in seiner Erinnerung. Er hätte sie kaum wiedererkannt. Sie schlug die Hand vor den Mund. Wiley konnte nicht einschätzen, ob sie schockiert oder verschreckt war. Vielleicht lachte sie ihn auch aus. Er grinste sie unbeholfen an, verwirrt von seiner Anwesenheit und seiner Bemerkung, und wußte nicht, was er jetzt sagen sollte. Dann trat der kleine Mann zwischen sie, Wiley spürte eine Ohrfeige, und sein Kopf prallte zurück. Unmittelbar darauf stöhnte er gepreßt auf, klappte zusammen, hielt sich den Bauch und konnte weder atmen noch sprechen. Er spürte einen Tritt in die Kniekehlen und stürzte auf den Bürgersteig. Er sah, wie ein Schuh auf sein Gesicht zukam und wollte ausweichen, wurde aber knapp über dem Auge getroffen. Er hörte Kathleen schreien, und der Schuh traf ihn am Mund. Er wälzte sich zur Seite und hielt schützend die Hände vors Gesicht. Kathleen schrie unaufhörlich *Hör auf, Mike, hör auf, Mike, hör auf, Mike, hör auf!* Wiley spürte Tritte an Schultern und Rücken. Ein dumpfer, weit entfernter Schmerz, der eine Weile anhielt und dann verebbte.

Er blieb liegen, wo er war, traute dem Frieden nicht und hatte Angst, bei der geringsten Bewegung würde es wieder losgehen.

Schließlich stützte er sich auf Hände und Knie hoch. Auf der Straße lagen Glassplitter, die auf dem nassen Asphalt glänzten, und als er sie in diesem Winkel vor sich sah, so nah, so vertraut, so im Einklang mit allem, was er gerade erlitten hatte, fühlte er sich wie ein Häufchen Elend. Er wußte, daß er niemals vergessen würde, wie er auf den Knien durch Glassplitter gekrochen war. Der Regen rauschte leise. Er hörte sich weinen und hielt inne; es kam ihm verlogen und theatralisch vor. Seine Unterlippe pochte. Er tastete sie mit der Zunge ab. Sie war geschwollen und schmeckte nach Salz und Leder.

Wiley stand auf und suchte Halt an einer Mauer. Zwei Männer kamen in angeregter Unterhaltung auf ihn zu. Er hatte Angst, sie könnten stehenbleiben, ihm Hilfe anbieten und Fragen stellen. Was war, wenn sie die Polizei riefen? Er hatte keine Ausrede für seine Verfassung, keine Erklärung. Er wandte das Gesicht ab. Die Männer gingen vorbei, als wäre er Luft für sie, oder als gehörte er genau in dieser Pose zum Straßenbild.

Nach Hause. Er mußte nach Hause. Wiley stieß sich von der Mauer ab und machte ein paar Schritte. Merkwürdigerweise machte ihm das Gehen keinerlei Schwierigkeiten. Sein Kopf war klar, und seine Füße gehorchten ihm wieder. Er war fröhlich, fast in Jubelstimmung, als wäre er von etwas verschont geblieben. Ihm war, als schwebte er. Die Leichtigkeit hielt bis kurz vor seiner Wohnung an und verschwand dann; als er aufschloß, fühlte er sich schwach und kalt und zitterte wie im Fieber.

Er ging direkt ins Badezimmer und schaltete das Licht an. Seine Unterlippe war aufgeplatzt, blutete dunkelrot und war angeschwollen wie ein Würstchen. Auch über der linken

Braue hatte er eine kleine Platzwunde, und die Stirn war bis zum Haaransatz aufgeschürft. Sein Kinn war schmutzig und blutverkrustet. Über dem Wangenknochen bildete sich ein blauer Fleck. Meine Güte, dachte er, als er sich ansah. Voller Zärtlichkeit dachte er an den Menschen hinter dieser grausigen Maske, als wäre es nicht sein eigenes Gesicht, sondern das eines mißhandelten Kindes. Er betastete die wunden Stellen, und die abgeschürfte Haut blieb an seinen Fingerspitzen hängen.

Er badete ausgiebig und ging ins Bett, aber kaum schloß er die Augen, kam ihm das Zimmer bedrohlich vor. Trotz des langen Bades war ihm kalt. Er stand auf und starrte wieder in den Spiegel, als hoffte er, erste Verheilungen zu entdekken. Er untersuchte sein Gesicht, kochte sich eine Kanne Kaffee und verbrachte die restliche Nacht am Küchentisch, wo er verständnislos in ein Buch starrte und schließlich schief im Stuhl hängend und mit auf die Brust gesunkenem Kinn einschlief.

Als der Wecker klingelte, stand er auf und bereitete sich auf die Schule vor. Er genierte sich zwar, aber sonst fiel ihm kein Grund ein, zu Hause zu bleiben; und da seine Kollegen ihn in ihren Freistunden hätten vertreten müssen, hielt er das für einen schlechten Grund. Er hatte freilich nicht an sein äußeres Erscheinungsbild gedacht, und als ihn die ersten Schüler im Foyer erblickten und ausfragten, hatte er keine Antworten parat. Ein Junge wollte wissen, ob er überfallen worden wäre.

Wiley nickte und fand, im Grunde lief es ja darauf hinaus.

»Muß ja ein ganzer Rattenschwanz gewesen sein.«

»So viele auch wieder nicht«, sagte Wiley und ließ ihn stehen. Er ging direkt in seine Klasse und nicht erst ins Lehrerzimmer, aber er saß noch keine fünf Minuten am Pult, da kam der Direktor herein.

»Mr. Wiley«, sagte er, »lassen Sie sich mal ansehen.« Er stellte sich vor ihn und musterte Wileys Gesicht. Hinter ihm kamen die ersten Schüler hereinmarschiert und starrten Wiley verstohlen an, während sie sich auf ihre Plätze setzten. »Was ist denn eigentlich passiert?« fragte der Direktor.

»Ich bin überfallen worden.«

»Waren Sie beim Arzt?«

»Nein.«

»Sollten Sie aber. Sie haben ein paar böse Prellungen abbekommen. Sieht schlimm aus. Haben Sie Anzeige erstattet?«

»Nein. Ich bin noch irgendwie benommen«, sagte Wiley leise, damit ihn die Schüler nicht hörten.

Wileys Freund Mac sah zur Tür herein und nickte dem Direktor kurz und kühl zu. »Alles klar?« fragte er Wiley.

»Glaub schon.«

»Ich hab gehört, die wären zu acht gewesen. Stimmt das?«

»Nein.« Wiley wollte lächeln, aber es tat zu weh. »Nur zwei«, sagte er. Daß es nur einer gewesen war, konnte er angesichts seiner Verletzungen schlecht zugeben.

»Reicht ja auch«, sagte Mac.

Der Direktor sagte: »Sagen Sie einfach, wenn Sie nach Hause möchten. Das meine ich ernst, Mr. Wiley - bitte kein Heldentum. Ich bin beeindruckt, daß Sie überhaupt gekommen sind.« Er wollte gehen, drehte sich aber an der Tür noch einmal zur Klasse um. »Laßt euch das eine Lehre sein, meine Damen und Herren. Was Mr. Wiley zugestoßen ist, kann auch euch oder später euren Kindern zustoßen. So etwas wird bald an der Tagesordnung sein. In einer solchen Welt werdet ihr leben müssen, wenn ihr nichts dagegen unternehmt.« Wie bei einer Schulversammlung ließ er den Blick langsam durch den Raum schweifen. »Es liegt an euch«, sagte er.

Mac applaudierte lautlos hinter ihm.

Nachdem Mac und der Direktor gegangen waren, standen zwei Jungen auf und simulierten eine Prügelei mit Schlägen und Tritten, wobei sie *Kiai! Kiai! Kiai!* schrien. Der eine trieb den anderen bis ans Ende des Klassenraums, wo er zu Boden ging und zuckend alle viere von sich streckte. Dann klingelte es, und beide gingen auf ihre Plätze zurück.

Dies war sein Leistungskurs. Wiley hatte für heute »Benito Cereni« aufgegeben, eine seiner Lieblingserzählungen, aber die Diskussion kam nicht recht in Gang, weil ihn alle so merkwürdig ansahen. Schließlich beschloß er, ihnen einfach einen Vortrag zu halten. Er sprach von Melvilles Aufdekkung der Widersprüche im menschlichen Recht, das angeblich Gerechtigkeit verwirklichen wollte, in Wahrheit jedoch nur den Besitzenden Recht gab, selbst wenn deren Besitz aus Menschen bestand. Diese These, daß der Mensch zunehmend der Warenform unterworfen wurde, gehörte zu Wileys Steckenpferden. Je mehr er in Fahrt kam, desto mehr vergaß er sein Äußeres, lief wie an jedem anderen Tag mit gesenktem Kopf und Händen in den Hosentaschen vor der Klasse auf und ab und sah sie aus dem Augenwinkel an. Er verglich die Erzählung mit ihrer vorigen Lektüre »Bartleby der Schreiber« und zitierte mit verächtlicher, pathetischer Übertreibung den wohlmeinenden Erzähler, der kein Verständnis für die Sturheit eines Menschen hatte, den er in ein Kopiergerät verwandeln wollte. Und das war keineswegs die Stimme eines reaktionären, faschistischen Scheusals, sagte Wiley und klimperte beim Hin- und Herlaufen mit Schlüsselbund und Kleingeld. Das war die Stimme des modernen Menschen – des modernen, aufgeklärten und liberalen Individuums.

Er hatte sich in einem Ausmaß in Rage geredet, daß ihm alles sonnenklar war, Gut und Böse und all die gerissenen

Nachahmungen des Guten, die den gutgläubigen Pilger in die Falle lockten. In solchen Augenblicken geriet er ganz außer sich. Er wurde zu Scott Fitzgerald, der die Schmarotzer in Gatsbys Kielwasser an den Pranger stellte, zu Jonathan Swift, der die bürgerliche Selbstgefälligkeit karikierte, indem er ein unvorstellbar herzloses Verbrechen ersann, das doch weit barmherziger war als all die Verbrechen, über die die meisten Menschen gedankenlos hinwegsahen.

Und Bartlebys Erfahrungen waren nur ein erster Vorgeschmack, sagte Wiley. »Seht euch die multinationalen Konzerne an!« sagte er und führte wie schon so oft die Entwicklung der makroökonomischen Theorie zu ihrem logischen Ende, High-Tech-Fabriken in exotischen Urwäldern, wo Eingeborene, die noch nie ein Wasserklosett gesehen hatten, bewacht von Soldaten und Schäferhunden hinter Natodraht Faxgeräte und Laptops montieren mußten. Eine Million Bartlebys, eine Milliarde Bartlebys!

Wiley hatte keine Beweise dafür, daß es diese Urwaldfabriken gab; er hatte davon gehört und glaubte es, weil es im Einklang mit dem Geist des Kapitalismus am Ende des 20. Jahrhunderts stand. Es klang wahr genug, um ihn jedesmal zur Weißglut zu treiben, wenn er davon sprach. Als er seinen Vortrag beendete, blieben nur wenige Minuten bis zur Pause. Er fühlte sich sehr professionell. Es war schließlich nicht ganz einfach, sich um zwei Uhr früh zusammenschlagen zu lassen und um neun einen druckreifen Vortrag zu halten. Er erkundigte sich, ob es Fragen gäbe. Zunächst meldete sich niemand. Wiley hörte Geflüster. Dann hob ein Mädchen schüchtern die Hand, als hoffte es, übersehen zu werden. Als Wiley sie aufrief, sah sie Robbins an, einen Jungen auf der anderen Seite des Mittelgangs, und fragte: »Welche Farbe hatten sie?«

Wiley verstand die Frage nicht. Das Mädchen sah wieder zu Robbins hinüber.

Robbins sagte: »Sie waren schwarz, oder?«

»Wer?«

»Die Typen, die Sie verkloppt haben.«

Wiley hatte den Jungen immer gemocht und gehofft, er werde etwas bei ihm lernen und toleranter werden als sein Vater, ein FBI-Agent, der beim Direktor immer über seine Lektüreliste motzte. Wiley lehnte sich an die Tafel. »Das weiß ich nicht«, sagte er.

»Ach nee!« sagte Robbins.

»Ich weiß es wirklich nicht«, versicherte Wiley. Da das selbst ihm ziemlich lahm vorkam, fügte er hinzu: »Es war dunkel. Ich konnte niemanden erkennen.«

Robbins lachte schallend. Andere Schüler stimmten ein; jemand wieherte schrill, und da wollte sich der Rest der Klasse erst recht ausschütten. »Ruhe!« sagte Wiley, aber sie lachten weiter. Er bekam keinen Fuß auf die Erde und mußte abwarten, bis sie von allein aufhörten. Er hatte drei schwarze Schüler in seinem Kurs, zwei Mädchen und einen Jungen. Alle drei starrten wie abgesprochen in ihre Bücher, obwohl sie im ganzen Klassenraum verteilt saßen. Anfang des Schuljahrs hatten sie immer zusammengesessen, aber jetzt setzten sie sich wie alle anderen mal hierhin, mal dorthin. Anscheinend fühlten sie sich in seinem Kurs wohl. Und das war immer Wileys Ziel gewesen, sein Klassenzimmer sollte für den Rest der Welt eine Zuflucht und ein Vorbild sein. Nur deswegen war er überhaupt hier.

Es klingelte. Wiley setzte sich und sah seine Unterlagen durch, während die plötzlich auffällig stillen Schüler an seinem Tisch vorbeiliefen. Dann ging er ins Lehrerzimmer und sagte dem Direktor, er würde doch nach Hause gehen. Er fühle sich schrecklich, sagte er.

Er schlief ein paar Stunden. Nach dem Aufstehen suchte er im Branchenverzeichnis die Tierärzte und fand eine

Dr. Kathleen Newman unter der Belegschaft einer Klinik, die sich auf die Behandlung exotischer Haustiere spezialisiert hatte. Er rief im Krankenhaus an und fragte nach Dr. Newman. Der Mann am anderen Ende sagte, sie sei in einer Besprechung. »Handelt es sich um einen Notfall?«

»Ich fürchte ja«, sagte Wiley. »Es ist eine Art Notfall. Sagen Sie ihr, daß Mr. Melvilles Zetazee die Staupe hat.«

Wiley buchstabierte ihm »Zetazee«.

Dann war eine Frauenstimme zu hören. »Wer spricht da?« Sie war es. Aber knapp und nüchtern. Wiley fiel keine passende Begrüßung ein. Er hatte erwartet, sie würde seinen Witz aufgreifen, und jetzt wußte er nicht, was er sagen sollte. »Hallo? Hal-lo? Mist«, sagte sie und legte auf.

Wiley griff zum normalen Telefonbuch. Es gab einen Dr. K. P. Newman in der Filbert Street. Er schrieb sich Nummer und Adresse auf.

Nachmittags kam Macs Frau Alice mit Salat und Brot vorbei. Sie war bei Wiley zur Schule gegangen, und er hatte das blasse, phlegmatische und verträumte Mädchen immer gemocht. Die Affäre mit einem Lehrer hätte er ihr nie zugetraut, was gegen seine Menschenkenntnis sprach. Mac und sie waren seit ihrem ersten Jahr zusammen gewesen, und nach ihrem Abschluß hatten sie sofort geheiratet. Es gab natürlich einen Skandal, und Mac hätte fast seine Stelle verloren, aber das ließ sich gerade noch abbiegen. Wiley fand die Angelegenheit damals irritierend. Er war dagegen, und er war eifersüchtig gewesen; er fühlte sich, als hätte Mac ihn irgendwie lächerlich gemacht. Aber das war inzwischen acht Jahre her.

Alice blieb an der Tür stehen und sah Wiley ins Gesicht. Sie war so entsetzt, daß ihr fast die Tränen kamen.

»Das wird schon wieder«, meinte er.

»Aber wer kann dir so etwas bloß antun?«

»So was kommt vor«, sagte er.

»Sollte es aber nicht.«

Sie schickte ihn ins Wohnzimmer zurück. Wiley legte sich auf die Couch und sah durch die Küchentür zu, wie sie den Tisch deckte und Essen machte. Er war froh, daß er sie in seiner Wohnung für sich hatte; genau das hatte er sich immer gewünscht.

Alice wußte nichts von seinen Gefühlen. Wenn sie zu dritt ausgingen, saß sie in der Bar oft neben ihm und lehnte ihren Kopf an seine Schulter. Sie nippte an seinen Drinks. Sie tanzte gern, und wenn sie mit Wiley tanzte, schmiegte sie sich an ihn und redete die ganze Zeit belangloses Zeug, damit ihre Intimität im Rahmen blieb. Nachts fuhren Mac und Alice Wiley dann nach Hause und kamen mit in seine Wohnung, um ihren Babysitter anzurufen und noch ein paar Gläser Wein zu trinken. Wiley las ihnen hochgeistige Passagen aus den Romanen vor, die ihn gerade beschäftigten, Alice legte sich auf die Couch und bettete ihren Kopf in Wileys Schoß, während der gutmütige Mac vom Sessel aus zusah. Wiley wußte, daß er von soviel Vertrauen geehrt sein sollte, aber statt dessen ärgerte es ihn. Das Vertrauen war zur Zumutung geworden. Seine Liebesfähigkeit wurde abgewertet. Aber er ließ es sich bieten, weil er nicht wußte, was ihm anderes übrigblieb.

Jetzt stand Alice in der Küche und schnitt Tomaten. Sie stand irgendwie plattfüßig da. Die Haare hatte sie zu einem Knoten hochgesteckt, aber einzelne Strähnen hingen ihr ins Gesicht; beim Arbeiten pustete sie sie weg. Im Lauf der Jahre hatte sie zugenommen, aber Wiley gefielen ihre Wurstfinger und die kleine Fleischfalte unter dem Kinn.

Als sie ihn zum Essen rief, war sie einsilbig, und wenn sie ihn überhaupt ansah, dann nur ganz kurz. Wiley sagte sich, daß es nicht an seinem übel zugerichteten Gesicht lag, sondern weil sie zum erstenmal allein waren. Ihr Umgang hatte immer etwas Spielerisches gehabt, und jetzt war kein Mac da, der das Ganze ironisch abfedern konnte.

Endlich sagte sie: »Möchtest du ein Glas Wein?«

»Nein danke.«

»Bestimmt nicht?«

Er schüttelte den Kopf.

Sie zeigte mit der Gabel auf die leeren Flaschen, die an der Wand aufgereiht standen. »Hast du die alle allein getrunken?«

»Es hat einige Zeit gedauert.«

»Na toll. Da bin ich aber froh, daß du sie nicht alle auf einmal getrunken hast. Wie lange hat es denn gedauert?«

»Weiß ich nicht. Ich merke mir nicht jeden Drink.«

»Das ist der Nachteil, wenn man allein lebt«, sagte sie altklug.

»Wahrscheinlich.«

»Warum hast du Monique eigentlich nicht geheiratet?« Sie warf ihm einen kurzen Seitenblick zu.

»Monique? Spinnst du? Die hätte mich schon ausgelacht, wenn ich das Thema bloß aufs Tapet gebracht hätte.«

»Sie war doch ganz verrückt nach dir.«

Er schüttelte den Kopf.

»Also mir kam's so vor.«

»Dann irrst du dich eben.«

»Na gut, und was war mit Lynn?«

»Das war verrückt, die ganze Sache mit Lynn. Lynn ist für mich gestorben.«

»Sie war ganz schön verwöhnt.«

»Dafür konnte sie nichts. Die Beziehung ist einfach aus dem Ruder gelaufen.«

»Ich mochte sie nicht. Sie war immer so sarkastisch. Ich war froh, als ihr euch getrennt habt.« Alice biß in eine Scheibe Brot. »Mit wem bist du jetzt zusammen? Wetten, sie ist verheiratet?«

»Wie kommst du darauf?«

»Nach Monique hast du uns niemand mehr vorgestellt. Also geh ich davon aus, daß ihr euch heimlich trefft. Du und deine Dunkle Dame.«

»Ach, tu doch nicht so raffiniert«, sagte er. »Glaubst du ernsthaft, ich halte die Love Story des Jahrhunderts unterm Teppich?«

»Na ja, irgendwen mußt du doch haben.« Sie klang gelangweilt, musterte sein Gesicht und sagte: »Junge, Junge, die haben dich ganz schön vermöbelt.«

Wiley schob seinen Teller beiseite. »Es war bloß einer«, sagte er. »und der war kleiner als ich. Nach einer Minute war alles vorbei.«

»Mac hat zwei gesagt. ›Zwei von unseren dunklen Brüdern‹, hat er sich ausgedrückt. Woher hat er das?«

»Von mir«, sagte Wiley.

Und weil er ihr vertraute und sich aussprechen wollte, erzählte er ihr, was in der vergangenen Nacht wirklich vorgefallen war. Alice hörte weder angewidert noch mitleidig zu. Sie wirkte bloß neugierig. Ab und zu lachte sie, denn Wiley schmückte seine Schlappe unwillkürlich aus. Wenn er Geschichten erzählte, auch wenn sie sich um Einsamkeit und Demütigung drehten, verlegte er sich immer auf Ironie und Witzereißen. Er merkte, daß sie sich beim Zuhören amüsierte und nach Macs Bitte, bei Wiley vorbeizuschauen, etwas ganz anderes erwartet hatte. Außerdem bekam sie die ungeschminkte Wahrheit zu hören, was sie von ihrem Mann nicht gewohnt war. Mac war zwar ein herzensguter Kerl, aber auch ein Schwindler und Schürzenjäger.

Geschichten über sich selbst erzählte Wiley immer so, als hätte sie ein anderer erlebt. Aus dieser Distanz erkannte er, daß es tatsächlich lachhaft war, wenn ein glühender Vertreter der Vita contemplativa und eines vergeistigten Lebens sich plötzlich betrunken um wildfremde Frauen prügelte. Nun, der Körper hatte seinen eigenen Kopf. So erzählte er auch, als hätte ihn sein Körper für seine niederen Motive mißbraucht, als hätte man ihn an ein rasendes Wildpferd gekettet, das ganz versessen darauf war, ihn durch alle erdenklichen Erniedrigungen zu schleifen.

Aber unterm Strich war es keine lustige Anekdote. Als er Alice von dem Vorfall in seinem Englischkurs erzählte, wurde sie ernst und hellhörig.

»Ich bin aus allen Wolken gefallen«, sagte er. »Ich war einfach sprachlos. Wir haben zusammen *Sohn dieses Landes* gelesen, wir haben *Unsichtbar* gelesen. Sie sind richtig warm geworden, haben sich über all diese Themen ihre Gedanken gemacht, und dann löse ich in meinem eigenen Klassenzimmer plötzlich Rassenunruhen aus.«

»Vielleicht solltest du ihnen die Wahrheit sagen.«

»Meinst du das ernst?«

»Du würdest in ihrer Achtung steigen.«

»Hah!«

»Solltest du jedenfalls.«

»Nun mach aber mal 'n Punkt, Alice.«

»Ein paar würden es dir hoch anrechnen. Und nur die zählen.«

»Es würde sich sofort an der ganzen Schule rumsprechen. Man würde mich feuern.«

»Stimmt«, sagte Alice und stützte den Kopf auf die Hände. »Trotzdem.«

»Was trotzdem?« Als sie schwieg, sagte er: »Na gut, nehmen wir mal an, es ist mir egal, ob ich rausfliege. Ist es mir zwar nicht, aber gehen wir einfach mal davon aus, daß ich morgen losmarschiere und ihnen alles haarklein erzähle. Weißt du, was sie dann denken würden? Sie würden denken, ich hätte mir alles aus den Fingern gesogen – die zweite Geschichte wohlgemerkt, nicht die erste. Aus Gefühlsduselei und Sentimentalität, damit sich die schwarzen Schüler nicht so mies fühlen. Dabei würden sie sich erst recht mies fühlen. Nicht für voll genommen. Beleidigt. Sie würden denken, ich wollte sie in Schutz nehmen, als hätten sie etwas ausgefressen. Ich würde überall als Lügner dastehen.«

Wiley sah ihre Skepsis. Dann sagte sie: »Aber du würdest nicht lügen. Du würdest die Wahrheit sagen.«

»Ja, bloß wüßte das keiner!«

»Doch. Du. Du wüßtest es.«

»Ach komm, Alice.« Wiley platzte langsam der Kragen. Er wartete, bis er sich wieder in der Gewalt hatte, und sagte: »Ich fühle mich scheußlich. Ich möchte nicht wissen, was ich heute schon alles falsch gemacht habe, aber ich hab's gemacht, und ich kann nichts davon zurücknehmen. Wenn ich versuche, etwas rückgängig zu machen, mach ich alles nur noch schlimmer, und zwar nicht nur für mich, sondern auch für die Schüler.« Wiley kam das logisch und schlüssig formuliert vor.

»Vielleicht.« Sie drehte nervös an einem Ring. »Vielleicht sehe ich das zu einfach, aber es will mir nicht in den Kopf, warum es falsch sein soll, die Wahrheit zu sagen. Ich dachte immer, genau das wäre deine Aufgabe.«

Wiley hatte Argumente zuhauf. Daß er es sich als Lehrer nicht leisten könne, seine moralische Autorität aufs Spiel zu setzen. Daß Notlügen erlaubt waren, wenn die Wahrheit mehr Schaden anrichten konnte. Daß man sich mit dem eigenen Sündenfall abfinden und später weitersehen sollte, wenn Menschen zu leiden hatten, bloß damit man selbst eine weiße Weste behielt. Es waren gute Argumente, das Schmieröl des Erwachsenenlebens, aber er schwieg. Er war ja nicht blöd und konnte sich ihre Antworten denken, schließlich waren es auch seine Antworten. Nur konnte er sie einfach nicht befolgen.

»Alice«, sagte er. »Hörst du zu?«

Sie nickte.

»Ich hätte dich gar nicht damit behelligen sollen. Es ist zu verwirrend.«

»Ich bin nicht verwirrt.«

Er schwieg.

»Ich muß los«, sagte sie.

Er brachte sie zur Tür.

»Ich erzähle Mac auch nichts davon«, sagte sie noch.

»Ich weiß. Ich vertraue dir.«

»Wobei? Bei der Geheimniskrämerei gegenüber meinem Mann?« Sie lachte freudlos. »Keine Angst«, sagte sie. »Ich kenn doch meinen Mac.«

Den Rest des Nachmittags verbrachte Wiley mit Aufsatzkorrekturen. Er legte eine Pause fürs Abendessen ein und korrigierte danach den Rest. Sie waren durch die Bank gut geworden, die besten Aufsätze des ganzen Schuljahrs. Ihr Thema war »Bartleby der Schreiber«. Eine seiner Schülerinnen hatte die Personenkonstellation mit einem Ehepaar verglichen. Bartleby gab sie die Rolle der Frau und dem Erzähler die des Mannes: »Der Erzähler sieht Bartleby, wie Männer Frauen sehen, als hätte Bartleby nichts anderes zu tun, als ihm zu Diensten zu sein.« Ihre Interpretation der Erzählung war zu frei geraten, damit der Vergleich aufging, aber das kümmerte Wiley nicht. Der Aufsatz war anschaulich und leidenschaftlich. Zu Beginn des Schuljahrs hätte gerade diese Schülerin keine solchen Thesen zustandegebracht. Wiley war gerührt und stolz auf sie.

Er schrieb sich die Noten auf und wählte die Nummer von Dr. K. P. Newman in der Filbert Street. Als sie ans Telefon ging, sagte er: »Ich bin's, Kathleen. Von gestern abend«, fügte er hinzu.

»Sie«, sagte sie. »Woher haben Sie meine Nummer?«

»Aus dem Telefonbuch. Ich möchte nur etwas klarstellen.«

»Sie haben mich vorhin schon angerufen, stimmt's?« fragte sie. »Sie haben im Krankenhaus angerufen.«

»Ja.«

»Hab ich's mir doch gedacht. Und dann haben Sie nicht mal was gesagt. Sie waren zu feige, auch nur Ihren Namen zu nennen.«

»Das sollte ein Scherz sein«, sagte Wiley.

»Sie sind verrückt. Wenn Sie mich noch mal anrufen, zeige ich Sie an.«

»Warten Sie. Kathleen. Ich muß Sie sehen.«

»Danke, kein Bedarf.«

»Warten Sie. Bitte, hören Sie mich an. Ich bin anders, als ich gestern abend gewirkt haben muß. Ehrlich, Kathleen. Das war eine einzige Kette von Mißverständnissen. Ich möchte nur für ein paar Minuten vorbeikommen, um ein paar Sachen richtigzustellen.«

»Was denn, Sie haben meine *Adresse*?«

»Die steht auch im Telefonbuch.«

»Um Himmels willen! Ich faß es nicht! Kommen Sie ja nicht her. Mike ist da«, sagte sie, »und diesmal denk ich nicht daran, ihn aufzuhalten. Darauf können Sie sich verlassen.«

»Sie sind nicht mit ihm verheiratet.«

»Wer sagt das?«

»Sie hätten es gesagt, *wenn* Sie mit ihm verheiratet wären.«

»Und? Ändert das was?«

»Allerdings.«

»Sie sind wahnsinnig.«

»Ich möchte nur ein paar Minuten mit Ihnen sprechen.«

»Ich lege jetzt auf.«

»Nur ein paar Minuten, Kathleen. Mehr will ich gar nicht. Dann gehe ich, falls Sie es immer noch wollen.«

»Mike ist da«, sagte sie. Dann schwieg sie. Bevor sie auflegte, sagte sie noch: »Wagen Sie es ja nicht, mich noch einmal bei der Arbeit anzurufen.«

Wiley gefiel der letzte Satz; er implizierte, daß sie sich eine Zukunft mit ihm vorstellen konnte.

Vor dem Ausgehen prüfte er im Spiegel noch einmal sein Gesicht. Attraktiv war er nicht gerade, aber er konnte immer noch reden. Er mußte sie nur zum Zuhören bringen. Er würde immer wieder ihren Namen sagen. *Kathleen.* Mit dem verträumten irischen Akzent, der ihr gestern so gefallen hatte. Wenn er ihren Namen in diesem Singsang sagte, hatte er Macht über sie; er hatte am Vorabend gemerkt, wie auf dem Gesicht der Frau das willige Mädchen erblühte, das Mädchen, das sich nach Liebe sehnte. Diesen Ton mußte er treffen, und sobald sie ihm zuhörte, konnte einfach alles geschehen, denn er brauchte nichts als Worte, und Wiley wußte, daß sein Vorrat an Worten unerschöpflich war.

Flieger

Mein Freund Clark und ich wollten ein Düsenflugzeug bauen. Wochenlang verfeinerten wir am Reißbrett in seinem Zimmer die Pläne. Manchmal durfte ich die grüne Sonnenblende aufsetzen und die verschiedenen Greif- und Tastzirkel bedienen, aber immer nur ganz kurz. Ich zeichnete, wie ein Lippenleser liest; für Clark war es eine einzige Qual, mir zuzusehen. Wenn es ihm zuviel wurde, schubste er mich beiseite, und ich konnte mit seinen anderen Sachen spielen - dem Samuraischwert und der Webleypistole mit Federverschluß - und durchs Haus streifen.

Clarks Mom war meistens ausgeflogen. Ich machte mir dann immer ein Sandwich, fläzte mich im Wohnzimmer in den Ledersessel, hörte alte Schallplatten und blätterte in den Fotoalben der Familie. Clarks Eltern hatten Glück gehabt, und sie nahmen ihr Glück als Selbstverständlichkeit hin. Die Fotos verrieten einem, daß sie auf der Sonnenseite des Lebens wohnten. Hinter ihnen waren Festessen zu sehen, Jachten, Sportwagen und entspannte, gutaussehende Verwandte, die offenbar nie entlassen wurden, Migräne hatten oder sich gegenseitig aus dem Haus warfen. Ich ließ jedes Bild auf mich wirken, als wäre es eine Tür, die ich durchschreiten konnte, bis etwas in mir klick machte und ich schlechte Laune bekam. Dann stellte ich die Alben wieder ins Regal, ging in Clarks Zimmer zurück und verlangte Änderungen.

In jeder anderen Hinsicht war Clark selbstsicher und bestimmt, aber hier nahm er sich all meine Vorschläge zu Herzen, wodurch ich zum Tyrannen wurde. Je mehr er mir zuhörte, desto mehr schikanierte ich ihn. Seine eigenen Ideen tat ich als Hirngespinste ab. Die Vollkommenheit des Flugzeugs bedeutete Clark mehr als seine Eitelkeit; er konnte ohne weiteres eine Seite, an der er stundenlang gearbeitet hatte, zerknüllen und wegen irgendeiner Schnapsidee von mir bei Null anfangen. Das war keine Unterwürfigkeit, sondern eine unerschütterliche Gewißheit, die ihn andererseits für jeden Einspruch taub machte, wenn er einen meiner Geistesblitze einmal abgelehnt hatte. Wenn ich das Samuraischwert erhob, betrachtete ich manchmal - oft - seinen eckigen Schädel und malte mir aus, wie er nach meinem mächtigen Streich wie eine überreife Melone zu Boden platschte.

Clark war dickköpfig, aber durch und durch aufrichtig. Man konnte sich auf ihn verlassen; er blieb immer derselbe, redlich und praktisch. Obwohl er aus einer wohlhabenden Familie kam, war er weder verwöhnt noch an materiellem Besitz interessiert, der nicht seine jeweiligen Projekte betraf. In den acht oder neun Monaten unserer Freundschaft hatten wir mit der 8-mm-Kamera seines Vaters zwei Horrorfilme gedreht, ein dermaßen funktionstüchtiges Katapult gebaut, daß wir es auf Anweisung seiner Eltern wieder zerlegen mußten, und einen riesigen unlenkbaren Schlitten aus einem alten Bettgestell und fünf Holzskiern vom Sperrmüll seiner Nachbarn. Außerdem hatten wir für den Jahreswettbewerb eines Lokalsenders einen Radiokrimi geschrieben. Geduldig hatte Clark das Drehbuch immer wieder abgetippt, wenn ich mit neuen, immer verwickelteren Szenarien und hochgestochenen Dialogen ankam (»Mein lieber Carstairs, es war in der Tat äußerst scharfsinnig von Ihnen, der Schmutzspuren an meinem Smoking gewahr zu werden. Wie bedauerlich, daß Sie außerstande waren, auch den Derringer in meiner Hosentasche zu verurteilen!«). Wir waren ganz verdutzt, als wir nicht gewannen.

Ich war das Genie von uns beiden, glaubte ich jedenfalls. Aber mir war schon damals klar, daß erst Clark dem Form gab und die ganze Arbeit machte. Die Pläne für das Flugzeug hatte er säuberlich und peinlich genau ausgearbeitet, als wären es echte Blaupausen, für die ein Spion jederzeit zum Mörder werden konnte. Wenn ich sie mir abends anschaute (Grundrisse und Querschnitte, Ansichten von vorne, hinten, oben und unten), dann griffen die verschiedenen Entwürfe ineinander wie Puzzlestücke und erhoben sich aus der Zweidimensionalität in die Lüfte. Sie wurden zum Flugzeug, zum Jet – zu meinem Jet. Und während des ganzen langen Heimwegs saß ich im Cockpit meines Jets, düste haarscharf an zackigen Bergspitzen vorbei, durchkurvte gähnende Abgründe, nahm die Fischer in Meerengen aufs Korn und raste begleitet von Blitz und Donner über Städte hinweg, so daß Footballspiele unterbrochen wurden und die Cheerleader mit angewinkelten Beinen unter den karierten Röcken zu mir hochgafften. Eine Rolle, ein kurzes Wackeln der Tragflächen, schon war ich wieder fort und raste durch die Wolken. Ich spürte, wie die Schwerkraft an meinen Armen, meiner Brust und meinem Gesicht zerrte. Die Haut spannte sich über den Wangenknochen. Tränen schossen mir in die Augen. Das Flugzeug bockte wie verrückt. Als ich nicht mehr höher konnte, ging ich höher. Mannomann, bin ich vielleicht geflogen!

Über den eigentlichen Bau des Flugzeugs hatten Clark und ich kaum gesprochen. Das ließen wir in der Schwebe und widmeten uns ganz der Detailarbeit an unseren Plänen.

Aber die ließen sich nicht ewig verfeinern. Wir begannen, uns zu langweilen, und verfielen immer mehr in Routine. Eines Tages kam Clark in der Pause an und meinte, er wüßte, wo wir ein Kanzeldach herkriegen könnten. Ich wollte wissen wo, aber er warf nur einen Blick auf den Jungen, mit dem ich Basketball gespielt hatte, und preßte die Lippen zusammen. Clark hielt mich schon lange für ein Sicherheitsrisiko. »Wirst du schon sehen«, sagte er und ging davon.

Ich bearbeitete ihn den ganzen Nachmittag, er solle endlich verraten, wo er das Kanzeldach herkriegen wollte, wer uns so was geben würde. Er schwieg wie ein Grab. Ich hätte ihn ohrfeigen können.

Clark ging nach der Schule nicht nach Hause, sondern führte mich durch die Stadt, an der Post, an Safeway, den Drive-in-Läden und Spielhöllen vorbei, wo die Kids von der High School herumlungerten. Clark hatte lange Beine, sah stur geradeaus und marschierte drauflos. Ich mußte mich richtig ins Zeug legen, um mit ihm Schritt zu halten. Ich haßte es, wenn ich in seinem Schlepptau war, ich schwitzte, bekam kaum noch Luft und hatte keine Ahnung, wohin wir unterwegs waren. Am meisten haßte ich, daß er ganz genau wußte, daß ich ihm sowieso folgen würde.

Wir bogen in das Gäßchen mit dem Versammlungssaal der Odd Fellows ein, umgingen einen großen Parkplatz voller Schulbusse und durchquerten eine Baustelle, die an einen Park grenzte, wo ich mal von großen Jungs verfolgt worden war.

Am Ende des Parks überquerten wir den Flint Creek, der nach den schweren Regenfällen der vergangenen Woche angeschwollen war. Hinter der Brücke bestand die Straße nur noch aus Schlammlöchern, gesäumt von feucht aussehenden Häuschen unter tropfnassen Bäumen. Ich fragte längst nicht mehr, wohin wir wollten, weil ich es wußte. Diesen Weg kannte ich nur zu gut.

»Ich wußte gar nicht, daß Freddy Kanzeldächer für Flugzeuge rumliegen hat«, sagte ich.

»Der hat einen ganzen Schuppen voll mit so'm Zeugs.«

»Weiß ich, hab ich selbst gesehen, aber Kanzeldächer noch nie.«

»Vielleicht hat er's grade erst reingekriegt.«

»Willst du mich auf den Arm nehmen?«

Clark legte einen Schritt zu.

Ich sagte: »Und wie kommt es, Mr. Top Secret, daß du Freddy von dem Flugzeug erzählt hast?«

»Hab ich ja gar nicht. Das war Sandra.«

Dagegen konnte ich schlecht was sagen. Sandra hatte es schließlich von mir.

Freddy wohnte am Ende der Sackgasse. Beim Näherkommen hörte ich im Wald hinter dem Haus das schrille Heulen einer Kettensäge. Früher hatten Freddy und ich ganze Tage dort verbracht. Ich blieb stehen, Clark ging zum Haus und klopfte. Freddys Mutter öffnete. Sie ließ Clark eintreten und wartete, bis ich den Garten durchquert hatte und die Treppe hochgestiegen war. »Nein, daß ich das noch erleben darf«, sagte sie ohne jeden Vorwurf, aber ich hörte trotzdem einen heraus. Als ich an ihr vorbei ins Haus ging, fuhr sie mir durchs Haar. »Du bist ganz schön gewachsen.«

»Jawohl, Ma'am.«

»Freddy sitzt in der Küche.«

Freddy klappte sein Buch zu, stand vom Tisch auf und lächelte schüchtern. »Hi«, sagte er, und ich erwiderte sein »Hi«. Es fiel mir schwer. Seit er vor einem Jahr ins Krankenhaus gekommen war, hatten wir kein Wort miteinander gesprochen. Freddys Mutter kam hinter uns in die Küche und sagte: »Setzt euch, Jungs. Zieht ruhig die Jacken aus. Freddy, leg mal Kekse auf den Teller.«

»Ich muß gleich wieder weg«, sagte Clark, aber niemand beachtete ihn. Schließlich hängte er seine Jacke über einen

Stuhl und zog ihn an den runden Tisch, der fast die ganze Küche ausfüllte. Freddys Bruder Tanker hatte die Tischplatte mit seinen Schnitzereien verziert, Bilder im Stil von *Field and Stream*, röhrende Hirsche, Stromschnellen hochspringende Lachse, Adler mit Kaninchen in den Krallen und Pumas, die Bergziegen gerissen hatten. Sein Barlowmesser war immer in Aktion, wenn er Olympia trank und seine Geschichten erzählte. Genau wie die Geschichten verschwammen auch die Bilder ineinander. Sie hätten inzwischen den ganzen Tisch bedeckt, wenn Tanker nicht ums Leben gekommen wäre.

Es roch wie in einer Waschküche, und die Fenster waren beschlagen. Freddy schüttete Oreos auf einen Teller und reichte ihn mir. Ich nahm keinen und reichte ihn Clark weiter. Der Teller war schmuddelig. Nicht dreckig, keine Essensreste - einfach nur schmuddelig. Wie immer. Ich hatte noch nie bei Freddy gegessen, oder nur, wenn ich kurz vorm Verhungern war. Clark war das anscheinend egal. Er griff sich eine ganze Handvoll, und nach kurzer, gespielter Unschlüssigkeit nahm sich auch Freddys Mutter einen. Sie war eine hagere Frau, deren Schulterblätter wie Flügel hervorstachen, wenn sie sich vorbeugte. Sie knabberte an ihrem Oreo und wandte sich mit so traurigen Augen an mich, daß ich kaum hinsehen konnte. »Ich bin immer noch ganz baff, wie groß du geworden bist«, sagte sie. »Freddy, findest du nicht auch, daß er gewachsen ist?«

»Er wächst, blüht und gedeiht«, sagte Freddy.

»Ich schieße regelrecht ins Kraut«, sagte ich und verfiel unwillkürlich wieder in unser altes Spiel.

Clark sah zwischen uns hin und her.

Freddys Mutter sagte: »Jetzt baut ihr also ein Flugzeug, ja?«

»Wir fangen gerade erst an«, sagte Clark.

»Das ist ja toll«, sagte Freddys Mutter. »Ein Flugzeug. Das muß man sich mal vorstellen.«

»Im Moment suchen wir ein Kanzeldach«, sagte Clark.

Eine Weile herrschte Stille. Freddys Mutter kreuzte die Arme vor der Brust und beugte sich noch weiter vor. Dann sagte sie: »Freddy, du solltest deinen Freunden von dem Mann aus deinem Buch erzählen.«

»Gute Idee«, meinte Freddy. »Nachher vielleicht.«

»Von den Schädelbergen.«

»Menschenschädel?« fragte ich.

»Bergeweise«, sagte Freddys Mutter.

»Tamerlan«, sagte Freddy und erzählte dann doch von Tamerlans Rache an den Perserstädten, die ihm Widerstand geleistet hatten. Es war blutrünstiges Zeug, aber er sparte weder an Details, noch beschönigte er seinen Spaß am Inhalt oder den altertümlichen Wendungen, die er in seinem derzeitigen Lieblingsbuch aufgeschnappt hatte. Freddy, wie er leibte und lebte. Konnte kein Wässerchen trüben, aber bei den Wikingern, Azteken, bei Dschingis-Khan und den Kreuzrittern, bei all den großen alten Bauchaufschlitzern und Augenausstechern kannte er sich aus. Genau wie ich. Das hatten wir gemeinsam. Clark hörte etwas perplex zu.

Ich habe nie erfahren, wie Tanker genau ums Leben gekommen war; es passierte bei einem Motorradunfall in der Nähe von Spokane, mehr hatte Freddy nie erzählt. Man mußte Tanker kennen, um zu wissen, was das bedeutete. Er kam aus einer leidgeprüften Familie. Auf ihrem Dachboden hatten sich Fledermäuse eingenistet. Ihre Autos hatten Kolbenfresser am laufenden Band. Sie wurden beim Austausch von Nummernschildern ebenso erwischt wie beim illegalen Müllabladen und beim Steuerbetrug, Ivan jedenfalls. Ivan war Freddys Stiefvater und noch mehr vom Pech verfolgt als die anderen. Er war nicht böse oder gemein, aber er steckte voller schräger Ideen. Wenn ihm das Wasser schon bis zum Hals stand, ritt er sich regelmäßig noch tiefer rein. Er hatte zum Beispiel keine Grundsteuer gezahlt, weil er von einer Ausnahmeregelung für Veteranen gehört hatte, über die er sich aber nie umfassend informiert hatte und die dann prompt nicht auf ihn zutraf. Dieser Geniestreich hätte ihn fast das Haus gekostet, das Freddys Vater hypothekenfrei hinterlassen hatte. Tanker war der einzige in der Familie, der es mit Ivan aufnehmen konnte, nicht nur, weil er größer und geschickter war, sondern weil Ivan immer eine Schwäche für ihn gehabt hatte. Nach dem Unfall blieb er eine Woche lang im Bett, und dann verschwand er.

Wenn Tanker zu Hause war, saßen alle um den Küchentisch herum und lachten sich über seine Geschichten scheckig. So schlecht, wie er in ihnen wegkam, hätte ich an seiner Stelle kein Sterbenswörtchen davon verlauten lassen. Einmal hatte sein Fahrrad draußen auf dem Lande einen Platten. Nach einiger Zeit hielt ein Wagen an, aber statt ihn mitzunehmen, zogen ihm die Insassen eine Tüte frische Scheiße über die Rübe. Dann wurde er festgenommen, und der Polizist brachte ihn im Kofferraum aufs Revier - und das alles mitten in einem Schneesturm. Bei Tanker klang diese Geschichte, als wäre sie das Schönste, was er je erlebt hatte, er hatte förmlich Tränen in den Augen. Seine vielen Freunde, Klugscheißer in knarzenden Lederjacken, gingen bei ihm ein und aus. Er konnte alles reparieren - Wasserhähne, Maschinen, undichte Dächer, was man nur wollte. Freddy und mich nahm er in seiner alten Klapperkiste von Truck zum Angeln mit und gab uns indianische Namen. Mich nannte er Der-im-Zelt-zum-Auswachsen-ist, weil ich schnarchte und an allem etwas auszusetzen hatte. Freddy hieß Der-leicht-zu-füttern-ist.

Nach seinem Tod wurde alles anders. Das Haus hatte seitdem die klamme, widerhallende Stille der Verlassenheit. Ivan tauchte schließlich wieder aus der Versenkung auf, verbrachte aber die meiste Zeit auswärts mit irgendwelchen neuen Projekten. Wenn Freddy und ich nach der Schule zu ihm gingen, war das Haus immer dunkel und stumm. Seine Mutter verließ kaum noch ihr Schlafzimmer. Manchmal machte sie uns Sandwiches und erkundigte sich, wie wir den Tag verbracht hatten, aber mir war das immer unangenehm. Ich hatte noch nie solche Trauer gesehen; sie stieß mich ab. Noch abstoßender fand ich ihre Versuche, sich ihre Trauer nicht anmerken zu lassen, weil sie so jämmerlich scheiterten. In diesem Scheitern zeigte sich eine Welt, deren Existenz ich erst ahnte, eine Welt, in der keine Wunden heilten und in der sich nichts zum Guten wendete.

Eines Tages spielten Freddy und ich in der Auffahrt Basketball, als seine Mutter ihn ins Haus rief. Wir hatten nur rumgedaddelt, und ich nutzte seine Abwesenheit, um meine Brustpässe zu verbessern. Meine Brustpässe waren für Freddy wie verhext; wenn er die annahm, traf er nicht einmal das Korbbrett. Ich dribbelte und warf, dribbelte und warf, zehn-, zwanzigmal; fünfzigmal. Freddy war noch immer nicht zurück. Alles war totenstill. Das einzige Geräusch kam vom Ball, der von Korbbrett, Netzrand und Asphalt abprallte. Nach einiger Zeit hörte ich mit dem Werfen auf, stand wartend da und ließ nur noch den Ball auf und ab hüpfen. Er war zu prall, sprang schnell unter die Hand zurück und gab dabei einen hohlen Klang von sich, begleitet von einem hohen Sirren, das in der Stille nachhallte. Mir lief ein Schauer über den Rücken. Trotzdem ließ ich den Ball weiter springen, weil ich in einen Rhythmus verfallen war, den ich nicht abstellen konnte. Meine Hand federte von selbst auf und ab, tippte die sandige Haut leicht an und den Ball gerade soweit hinab, daß er von alleine wieder hoch kam. Der Klang wurde lauter, größer und leerer, der Klang der Leere selbst, die wie Kopfschmerzen pochte. Verängstigt fing ich den Ball auf und hielt ihn fest. Ich sah zum Haus hinüber. Nichts regte sich. Ich dachte an die Frau, die sich dort verschanzt hatte, und an Freddy, den genau wie sie das

Elend verschluckt hatte. Das Haus wirkte in seiner Stille wach und erwartungsvoll. Als wartete es. Ich legte den Ball weg und ging zum Ende der Auffahrt hinab, dann rannte ich auf und davon. Als ich den Park erreichte, rannte ich immer noch. Das war der Tag, an dem mich die großen Jungen jagten, angestachelt von meiner wilden Flucht. Rund hundert Meter blieben sie mir auf den Fersen, dann gaben sie auf, obwohl sie mich ohne weiteres erwischt hätten, wenn sie gewollt hätten. Aber sie rannten bloß zum Spaß; der bittere Ernst meiner Panik brachte sie aus dem Konzept.

Diese Panik ... woher kam die bloß? Es kann nicht nur an Freddys Familie gelegen haben. Auch bei uns geriet die heile Welt immer mehr aus den Fugen. Damals wollte ich mir das noch nicht eingestehen, keine Sekunde, aber das Gefühl war immer da, lag immer auf der Lauer: eine quälende Vorahnung, ein krampfhaftes Zusammenzucken, wenn ich bei anderen Unglück oder Schwäche sah, als wären sie ansteckend.

Freddy hatte Asthma. Kurz nach meiner Flucht hatte er einen schweren Anfall und mußte ins Krankenhaus. Unsere Lehrerin erzählte davon. Sie ließ die ganze Klasse Genesungswünsche schreiben und teilte vervielfältigte Zettel mit der Adresse und den Besuchszeiten des Krankenhauses aus. Es war nur ein Katzensprung. Ich wußte, daß ich eigentlich hingehen mußte, und dachte so viel daran, daß alles, was ich in der anschließenden Woche tat, bloß darauf hinauslief, daß ich *nicht ging*. Ich konnte mich nicht dazu durchringen. Als Freddy wieder in die Schule kam, konnte ich nicht mit ihm reden, ich konnte ihm nicht einmal ins Gesicht sehen. Nach dem Klingeln ging ich schnurstracks nach Hause und benutzte den Haupteingang, nicht den Seiteneingang, wo wir uns immer getroffen hatten. Dann merkte ich, daß er mir genauso aus dem Weg ging. Er aß am anderen Ende der Cafeteria; wenn wir uns auf den Gängen trafen, wurde er rot und schlug die Augen nieder. Er tat, als hätte er mich schlecht behandelt, und ich schämte mich so sehr, daß ich noch gereizter wurde. Ich war eine Weile einsam, bis Clark und ich uns anfreundeten. Dies war mein erster Besuch bei Freddy, seit ich damals weggelaufen war.

Während Freddy seine Gruselgeschichten erzählte, verdrückte Clark die Oreos. Als Freddy fertig war, fing ich mit einer Geschichte aus dem Buch über Quantrills Revolverhelden an, das ich von meinem Bruder geschenkt bekommen hatte. Die Geschichte war einfach furchtbar, eine pakkende und grausame Geschichte - der schlimmste Irre darin hieß »Bloody Bill«. Freddy sah mich verzückt an. Seine Mutter schüttelte den Kopf, als das Gemetzel seinen Höhepunkt erreichte, und schrie schockiert und entsetzt auf - »Nein! Herrje!« - genau wie früher, als wir zu dritt jeden Nachmittag *Queen for a Day* gesehen und uns über die Rührstücke, die die konkurrierenden Heulsusen von sich gaben, krankgelacht hatten. Clark sah mich lustlos an. Er wollte endlich zur Sache kommen und war viel zu nüchtern für unsere Schauermärchen. Ich wußte, daß er eine neue Seite an mir entdeckte, die ihm wahrscheinlich nicht paßte, aber ich setzte immer noch einen drauf. Ich konnte mir das alte, fast vergessene Vergnügen nicht verkneifen, Freddy an meinem Haken zappeln zu sehen und sein Vergnügen durch die Angelschnur zu spüren.

Plötzlich flog die Hintertür auf, und Ivan steckte den Kopf in die Küche. Sein Gesicht war noch größer und blasser als in meiner Erinnerung, und als wollte er meinem Gedächtnis recht geben, trug er einen roten Jägerhut, der ihm zu klein war und auf seinem Kopf wie ein Partyhütchen aussah. Seine Hose war fast kniehoch von schwarzem Schlamm bedeckt. Er sah mich an und sagte: »Da brat mir doch einer 'n Storch! Dich hat man ja ewig nicht gesehen!« Sein eines Brillenglas hatte in der Mitte einen Lehmfleck, wie der

Augapfel bei einer Scherzbrille. Er musterte Clark und sah dann Freddys Mutter an. »Schatz, ob du's glaubst oder nicht - der verdammte Truck hat sich schon wieder festgefahren.«

Draußen wehte ein feuchtkalter Wind. Freddy, Clark und ich standen mit eingezogenen Schultern da, die Hände in den Hosentaschen, und sahen zu, wie Ivan Tankers alten Pick-up umkreiste und beteuerte, er könne nichts dafür, daß die Reifen fast bis zur Achse im Schlamm versunken waren. »Bei aller Liebe, das alte Mädchen kommt einfach nicht mehr hoch.« Er tätschelte die Stoßstange. »Hat ihre beste Zeit hinter sich - und das seit Jahren.«

»Stimmt, Sir«, sagte Freddy. »Sie ist nicht mehr die Jüngste, das kann man laut sagen.«

»So sieht das aus«, sagte Ivan.

»Hat sich ihr Gnadenbrot verdient«, sagte ich.

»Gehört zum alten Eisen«, sagte Freddy.

»Meine Rede«, sagte Ivan. »Aber ich bring's nicht übers Herz, sie zu verkaufen.« Dann fing sein Unterkiefer an zu zittern, und ich hatte Angst, er würde gleich weinen. Aber das tat er nicht. Er biß sich nur nachdenklich auf die Unterlippe und ließ sie wieder los. Er hatte volle und ausdrucksstarke Lippen. Seine Laune konnte man ihm viel besser von den Lippen als von den Augen ablesen, wo er sich immer hinter verschmitztem Blinzeln versteckte.

»Also. Das Holz muß runter. Seid ihr bereit, mal so richtig die Ärmel aufzukrempeln?«

Freddy und ich sahen uns an.

Clark starrte den Truck an. »Sollen wir das alles abladen?«

»Das dauert keine Stunde, dann ist das geritzt, bei so strammen Burschen wie euch«, sagte Ivan. »In einer Stunde seid ihr vielleicht schon wieder beim Aufladen«, fügte er hinzu.

Die Ladefläche war bis zur Höhe der Seitenwände, in

der Mitte sogar noch höher mit Baumstämmen beladen. Ivan hatte den Wald hinter dem Haus abgeholzt. Die meisten Bäume waren schon weg, ein knapper Hektar Wald hatte sich in ein Sumpfgelände mit Baumstümpfen verwandelt, über das im Zickzack Reifenspuren führten, die sich langsam mit schwarzem Brackwasser füllten. Hinter dem Sumpf stand das Haus einer Familie, deren bleiche, drahtige Töchter unaufhörlich mit der Mutter zankten, schreiend aus dem Haus rannten und schreiend in die Autos sprangen, die ihre Freunde frisiert hatten. Auch Vater und Sohn fuhren frisierte Wagen, deren Ersatzteile sie aus einer Wracksammlung im Garten ausbauten. Nachmittags und am Wochenende lagen sie draußen unter den Autos und verständigten sich brüllend über die klirrenden Schraubenschlüssel hinweg. Freddy und ich waren immer mit geschwärzten Gesichtern und Zweigen im Haar auf die Bäume geklettert und hatten sie ausspioniert. Das Anschleichen war jetzt nicht mehr nötig; alle waren immerzu zu sehen.

Ivan mußte wie ein Berserker geschuftet haben, um den Wald zu Brennholz zu verarbeiten. Brennholz war billig. Was er dafür bekam, war nichts im Vergleich zum Wert des Grüns und der Vögel und der keckernden Eichhörnchen, der Kühle im Sommer und der langen Lichtstrahlen am Nachmittag. Für mich hatte hier immer irokesische Wildnis geherrscht, englischer Forst und afrikanischer Dschungel. Der Mars. All das war nun fort. Ich war ein Junge, dem noch nicht klar war, daß er niemals einen Düsenjet bauen würde, aber daß dieser Schlicktümpel das Werk eines Narren war, das wußte ich.

»Wetten, den kriegen Sie ohne Abladen wieder frei?«, sagte Clark.

»Hab schon alles probiert.« Ivan setzte sich auf einen Baumstumpf und sah sich zufrieden um. »Je eher ihr anfangt, desto schneller seid ihr fertig.«

»Was du heute kannst besorgen, das verschiebe nicht auf morgen«, sagte ich.

»Jetzt oder nie«, sagte Freddy.

»So sieht das doch aus«, sagte Ivan.

Clark hatte auf einem Wurzelballen gestanden. Er sprang herab und ging auf den Truck zu. Der Boden unter ihm wurde immer suppiger, und er ging erst auf Zehenspitzen weiter, dann hüpfte er von einem Fuß auf den anderen, aber es gab keine feste Stelle, auf der er hätte landen können, so daß er mit jedem Hüpfer tiefer einsank. Als ihm der Sumpf bis an die Knöchel ging, gab er auf und wühlte sich durch den Morast voran. Seine Turnschuhe schlürften und schmatzten, und bei jedem Schritt blieb mehr Modder haften. Als er den Truck endlich erreicht hatte, sahen sie wie Medizinbälle aus. Er bückte sich erst zum einen, dann zum anderen Hinterrad.

»Wir könnten einen Knüppeldamm bauen«, sagte er.

Ivan zwinkerte Freddy und mir zu. »Einen Knüppeldamm, sag bloß!«

»Das haben sie früher gemacht, wenn die Planwagen stekkenblieben«, sagte Clark. »Sie haben Baumstämme hingelegt.«

»Junge, sieht das da vielleicht wie ein Planwagen aus?«

»Geschützlafetten genauso. Im Bürgerkrieg.«

»Vielleicht sollten wir den Truck einfach abladen«, schlug ich vor.

»Nur die Ruhe.« Ivan legte die Hände auf die Knie und musterte Clark. »Ein findiger Junge, das gefällt mir«, sagte er. »Nur weiter, schaden kann's ja nicht.«

»Probieren geht über Studieren«, sagte Freddy.

»Meine Rede«, sagte Ivan.

Freddy und ich gingen zum Schuppen und holten ein paar Schaufeln. Wir wichen den Furchen und Pfützen aus, aber trotzdem saugte sich der aufgeweichte Boden an unseren Füßen fest. Als wir allein waren, fiel mir auf, wie dünn er geworden war. Ich wußte nicht, was ich sagen sollte. Auch er gab keinen Ton von sich.

Ich wartete, während Freddy in den Schuppen ging, und als er wieder herauskam, sagte ich, »wir ziehen um«. Niemand hatte das je behauptet, aber es fiel mir gerade ein, und es klang einfach richtig.

Freddy gab mir eine Schaufel. »Wohin?«

»Weiß ich nicht.«

»Wann?«

»Ist noch nicht raus.«

Wir gingen zurück.

»Ich hoffe, du ziehst nicht um«, sagte Freddy.

»Vielleicht geht's auch so«, sagte ich. »Vielleicht bleiben wir doch.«

»Wär schön, wenn du bleiben würdest.«

»Eigner Herd ist Goldes wert.«

»Trautes Heim, Glück allein«, sagte Freddy, aber er sah zu Boden und lächelte nicht zurück.

Wir wechselten uns beim Freischaufeln der Räder ab, einer machte Pause, während die beiden anderen wühlten. Ivan lachte, wenn einer von uns im Schlamm ausrutschte, sah sonst aber schweigend zu. Man konnte nicht fest stehen und gleichzeitig graben, je tiefer wir kamen, desto schlechter. Irgendwann gab ich auf und kniete mich hin - dann konnte man mehr Hebelkraft einsetzen -, und Clark und Freddy machten es mir nach. Ich war bis zur Hüfte und zu den Ellbogen schlammbespritzt. Zu retten war da nichts mehr, also versuchte ich gar nicht, sauber zu bleiben. Ich ergab mich dem Geist des Schlamms. Man kann sagen, ich suhlte mich darin.

Wir befolgten Clarks Anweisungen und gruben vor allen Reifen breite, knapp zwei Meter lange und langsam ansteigende Rampen. Unter den Reifen verkeilten wir Klafterholz und legten auch die Rampen mit Baumstämmen aus. Als wir fast fertig waren, gaben die Seitenwände nach. Clark nahm das persönlich. »Scheibenkleister!« rief er, Ivan lachte und schaukelte auf seinem Baumstumpf hin und her. Clark schrie Freddy und mich an, *Graben! Los! Graben!* Er legte sich flach auf den Bauch und schippte den nachrutschenden Schlick mit den Händen heraus. Ich hörte, wie Freddy nach Luft schnappte, aber er gab ebensowenig auf wie ich. Wir buddelten wie die Maulwürfe, und dann war die Bahn endlich frei, die Seitenwände hielten, und Clark sagte Ivan, er solle anfahren. Er war hektisch und bellte ihn genauso an wie uns. Ivan saß da und zwinkerte uns zu. Clark warf die übriggebliebenen Stämme auf die Ladefläche zurück. »Los, Jungs«, sagte er. »Wir schieben.«

Ivan stand auf, wischte sich die Hände ab, sah Clark immer noch an und ging zum Truck. Bevor er einstieg, meinte er: »Junger Mann, wenn du mal 'n Job brauchst, sag Bescheid.«

Clark, Freddy und ich stemmten uns gegen die Ladeklappe, während Ivan ankurbelte und den ersten Gang einlegte. Die Hinterräder drehten durch und wirbelten Schlammfontänen hoch. Ich stand in der Mitte und blieb verschont, aber Freddy und Clark wurden von oben bis unten eingesaut. Freddy drehte sich weg, dann beugte er sich wieder vor und stemmte sich mit Clark und mir zusammen gegen den Truck. Ivan ließ ihn hin- und herwippen und versuchte, ihn auf die Baumstämme zu bringen. Er schaffte ein Stück, hielt, rutschte zurück und spie wieder einen Morastschwall aus. Clark und Freddy waren zugekleistert. Sie rückten in die Mitte zu mir, als Ivan den Truck wieder wippen ließ. In den schweren Dieselabgasen hielt ich die Luft an. Meine Augen brannten. Der Truck kam ruckhaft ein Stück vor und hing auf der Kippe. Clark stöhnte, einmal, zweimal, dreimal. Ich nahm seinen Rhythmus auf und drückte mit aller Kraft, dann glitt ich aus, fiel der Länge nach in den Dreck, und der Truck machte einen Satz nach vorn. Die Reifen quietschten über das Holz. Ein Stamm flog zurück und schoß Clark am Kopf vorbei. Er merkte es gar nicht. Er hatte nur den Truck im Auge, der auf unserer Bahn beschleunigte, wieder in Schlamm geriet, aber träge, lärmend und zu den Seiten ausbrechend weiterschlitterte. Seine Hinterräder produzierten hohe Schlammbögen. Sie drehten durch, der Motor heulte auf, und die Stämme flogen beiseite. Der Truck rutschte und schwankte durch den Sumpf, kam plötzlich hoch und ließ Schlammbatzen auf die Erde platschen, als er die Asphaltflecken vor dem Schuppen erreichte. Ivan schaltete in den zweiten Gang, hupte fröhlich und fuhr davon.

»Alles klar?« fragte Clark.

Freddy saß zusammengekrümmt da, mit dem Kopf fast zwischen den Knien. Er hielt eine Hand hoch, keuchte aber weiter. Der Truck hatte eine dröhnende Stille hinterlassen, in der das krampfhafte Rasseln jedes einzelnen Atemzugs zu hören war. Es klang nach harter Arbeit, hart und einsam. Als ich auf ihn zuging, scheuchte er mich weg. Clark nahm einen Stock und kratzte sich die Schuhe ab. Es war vergebliche Liebesmüh, da er bis über beide Ohren verdreckt war, aber er ließ sich nicht beirren. Freddy richtete sich auf. Er war bleich, und seine Brust hob und senkte sich wie die eines Vogels. Er stand eine Weile da und sah Clark mit dem Stock hantieren. »Wir können uns im Haus saubermachen«, sagte er.

»Wenn du nichts dagegen hast«, sagte Clark, »würd ich mir gern das Kanzeldach ansehen.«

Ich hatte den ganzen Nachmittag gehofft, er würde nicht darauf zurückkommen, weil ich todsicher war, daß Freddy kein Kanzeldach hatte. Aber ich irrte mich. Es lag oben auf dem Heuboden unter all den Sachen, die Freddys Vater von seinem Schrottplatz mitgebracht hatte, weil sie noch zu gebrauchen waren.

Wir hatten an unzähligen Regentagen da oben Blödsinn gemacht, und ich mußte es hundertmal gesehen haben, aber da ich nichts damit anfangen konnte und nicht einmal wußte, wie ein Kanzeldach aussah, war es mir nicht weiter aufgefallen. Es war kleiner, als unsere Pläne vorsahen, aber Pläne konnte man ja ändern; etwas Besseres hätten wir nicht finden können. Freddy ließ den Strahl der Taschenlampe darübergleiten. Er mußte sich auf diesen Augenblick vorbereitet haben, denn im Gegensatz zu allem anderen war das Kanzeldach staubfrei - sogar poliert, wie es schien. Im Lampenschein sah man ein paar Kratzer. Davon abgesehen, war es vollkommen: das unversehrte Glas schimmerte, und selbst die Fassung war da. Schlicht, aber vollkommen. Echt.

Eventuelle Bedenken waren wie weggeblasen. Unser Jet war kein schöner Traum mehr, sondern schon so gut wie fertig. Wir brauchten nur noch ein paar Tage wie heute, dann würden uns die Einzelteile nur so zufliegen, und bald waren wir in der Luft.

Clark fragte Freddy, was er dafür haben wollte.

»Nichts. Das liegt hier doch nur rum.«

Wir stöberten noch ein bißchen und gingen dann ins Haus. Freddys Mutter war entsetzt, als sie uns sah, und schickte uns unter die Dusche. Clark wollte nicht und wusch sich nur Gesicht und Hände, aber ich gönnte mir eine lange Dusche. Freddys Mutter gab mir ein paar von Tankers Sachen für den Nachhauseweg, wickelte meine schmutzstarrenden Klamotten in Schlachterpapier und schnürte sie so zusammen, daß der Bindfaden eine Trageschlaufe bildete wie bei einer Tüte Pansen. Freddy begleitete uns bis ans Ende der Straße.

Die Dämmerung brach herein. Ich sah mich um, und er stand immer noch da. Als ich mich zum zweitenmal umsah, war er verschwunden.

Auf der Brücke über den Flint Creek blieben wir stehen und warfen mit Steinen nach einer Flasche, die sich im Schilf verfangen hatte. Ich war noch ganz aufgekratzt von unserer Truckrettung und dann dem Kanzeldach, außerdem hatte mir Freddys Mutter Tankers Motorradjacke geliehen, die zwar bis über meine Hände reichte, in der ich mir aber wahnsinnig groß und stark vorkam. Insgeheim hoffte ich, wir würden im Park auf die großen Jungs stoßen, damit ich ihnen den Hintern versohlen konnte.

Ich beugte mich über das Geländer und spuckte ins Wasser.

»Freddy will mitmachen«, sagte Clark.

»Wann soll er das gesagt haben? Davon weiß ich nichts.«

»Da warst du duschen.«

»Und was hat er gesagt?«

»Nur, daß er beim Flugzeug gern mitmachen würde.«

»Und wenn nicht, kriegen wir das Kanzeldach nicht?«

»Nein. Er hat bloß drum gebeten.«

»Wir müßten das ganze Cockpit umbauen. Wir müßten ganz von vorn anfangen.«

Clark wog einen Stein in der Hand. Er musterte ihn und ließ ihn dann über den Bach flitschen.

»Was hast du gesagt?«

»Daß wir ihm Bescheid sagen.«

»Und was findest du?«

»Ich find ihn ganz nett. Aber du kennst ihn besser.«

»Er ist in Ordnung, aber ...«

Clark wartete auf den Rest des Satzes. Als er merkte, daß nichts mehr kam, sagte er: »Wie du willst.«

Ich meinte, mir wäre es eigentlich lieber, wenn wir zu zweit blieben.

Als wir im Park waren, fragte er, ob ich bei ihm essen wollte, dann würde man ihm wegen seiner Klamotten nicht den Kopf abreißen. Sein Dad sei noch in Portland, meinte er, als würde das irgendwas erklären. Er ließ sich Zeit, musterte Schaufensterauslagen und die Wagen bei den Autohändlern an unserem Weg. Als wir endlich bei ihm ankamen, war das Haus hell erleuchtet, und man konnte Musik hören. Sogar durch die geschlossenen Fenster drangen Bruchstücke auf den Bürgersteig. Clark blieb stehen und lauschte.

»Strauß«, sagte er. »Gut. Sie ist glücklich.«

Bei klarem Verstand

Es ist nicht ganz leicht, von La Jolla ins Alta Vista State Hospital zu kommen, es sei denn, man hat ein Auto oder einen Zusammenbruch. So ging es nämlich Aprils Vater, und sie schafften ihn im Handumdrehen da draußen hin. Für April und ihre Stiefmutter war der Weg länger; sie mußten zwei verschiedene Busse nehmen, eine lange, gewundene Straße zum Krankenhausgelände hochlaufen und nach dem Besuch wieder zurückmarschieren. Nur wenige Autos fuhren auf dieser Straße, und niemand hielt an, um die beiden ein Stück mitzunehmen. April konnte es ihnen nicht verdenken. Wahrscheinlich dachten sie sich, Claire und sie wären Patienten und machten einen Spaziergang. Das hätte sie jedenfalls gedacht, wenn sie hier draußen auf zwei solche Gestalten getroffen wäre. Sie hätte einmal hingeguckt und wäre weitergefahren.

Claire war groß und aufrecht. Sie trug ihr graues Bürokostüm, hohe Absätze und einen schwarzen Hut mit breiter Krempe. Sie hielt sich ein wenig steif, wegen ihrer Absätze, schlug aber einen zielstrebigen, würdevollen Schritt an. »Staatskarosse« – so nannte Aprils Vater Claire, wenn sie sich zu einer Demonstration von Geradlinigkeit und Entschlußkraft aufgerufen fühlte. April trottete in geringem Abstand hinter ihr her. Ab und zu blieb sie stehen, um Atem zu holen, ließ den Abstand zwischen sich und Claire etwas größer werden, beeilte sich dann aber, um wieder aufzuschließen. April war ein kleines, muskulöses Mädchen mit männlichem Gang. Sie blickte finster in das dunstige Augustlicht. Ihre Hände waren rauh. Sie hatte ein ärmelloses Kleid an, gelb mit schwarzen Blumen, von dem sie wußte, daß es häßlich war, aber sie trug es trotzdem, denn es zwang Claire, sie deutlich wahrzunehmen.

Zwei Autos fuhren vorbei, die Reifen verursachten ein nasses Geräusch auf dem heißen Asphalt. Aprils Vater hatte den Volkswagen ein paar Tage, bevor er ins Krankenhaus kam, verkauft, und ein anderer Wagen kam für Claire nicht in Frage. Sie sparte ihr Geld, um mit ihrer Schwester nach Italien reisen zu können, wenn Aprils Vater wieder nach Hause kam.

Während des Besuchs war Claire die meiste Zeit still geblieben, still und spröde, und nun, da es vorbei war, versuchte sie erst gar nicht, ihre Erleichterung zu verbergen. Sie wollte reden. Sie sagte, der Arzt, mit dem sie gesprochen hätten, erinnere sie an Walt Darsh, ihren Ehemann während der letzten Eiszeit. Dahin verlegte sie alles, was sie in der Vergangenheit erlebt hatte - in die »letzte Eiszeit«. April wußte, daß Claire gern gehört hätte, wie gut sie noch aussah, und es wäre keine Lüge gewesen, das zu behaupten, aber diesmal sagte April nichts.

April hatte bereits von Walt Darsh gehört, von seiner Treulosigkeit und Grausamkeit. Die Geschichten, die Claire erzählte, waren interessant, aber hinterher war April immer aufgewühlt und erregt; sich selbst fremd. Kaum hatte Claire angefangen, sagte April: »Wenn er so schlimm war, wie kommt's, daß du ihn geheiratet hast?«

Claire antwortete nicht sofort. Sie ging langsamer und neigte nachdenklich ihren langen Hals. Sie erweckte den Anschein, als wäre sie mit einer neuen, anspruchsvollen

Frage beschäftigt. Nach einer Weile drehte sie ihren Kopf und sah April an, dann sah sie wieder weg. »Sex«, sagte sie.

April konnte das Glitzern von Windschutzscheiben in der Ferne erkennen. An der Bushaltestelle stand eine Bank; dort würde sie sich hinlegen, ihre Augen schließen und so tun, als schliefe sie.

»Es ist schwer zu erklären«, setzte Claire an, behutsam, als hätte April sie gedrängt. »Es war nicht sein Aussehen, man kann Darsh nicht gerade gutaussehend nennen. Er hat ein verschlagenes, irgendwie spitzes Gesicht ... wie ein Fuchs. Weißt du, was ich meine? Es sind nicht nur die Züge, es ist mehr die Art, wie er dich beobachtet und immer ein bißchen dabei grinst, als hätte er was über dich in der Hand.« Claire blieb im Schatten eines Baumes stehen. Sie nahm ihren Hut ab, schüttelte das Haar zurück, strich ein paar lose Strähnen hinter die Ohren, setzte dann den Hut wieder auf und zog ihn ein kleines bißchen in die Stirn. In ihrer Handtasche fand sie ein Kleenex und tupfte sich einen Augenwinkel ab, wo eine dünne Spur Wimperntusche verlaufen war. Claire hatte die - für April rätselhafte - Gabe, auch ohne Spiegel immer genau zu wissen, wie sie aussah. Für April war ihr Gesicht jedesmal eine Überraschung, immer irgendwie anders, als sie es sich vorgestellt hatte.

»Das kann natürlich auch attraktiv sein«, sagte Claire, »wenn man so angesehen wird. Meistens ist es ärgerlich, aber nicht immer. Bei Darsh war es attraktiv. Man kann schon sagen, nehme ich an, daß es mit dem Ansehen zu tun hatte, im wörtlichen Sinne - du verstehst den Unterschied.«

April verstand den Unterschied, und sie verstand Claires Vergnügen daran. Sie fühlte sich nicht sonderlich wohl bei dieser Art Gespräch. Aber sie konnte nichts dagegen tun, es war schließlich ihre eigene Schuld, daß Claire glaubte, sie sei reif für die ungehemmte Erörterung dieses Themas. In den letzten Monaten war Claire zu dem Schluß gekommen, daß April mit Stuart schlief, dem Jungen, mit dem sie ausging. Das war aber nicht der Fall. Stuart ließ hin und wieder ein paar Andeutungen fallen, in seiner höflichen, geistreichen, hoffnungslosen Art, aber er meinte es nicht ernst, und April war nicht interessiert. Sie hatte Claire nicht die Wahrheit gesagt, weil sie es anfangs genossen hatte, als eine Frau mit Erfahrung angesehen zu werden. Claire war ein Snob in Sachen Weltgewandtheit; es machte April Spaß, ein bißchen in ihrem Revier zu wildern. Claire stellte sowieso nie Fragen, sie nahm einfach Dinge an, und wenn die Annahme einmal festsaß, gab es keine Möglichkeit mehr, die Dinge klarzustellen.

Die Krempe von Claires Hut wogte auf und nieder. Sie schien einen Gedanken zu haben, der ihr gefiel. »Das Aussehen gehört dazu«, meinte sie, »ganz entschieden gehört es dazu. Aber es ist nicht alles. Ist es doch nie, beim Sex, oder? Nur eine Sache. Wie zum Beispiel die Praktiken.« Claire drehte sich um und setzte sich wieder in Bewegung, die Straße hinunter, den Kopf immer noch nachdenklich gesenkt.

April konnte es spüren, jetzt kam gleich ein Vortrag. Claire unterrichtete Soziologie an demselben Junior College, wo Aprils Vater früher Geschichtslehrer gewesen war, und sie fing genauso leicht an zu dozieren wie er.

»Die Leute schreiben über die Praktiken«, begann sie, »als hätte man damit schon die ganze Miete drin, aber das ist ein absoluter Witz. Weißt du, wer echt auf Technik abfährt? Buchverleger, ich sag's dir. Weil sie damit Geld machen können. Sie vermarkten das als Know-how, genau wie ›Reisen in Mexiko‹ oder ›Wir bauen eine Veranda‹. Das einzige Problem ist, daß es nicht funktioniert. Weißt du warum? Es macht Sex zu einer literarischen Erfahrung.«

April konnte sich das Kichern nicht verkneifen, obwohl sie wußte, wie albern sie dadurch wirkte.

»Ich meine es ernst«, sagte Claire. »Du merkst sofort, daß es aus irgendeinem Buch stammt. Du fängst an und siehst dich selber wie in einer dieser kritzeligen Zeichnungen, wo deine ganzen Zonen markiert sind, und irgendein beflissenes kleines Cartoon-Männchen arbeitet sich da durch, so richtig aufmerksam und angestrengt.«

Claire blieb wieder stehen und ließ den Blick über die Felder schweifen, die die Straße säumten, eine Hand freundlich auf einen Zaunpfahl gestützt. In der guten alten Zeit, so hatte Aprils Vater erzählt, pflegten die Patienten hier Sachen anzupflanzen. Jetzt war alles mit Buschkiefern und hohem gelbem Gras bewachsen. Insekten zirpten schrill.

»Das ist noch ein Grund, warum diese Bücher nichts taugen«, sagte Claire. »Da geht es immer um Gemeinsamkeit, Zärtlichkeit, die Bedürfnisse deines Partners erraten und so weiter, und so weiter. Wie Sonntagsschule im Bett. Das ist kein Scherz, April, darum dreht sich das Ganze, dieses Zeug mit den Praktiken. Jüdisch-christliche Gründlichkeit. Die goldene Regel. Verstehst du?«

»Ich glaube schon«, sagte April.

»Wir reden von einer sehr elementaren Transaktion«, erklärte Claire. »Wesentlich elementarer, als einem Freund Geld zu leihen. Denk mal drüber nach. Leihen ist eine hochentwickelte Tätigkeit. Andere Lebewesen tun das nicht, bloß wir. Du mußt dir mal all die Dinge klarmachen, die beim Verleihen von Geld mitspielen. Soziale Stabilität. Vertrauen. Großzügigkeit. Sich in den anderen hineinversetzen. Es ist unglaublich fortgeschritten, unglaublich zivilisiert. Ich bin voll dafür. Ich will nur sagen, Sex kommt woanders her. Sex ist nicht zivilisiert. Es hat nichts mit Geben zu tun. Sondern mit Nehmen.«

Ein Krankenwagen fuhr langsam vorbei. April schaute ihm hinterher, dann wieder zu Claire hinüber, die immer noch auf die Felder starrte. April sah ihr Profil im Schatten des Hutes, sah, wie trocken und kühl ihre Haut war, wie wohlgesetzt ihr Lächeln. April sah diese Dinge und fühlte ihren eigenen klebrigen, beunruhigten, unvollständigen Zustand. »Wir sollten weitergehen«, meinte sie.

»In Wirklichkeit«, sagte Claire, »war das eine der Eigenschaften, die ich an Darsh so anziehend fand. Er war total selbstsüchtig, total drauf aus, sich sein eigenes Vergnügen zu verschaffen. Das gab ihm ein gewisses Feuer. Eine gewisse Macht. Die Emanzen würden mich dafür umbringen, aber es ist wahr. Hab ich dir je von unserer Hochzeitsreise erzählt?«

»Nein.« April gab ihrer Stimme einen flachen, grollenden Ton, aber sie war neugierig.

»Oder die Geschichte mit dem Zimmermädchen? Hab ich dir schon von Darshs Geschichte mit dem Zimmermädchen erzählt?«

»Nein«, wiederholte April. »Was war mit der Hochzeitsreise?«

Claire sagte: »Das ist eine lange Geschichte. Ich erzähle dir lieber von dem Zimmermädchen.«

»Du brauchst mir überhaupt nichts zu erzählen«, sagte April.

Claire lächelte in sich hinein. »Als Darsh noch ein Kind war, nahm ihn seine Mutter auf eine Europareise mit. Die große Tour. Er war damals dreizehn oder vierzehn – so das Alter. Als sie irgendwann in Amsterdam waren, konnte er kein Museum mehr sehen, er wollte für den Rest seines Lebens kein Bild mehr sehen. Das ist das Problem, wenn man Kindern Kultur aufzwingt, am Ende hassen sie sie. Es ist viel besser, wenn sie selbst den Weg dorthin finden, meinst du nicht auch?«

April zuckte die Achseln.

»Nimm Jane Austen, zum Beispiel. Als ich in der achten Klasse war, haben sie uns Jane Austen um die Ohren geschlagen. *Stolz und Vorurteil.* Natürlich haßte ich das Buch inbrünstig, denn ich konnte nicht verstehen, worum es wirklich ging, all diese sexuelle Energie hinter den guten Manieren, die Sozialkritik, das Ökonomische. Ich hatte noch nichts erlebt. Du mußt schon ein bißchen Leben auf dem Buckel haben, bevor du so ein Buch auch nur im Ansatz begreifen kannst.

Darsh streikte jedenfalls, als sie nach Amsterdam kamen. Er rührte sich nicht von der Stelle. Er blieb den ganzen Tag im Hotelzimmer, las Krimis und bestellte sich Zeugs aufs Zimmer, während seine Mutter unterwegs war und sich Bilder anschaute. Eines Nachmittags kam ein Zimmermädchen, um den Kronleuchter zu polieren. Sie hatte eine Trittleiter, und von dem Platz, wo Darsh saß, konnte er gar nicht anders, als ihr direkt unter den Rock zu gucken. Bis ganz oben, klar? Und sie wußte es. Er wußte, daß sie es wußte, denn nach einer Weile machte er nicht mal mehr den Versuch, es zu verbergen, er glotzte bloß. Sie sagte kein Wort. Nicht ein Wort. Sie ließ sich alle Zeit dieser Welt, staubte jedes Stückchen von dem Gehänge ab, eiskalt. Darsh sagte, es dauerte ein paar Stunden, das heißt, vermutlich eine halbe Stunde oder so, und das ist ganz schön lang, wenn man es recht bedenkt.«

»Und dann, was geschah dann?«

»Nichts. Nichts geschah. Das ist es ja gerade, April. Wenn etwas geschehen wäre, hätte es den Zauber gebrochen. Die ganze unglaubliche Energie hätte sich entladen. Die ganze Zeit ist sie da, kocht und kocht, so irrsinnig, wie es bei Vierzehnjährigen nun mal ist, und wartet nur darauf zu explodieren. Zimmermädchen können Darsh wirklich heiß machen. Er hat mir die ganze Kluft gekauft, bestimmt hat er sie noch – du weißt schon, weiße Rüschenbluse, schwarzer Rock, schwarze Nylonstrümpfe mit diesen kleinen Strumpfhaltern. Das ist natürlich ein Klischee. Pornographen profitieren schon seit hundert Jahren davon. Na und? Es funktioniert immer noch. Fast alle unsere Wünsche bestehen aus Klischees, oder? Konfektionsware; eine Größe für alle. Ich bezweifle, daß es überhaupt noch möglich ist, eigene Wünsche zu entwickeln.«

»Und du mußtest das tatsächlich anziehen?«

April sah, wie Claire bei ihren Worten erstarrte, als hätte sie etwas Verletzendes und Gemeines gesagt. Claire drückte ihren Rücken durch und setzte sich wieder in Bewegung. April blieb zurück, folgte ihr dann mit ein paar Schritten Abstand, bis Claire stehenblieb und auf sie wartete. Nach einer Weile sagte Claire: »Nein, meine Liebe. Ich mußte gar nichts tun. Es ist einfach erregend, wenn jemand etwas so sehr will, es macht dich butterweich. Du hättest sehen sollen, wie er mich anschaute. Der pure Hunger, als wollte er mich bei lebendigem Leibe verschlingen. Und unschuldig zugleich. Vielleicht klingt das billig. Es ist schwer zu beschreiben.«

Dann war Claire still. Und April auch; sie verspürte kein Bedürfnis nach einer eingehenden Beschreibung. Sie konnte sich Darshs Blicke auf Claire vorstellen, das heißt, sie hatte sie genau vor Augen, obwohl niemand sie je so angesehen hatte. Stuart ganz bestimmt nicht. Mit ihm fühlte sie sich sicher. Sicher und schläfrig. Jemand wie Stuart würde sie niemals leichtsinnig und gefügig machen, so wie Darsh es nach den Geschichten, die Claire von ihm erzählte, getan hatte. Es kam April so vor, als kennte sie Darsh schon, und er sie – als hätte er sie am Rande jener Geschichten erspürt, sie und ihre Wünsche.

Sie hatten die Straße beinahe erreicht. April blieb stehen und schaute zurück, doch die Krankenhausbauten waren jetzt außer Sicht, hinter der Hügelkuppe verschwunden. Sie wandte sich um und ging weiter. Einmal mußte sie diesen

Ausflug noch machen. An dem Wochenende darauf sollte ihr Vater nach Hause kommen. Er hatte die ganze Zeit während ihres Besuchs eine theatralische Ruhe an den Tag gelegt. Er saß in einem Sessel beim Fenster, die Füße auf eine Ottomane gelegt, eine Zeitung im Schoß. Er trug Hausschuhe und eine Strickjacke. Fehlte bloß noch eine Pfeife. Er sah gut aus, das perfekte Bild der Gesundheit, aber es war eben nur ein Bild. Zu Hause las er nie Zeitung. Er verbrachte auch nicht viel Zeit im Sessel. Als ihn April vor einem Monat zum letztenmal außerhalb des Krankenhauses gesehen hatte, hockte er in einer Zwangsjacke in der Wohnung des Hauswirts, den er aufgesucht hatte, um sich über die Dusche zu beschweren. Er hatte um sich getreten und geschrien. Seine Brille hing von einem Ohr herab. Er brüllte sie an, die Polizei zu rufen, und einer der Polizisten, die ihn festhielten, lachte hilflos.

Er hatte seine Bruchlandung noch vor sich. Er flog noch, April hatte es in seinen Augen gesehen, nach dem Lithium oder was immer sie ihm gaben, und sie war sicher, daß Claire es auch gesehen hatte. Claire sagte zwar nichts, aber April hatte all das schon mit Ellen durchgemacht, ihrer ersten Stiefmutter, und einen Riecher dafür entwickelt. Sie hatte Angst, daß Claire nun genug hatte und nicht aus Italien zurückkommen würde, oder wenn, dann nicht zu ihnen. Nicht, daß Claire irgend etwas Derartiges plante. Es würde einfach von selbst passieren. April wollte das nicht, vor allem jetzt nicht. Sie brauchte noch ein Jahr. Nicht mal ein Jahr - zehn Monate, bis sie mit der Schule fertig war und irgendwo auf die Universität gehen konnte. Wenn sie es schaffte, diese Linie zu überschreiten, dann konnte sie auch mit allem umgehen, was nachher kam, da war sie sicher.

Sie wollte nicht, daß Claire ging. Claire hatte ihre Eigenheiten, aber sie hatte April gut behandelt, vor allem anfangs, als April ständig etwas an ihr auszusetzen fand. Sie hatte es ertragen. Sie war geduldig gewesen und hatte April die Zeit gelassen, die sie brauchte, um auf sie zuzukommen. Eines Abends lehnte sich April an sie, als sie zusammen auf der Couch saßen, und Claire gab nach und erwiderte gleichzeitig den Druck. So konnten sie stundenlang dasitzen und lesen. Claire dachte über vieles nach. Sie hatte aufrichtig mit April geredet, aber mit einer gewissen Förmlichkeit. Jetzt war die Förmlichkeit weg. Seit sie sich in den Kopf gesetzt hatte, daß April mit Stuart im Bett gewesen war, hatte Claire ihr den Schutz von Konvention und Takt entzogen, genau wie sie ihr bald den Schutz ihres Einkommens, ihrer Obhut und Gegenwart entziehen würde.

Es gab keine Möglichkeit, die Uhr zurückzudrehen. Und selbst wenn, selbst wenn sie sagte: »Ich bin noch Jungfrau« und so Claire in eine Art perfekte Mutter verwandelte – April würde es nicht tun. Es würde lächerlich klingen, unwahr. Es stimmte auch nicht, außer in rein körperlicher Hinsicht. Aber April betrachtete Jungfräulichkeit nicht als rein körperliche Angelegenheit. Für sie war das eine geistige Eigenschaft, konnte also auch nur geistig aufgegeben werden. Das hatte sie getan; sie wußte nicht genau, wann oder wie, aber sie wußte, sie hatte es getan, und sie bedauerte es nicht. Sie wollte keine Jungfrau sein, und sie würde auch nicht so tun, als wäre sie eine, um keinen Preis. Wenn sie an eine Jungfrau dachte, sah sie ein halbnacktes Wesen vor sich, mit dummen, vertrauensseligen Augen, Blumen im Haar und gefesselten Händen, auf einer Lichtung im Dschungel und auf der Lichtung einen Altar.

Sie hatten ihren Bus verpaßt und mußten bis zum nächsten lange warten. Claire ließ sich auf der Bank nieder und fing an, ein Buch zu lesen. April hatte ihres vergessen. Eine Zeitlang saß sie neben Claire, stand dann auf und tigerte die Straße entlang, weil ihr Claires Heiterkeit unerträglich wurde.

Sie lief mit verschränkten Armen und vorgebeugtem Kopf, mit gerunzelter Stirn und scharrenden Schuhen. Autos mit dröhnender Musik rauschten vorbei, ein großes Segelboot auf einem Anhänger, ein langer Konvoi von Militärlastwagen mit eingeschalteten Scheinwerfern, schaukelnde Soldaten hintendrauf. Die Luft war blau von Abgasen. April kam an einem Reifengeschäft vorbei, warf einen Blick ins Schaufenster und sah sich selbst. Sie drückte das Kreuz durch, ließ ihre Arme an den Seiten herabhängen und hielt sie mit einer Willensanstrengung in dieser Position, während sie auf dem Boulevard weiterlief bis zu einer Stelle, wo eine Reihe bunter Plastikwimpel über einer Toyota-Filiale flatterte. Ein Mann in einem cremefarbenen Anzug stand am Fenster des Ausstellungsraums und beobachtete den Verkehr. Sogar von draußen konnte April den guten Anzugstoff erkennen. Der Mann hatte hohe Wangenknochen, schwarzes Haar, das er gerade nach hinten aus der Stirn gekämmt hatte, seine Nase war eine große, saubere Klinge. April wußte, daß er sie bemerkt hatte, sich aber nicht die Mühe machte, in ihre Richtung zu schauen. Sie spazierte zwischen den Autos durch, ging dann zur Bushaltestelle zurück und ließ sich auf die Bank plumpsen.

»Mir ist langweilig«, sagte sie.

Claire antwortete nicht.

»Langweilst du dich nicht?«

»Nicht besonders«, meinte Claire. »Der Bus müßte bald kommen.«

»Klar, in ungefähr zwei Wochen.« April streckte ihre Beine aus und klopfte die Seiten ihrer Schuhe aneinander. »Komm, wir gehen spazieren«, schlug sie vor.

»Bei mir hat sich's ausspaziert. Aber geh du nur. Bloß nicht zu weit weg.«

»Nicht *allein*, Claire, das habe ich nicht gemeint. Los, komm, das ist doch langweilig hier.«

April haßte den Klang ihrer Stimme und sah, daß Claire ihn auch nicht mochte. Claire klappte ihr Buch zu. Sie saß da, ohne sich zu rühren, und sagte dann: »Ich habe wohl keine andere Wahl.«

April wippte auf die Füße. Sie lief ein Stück vor und wartete, während Claire das Buch in ihre Handtasche steckte, aufstand, mit den Händen die Vorderseite ihres Rocks glattstrich und ihr langsam nachkam.

»Wir vertreten uns nur ein bißchen die Beine«, verkündete April. Sie plauderte weiter, bis sie bei dem Autohändler angelangt waren. Dort bog sie vom Bürgersteig ab und umkreiste ein rotes Celica-Kabriolett.

»Ich dachte, du wolltest laufen«, sagte Claire.

»Klar, warte mal 'ne Sekunde«, erwiderte April. Die Seitentür des Ausstellungsraums schwang auf, und der Mann im Anzug kam heraus. Zuerst schien er nicht bemerkt zu haben, daß sie da waren. Er kniete sich neben eine Limousine und schrieb etwas auf einen Block. Er stand auf, spähte auf das Schild an der Windschutzscheibe und schrieb noch etwas auf. Erst da geruhte er, von ihnen Notiz zu nehmen. Er blickte in ihre Richtung, und nachdem er Claire in aller Ruhe gemustert hatte, ließ er sie wissen, sie solle ihm Bescheid sagen, falls er ihr helfen könne. In seiner Stimme schwang eingeübte, fast unverschämte Gleichgültigkeit mit.

»Wir warten bloß auf den Bus«, sagte Claire.

»Wie kommt dieser Wagen hier im Vergleich zum RX-7 weg?« fragte April.

»Sie machen wohl Witze.« Er bewegte sich zwischen den Autos hindurch auf sie zu. »Gegen Mazda könnte ich jeden Tag Punkte machen. Wenn ich Verkäufer wäre.«

April sagte: »Sie sind kein Verkäufer?«

Er blieb vor dem Celica stehen. »Wir haben hier keine Verkäufer, Herzchen. Wir nehmen nur das Geld entgegen und versuchen, die Leute bei Laune zu halten.«

»Die Hälfte der Anwesenden frißt Ihnen jedenfalls schon aus der Hand«, sagte Claire.

»Der hier ist ein Jahr alt«, sagte er. »Vollgetankt bis zum Anschlag. Raten nicht bezahlt. Morgen um die Zeit ist er weg. Guck dir den Kilometerzähler an, Herzblatt. Was sagt der Kilometerzähler?«

April öffnete die Tür und beugte sich hinein. »Viertausendzwo«, sagte sie. Sie setzte sich auf den Fahrersitz und schaltete ein bißchen.

»Haargenau. Viertausend. Immer noch die erste Tankfüllung.«

»Gehörte wohl 'ner netten alten Lady, wie?« fragte Claire.

Er betrachtete sie einen Moment, bevor er antwortete. »Einem netten alten *Marine.* Zog ins Land der großen Sanddünen und kam mit seinen Zahlungen nicht mehr nach. Ich hol mal die Schlüssel.«

»Tut uns leid. Vielleicht ein andermal.«

»Ich weiß, Sie warten auf den Bus. Na, dann schlagen Sie doch ein bißchen die Zeit tot.«

April stieg aus, ließ die Tür aber offen. »Claire, du mußt diese Sitze ausprobieren«, sagte sie.

»Wir sollten gehen«, erwiderte Claire.

»Claire, du mußt einfach. Na los«, drängte April. »Komm, Claire.«

Der Mann ging zu der offenen Tür und streckte seine Hand aus. *»Madame«,* sagte er. Claire blieb an Ort und Stelle, und er vollführte eine einladende Geste. *»Madame! Entrez!«*

Claire ging zum Auto. »Wir sollten wirklich gehen«, meinte sie. Sie ließ sich seitlich auf dem Sitz nieder und schwang dann ihre Beine hinein, alles in einer Bewegung. Sie nickte dem Mann zu, und er schloß die Tür. »Ja«, sagte er, »genau wie ich gedacht habe. Haargenau, wie ich es mir gedacht habe. Der Designer muß ein enger Freund von Ihnen sein.

Als er dieses Auto baute, hat er offensichtlich an Sie gedacht.«

»Du siehst klasse aus«, sagte April. Das stimmte, und sie konnte sehen, daß Claire sich dieser Wahrheit bewußt war. Das Wissen steckte in dem Zug um ihren Mund, in der Art, wie sich ihre Hände auf das Steuer legten.

»Da fehlt noch etwas«, meinte der Mann. Er musterte sie. »Sonnenbrille«, sagte er. »Eine schöne Frau in einem Kabrio trägt Sonnenbrille.«

»Setz deine Sonnenbrille auf«, sagte April.

»Bitte«, sagte der Mann sanft. Er lehnte sich an den Wagen, so daß er neben Claire aufragte. April wandte er den Rücken zu, und sie begriff, daß sie jetzt besser den Mund hielt. Ihre Rolle in der Sache war damit erledigt; er würde das Geschäft auf seine Weise zum Abschluß bringen. Er sagte mit leiser Stimme etwas, und Claire holte ihre Sonnenbrille aus der Handtasche und setzte sie auf. Dann reichte sie ihm ihren Hut. Ein heißer Windhauch blies über den Parkplatz und rüttelte an den Wimpeln, während April auf das Ausstellungsgebäude zuging. Hinter dem getönten Glas schien es kühl zu sein. Ruhig. Bestimmt gab es Kaffee im Warteraum und alte *People*-Hefte. Da konnte sie ihre Füße ausruhen und das Neueste über die Stars erfahren.

Der zweite Miller

Seit zwei Tagen steht Miller nun schon mit der Bravo Company im Regen und wartet darauf, daß die Männer der anderen Kompanie über die Forststraße auf die Stelle zugetrottet kommen, wo Bravo im Hinterhalt liegt. Wenn es so weit ist - falls es je dazu kommt -, wird Miller den Kopf aus dem Loch strecken, in dem er kauert, und all seine Platzpatronen in Richtung Straße abfeuern. Genau wie der Rest der Bravo Company. Dann werden sie aus ihren Löchern klettern, in die Trucks steigen und nach Hause zum Stützpunkt fahren. Soweit der Plan.

Miller glaubt nicht daran. Er hat noch nie einen Plan gesehen, der geklappt hätte, und der hier wird genauso schief gehen. In seinem Schützenloch steht das Wasser kniehoch. Er hat kleine Stufen aus den Wänden gegraben und sich draufgestellt, aber die Erde ist aufgeweicht, und die Stufen geben immer wieder nach. Also hat er nasse Stiefel. Und seine Zigaretten sind naß. Und seine Backenzahnbrücke ist zerbrochen, als er in der ersten Nacht hier draußen einen Energielutscher gekaut hat. Es macht ihn fast wahnsinnig, wie die Brückenränder hochstehen und reiben, wenn er mit der Zunge darüberfährt. Letzte Nacht hat er die Beherrschung verloren, und seitdem kann er die Zunge nicht mehr stillhalten.

Wenn er an die andere Kompanie denkt, der sie auflauern, hat Miller eine Kolonne trockener, gutgenährter Männer vor Augen, die sich immer weiter von dem Loch entfernen, in dem er auf sie wartet. Er sieht, wie mühelos sie sich unter ihrem leichten Gepäck bewegen, wie sie Zigarettenpause machen, sich auf duftenden Nadelbetten unter Kiefern ausstrecken, und er hört, wie ihr Stimmengemurmel langsam verklingt, wenn einer nach dem anderen einschläft.

Das ist die Wahrheit, bei Gott. Das weiß Miller genauso, wie er weiß, daß er sich erkälten wird, weil er eben immer Pech hat. Wäre er in der anderen Kompanie, würde die jetzt in den Löchern stehen.

Millers Zunge stellt irgendwas mit der Brücke an, und ein heftiger Schmerz durchzuckt ihn. Er schnellt hoch, seine Augen brennen, und er beißt die Zähne zusammen, um nicht laut loszuschreien. Er reißt sich zusammen und sieht sich nach den anderen Männern um. Seine unmittelbaren Nachbarn sehen benommen und aschfahl aus. Von den anderen sieht er nur die Ponchokapuzen, die wie patronenförmige Felsen aus dem Boden ragen.

In diesem Augenblick, als er vor Schmerz hellwach ist, hört Miller die Regentropfen auf seinem eigenen Poncho. Dann das helle Jaulen eines Motors. Ein Jeep platscht durch die Straßenpfützen heran, schaukelt hin und her und wirbelt Schlammklumpen auf. Auch der Jeep ist schlammüberzogen. Vor der Stellung der Bravo Company hält er rutschend an und hupt zweimal.

Miller sieht sich nach der Reaktion der anderen um. Niemand rührt sich. Alle bleiben in ihren Löchern stehen.

Wieder erklingt die Hupe.

Ein kleiner Mann im Poncho löst sich aus einer Baumgruppe oben an der Straße. Am Wuchs erkennt Miller den First Sergeant, denn er ist so klein, daß sein Poncho ihm bis zu den Kniekehlen reicht. Er geht langsam, mit Modderflatschen an den Stiefeln, auf den Jeep zu und steckt den Kopf ins Führerhaus; kurz darauf zieht er ihn wieder heraus. Er sieht die Straße hinab und tritt nachdenklich gegen den Vorderreifen. Dann sieht er hoch und ruft Millers Namen.

Miller läßt ihn nicht aus den Augen. Erst als der First Sergeant ihn zum zweitenmal ruft, hievt er sich mühsam aus seinem Loch. Als er an den anderen Männern vorbeistapft, wenden sie ihm ihre grauen Gesichter zu.

»Komm mal her, Bursche«, sagt der First Sergeant. Er tritt ein paar Schritte vom Jeep zurück und winkt Miller zu sich.

Miller gehorcht. Hier ist was faul. Das ist Miller in dem Moment klar, als ihn der First Sergeant »Bursche« und nicht »Schlappschwanz« nennt wie sonst. Schon spürt er sein Magengeschwür.

Der First Sergeant schaut die Straße hinab. »Folgendes«, setzt er an. Er unterbricht sich und wendet sich Miller zu. »Verdammt noch mal. Wußten Sie, daß Ihre Mutter krank ist?«

Miller sagt nichts, sondern preßt die Lippen zusammen.

»Sie muß schwerkrank gewesen sein, was?« Miller bleibt stumm, und der First Sergeant sagt: »Sie ist letzte Nacht entschlafen. Mein Beileid.« Er sieht traurig zu Miller hoch, und der merkt, wie er unter dem Poncho den rechten Arm hebt und wieder fallen läßt. Miller kann sich denken, daß ihm der Sergeant von Mann zu Mann die Hand auf die Schulter legen wollte, aber das geht nicht. Das klappt nur, wenn man größer als der andere ist oder wenigstens gleich groß.

»Die Jungs fahren Sie zum Stützpunkt zurück«, sagt der First Sergeant und nickt zum Jeep hinüber. »Melden Sie sich beim Roten Kreuz, die übernehmen das dann. Und ruhen Sie sich ein bißchen aus«, fügt er noch hinzu, bevor er zu seinen Bäumen zurückgeht.

Miller holt seine Ausrüstung. Auf dem Rückweg zum Jeep fragt einer der Männer, an denen er vorbeikommt: »Hey, Miller, was ist denn los?«

Miller reagiert nicht. Wenn er jetzt den Mund aufmacht, lacht er glatt los und ruiniert alles. Er hält den Kopf gesenkt und die Lippen geschlossen, als er hinten in den Jeep einsteigt. Er sieht erst hoch, als sie die Kompanie eine gute Meile hinter sich haben. Der fette Gefreite auf dem Beifahrersitz mustert ihn. Er sagt: »Tut mir leid wegen deiner Mutter. So 'ne Scheiße aber auch.«

»Oberscheiße«, sagt der Fahrer, auch ein Gefreiter. Er wirft einen Blick über die Schulter. In der Sonnenbrille sieht Miller kurz sein Spiegelbild.

»Irgendwann ist jeder dran«, murmelt er und sieht wieder zu Boden.

Millers Hände zittern. Er klemmt sie zwischen die Knie und starrt durch das knatternde Plastikfenster auf die vorbeiwischenden Bäume. Der Regen hämmert auf die Verdeckplane. Er ist drinnen, und alle anderen sind noch draußen. Miller muß an die anderen denken, die weiter im Regen stehen, und bei dem Gedanken möchte er laut lachen und sich auf die Schenkel schlagen. Noch nie hat er so ein Schwein gehabt.

»Letztes Jahr ist meine Großmutter gestorben«, sagt der Fahrer. »Aber das ist überhaupt kein Vergleich mit der Mutter. Du tust mir leid, Miller.«

»Keine Angst«, sagt Miller. »Ich schaff das schon.«

Der fette Beifahrer sagt: »Hör mal, du mußt dich unsretwegen nicht am Riemen reißen. Wenn dir nach Weinen oder so ist, dann laß dich gehen. Was, Leb?«

Der Fahrer nickt. »Was raus muß, muß raus.«

»Kein Problem«, sagt Miller. Er würde den beiden gern die Wahrheit sagen, damit sie nicht die ganze Strecke nach Fort Ord die Trauerklöße spielen müssen. Aber wenn er ihnen sagt, was Sache ist, kehren sie sofort um und bringen ihn zu seinem Schützenloch zurück.

Miller weiß, was passiert ist. Es gibt im Bataillon noch einen Miller, der ebenfalls die Initialen W. P. hat, und dessen Mutter ist gestorben. Die Army verwechselt auf Schritt und Tritt ihre Post, und jetzt hat sie wieder einmal Mist gebaut. Das war Miller sonnenklar, als der First Sergeant seine Mutter erwähnte.

Ausnahmsweise sind mal alle anderen draußen, und Miller ist drinnen. Drinnen und auf dem Weg zu einer heißen Dusche, trockener Kleidung, einer Pizza und einem warmen Bett. Und er brauchte gar nichts zu deichseln; er hat bloß Befehle befolgt. Sie haben einfach einen Fehler gemacht. Morgen schläft er erst mal aus, wie der First Sergeant angeordnet hat, meldet sich wegen seiner Brücke im Lazarett und geht danach vielleicht in der Stadt ins Kino. Dann meldet er sich beim Roten Kreuz. Bis deren Irrtum rauskommt, ist es längst zu spät, ihn wieder ins Manöver zu schicken. Und das Beste ist, der andere Miller weiß von nichts. Der bekommt einen ganzen Tag Aufschub und darf glauben, seine Mutter wäre noch am Leben. Miller hält sie gleichsam für ihn am Leben.

Der Beifahrer dreht sich wieder um und mustert Miller. Er hat kleine dunkle Augen, und auf seinem großen, weißen Gesicht glänzen Schweißperlen. Auf seinem Namensschild steht KAISER. Er zeigt kleine viereckige Babyzähne und sagt: »Du hältst dich prima, Miller. Die meisten klappen zusammen, wenn sie die Nachricht kriegen.«

»Würd ich auch«, sagt der Fahrer. »Würde jeder. Ist doch nur *menschlich*, Kaiser.«

»Na klar«, sagt Kaiser. »Ganz deiner Meinung. Das wird der schlimmste Tag meines Lebens, wenn meine Mum mal stirbt.« Er zwinkert rasch, aber Miller sieht, daß er feuchte Augen bekommen hat.

»Früher oder später«, sagt Miller, »müssen wir alle sterben. Damit muß man sich abfinden.«

»Mann«, sagt der Fahrer. »Ein echter Philosoph.«

Kaiser blickt ihn böse an und sagt: »Ruhig bleiben, Lebowitz.«

Miller beugt sich vor. Lebowitz ist ein jüdischer Name. Lebowitz ist also Jude. Miller würde ihn gern fragen, wie er in die Army gekommen ist, hat aber Angst, Lebowitz könnte das in den falschen Hals kriegen. Also sagt er nur beiläufig: »In der Army trifft man heutzutage nicht viele Juden.«

Lebowitz sieht in den Rückspiegel. Er zieht die buschigen Augenbrauen über die Sonnenbrille hoch, schüttelt den Kopf und sagt etwas zu Kaiser, das Miller nicht mitbekommt.

»Ruhig bleiben, Leb«, sagt Kaiser wieder. Er dreht sich zu Miller um und fragt, wo die Beerdigung stattfinde.

»Welche Beerdigung?« fragt Miller.

Lebowitz lacht.

»Blödmann«, sagt Kaiser. »Noch nie was von Schock gehört?«

Lebowitz schweigt einen Augenblick. Dann sieht er wieder in den Rückspiegel und meint: »Tut mir leid, Miller. War nicht so gemeint.«

Miller zuckt die Achseln. Seine tastende Zunge drückt zu stark gegen die Brücke, und er verkrampft sich.

»Wo hat deine Mom gelebt?« fragt Kaiser.

»Redding«, sagt Miller.

Kaiser nickt. »Redding«, wiederholt er. Er schaut Miller weiter an. Lebowitz auch, der zwischen Rückspiegel und Straße hin- und hersieht. Miller ist klar, daß sie mit seiner Darbietung nicht zufrieden sind, sondern mehr Tränen oder so erwartet haben. Sie haben genug Truppenangehörige gesehen, denen die Mutter gestorben war, und jetzt haben sie gewisse Ansprüche, hinter denen er zurückbleibt. Er sieht aus dem Fenster. Sie fahren einen Bergrücken entlang. Zwischen den Bäumen auf der linken Straßenseite blitzt es manchmal blau auf; dann wird der Wald lichter, und weiter unten sieht Miller das Meer, das sich unter einem tiefblauen wolkenlosen Himmel bis zum Horizont erstreckt. Außer einem leichten Dunst in den Baumkronen haben sie die Regenwolken in den Bergen über den Soldaten zurückgelassen.

»Versteht mich nicht falsch«, sagt Miller. »Es tut mir leid, daß sie tot ist.«

Kaiser sagt: »So ist's recht. Red's dir von der Seele.«

»Sie war mir bloß ziemlich fremd«, sagt Miller und fühlt sich nach dieser faustdicken Lüge plötzlich schwerelos. Erst ist ihm das unangenehm, aber dann freut er sich. Von nun an kann er sagen, was er will.

Er zieht ein trauriges Gesicht. »Wahrscheinlich wäre ich ziemlich fertig, wenn sie uns nicht einfach so im Stich gelassen hätte. Mitten in der Erntezeit. Hat uns einfach hängenlassen.«

»Da klingt eine Menge Ärger durch«, meint Kaiser. »Den mußt du rauslassen. Steh dazu.«

Miller hat das alles aus einem Song, weiß aber nicht, wie er weiterging. Er senkt den Kopf und betrachtet seine Stiefel. »Mein Dad hat das nicht verkraftet«, sagt er nach einigem Schweigen. »Ist an gebrochenem Herzen gestorben. Plötzlich stand ich da und durfte fünf Geschwister versorgen, von der Farm ganz zu schweigen.« Miller schließt die Augen. Er sieht ein frischgepflügtes Feld, hinter dem die Sonne untergeht. Eine Kinderschar mit Forken und Hacken auf den Schultern kommt von der Feldarbeit nach Hause. Während der Jeep durch die Serpentinen hinabkurvt, beschreibt er das Elend, das er als ältester Sohn durchgemacht hat. Er ist gerade fertig, als sie die Küstenautobahn erreichen und nach Norden abbiegen. Auf einmal rüttelt und schwankt der

Jeep nicht mehr. Sie beschleunigen. Die Reifen surren auf der glatten Fahrbahn. An der Antenne entsteht durch den Fahrtwind ein gleichbleibend hohes Pfeifen. »Ist ja auch egal«, sagt Miller, »ihr letzter Brief ist jedenfalls zwei Jahre her.«

»Du könntest einen Film drehen«, sagt Lebowitz.

Miller weiß nicht, was er davon halten soll. Er wartet auf Lebowitz' Fortsetzung, aber die kommt nicht. Auch Kaiser kehrt Miller schon seit einigen Minuten den Rücken zu und schweigt. Die beiden starren auf die Straße. Miller merkt, daß er sie langweilt. Er ist enttäuscht, weil es Spaß gemacht hat, sie an der Nase herumzuführen.

Eins stimmt allerdings: Miller hat von seiner Mutter seit zwei Jahren keine Post mehr bekommen. Nachdem er zur Army gegangen war, hat sie ihm viel geschrieben, am Anfang ein- bis zweimal die Woche, aber Miller hat ihre Briefe ungelesen zurückgehen lassen, und nach einem Jahr hat sie aufgegeben. Sie hat auch ein paarmal telefoniert, aber Miller hat die Anrufe nie entgegengenommen, und da hat sie auch das aufgegeben. Miller will ihr klarmachen, daß ihr Sohn kein Mann ist, der die andere Wange hinhält. Er meint es ernst. Einmal sauer, immer sauer.

Millers Mutter hat ihn verstimmt, als sie einen Mann geheiratet hat, den sie nicht hätte heiraten dürfen. Phil Dove. Dove war Biologielehrer an der High School. Miller kam in seinem Kurs auf keinen grünen Zweig, seine Mutter ging am Elternsprechtag zu Dove, und das Resultat war ihre Verlobung. Als Miller versuchte, ihr die Heirat auszureden, ignorierte sie ihn. Sie führte sich auf, als hätte sie ihren Märchenprinzen kennengelernt, dabei stotterte Dove und vergeudete sein Leben mit dem Sezieren von Flußkrebsen.

Miller wollte die Heirat um jeden Preis verhindern, aber seine Mutter war völlig verblendet. Sie verstand nicht, was sie aufs Spiel setzte und wie gut sie es zu zweit hatten. Er war immer da, wenn sie von der Arbeit kam, und hatte Kaffee gekocht. Sie tranken zusammen Kaffee und unterhielten sich über Gott und die Welt, manchmal redeten sie auch gar nicht - saßen einfach nur zusammen in der Küche, bis es dunkel wurde, das Telefon klingelte oder der Hund winselte und Gassi gehen wollte. Dann liefen sie mit ihm um den Stausee herum. Kamen zurück und aßen, worauf sie Lust hatten, manchmal nichts, manchmal drei oder vier Abende hintereinander dasselbe, sahen nach Lust und Laune fern und gingen ins Bett, wann sie wollten und nicht, wann jemand anders es wollte. Sie waren einfach zusammen zu Hause.

Phil Dove hatte Millers Mutter so aus der Bahn geworfen, daß sie vergaß, wie gut sie es gehabt hatten. Sie wollte nicht einsehen, daß sie alles kaputtmachte. »Du gehst doch sowieso fort«, sagte sie. »Nächstes oder übernächstes Jahr ziehst du aus« - womit sie nur bewies, wie wenig sie Miller kannte, denn er hätte sie niemals verlassen, nicht um alles in der Welt. Aber als er das sagte, lachte sie, als wisse sie es besser und er wolle sie nur aufziehen. Aber er meinte es in vollem Ernst. Er meinte sein Versprechen ernst, bei ihr zu bleiben, und er meinte seine Drohung ernst, nie wieder ein Wort mit ihr zu reden, wenn sie Phil Dove heiratete.

Sie heiratete ihn. Miller verbrachte die Nacht in einem Motel und blieb zwei weitere Nächte, bis er pleite war. Dann ging er zur Army. Er wußte, daß ihr das nahegehen würde, denn erstens hätte er einen Monat später seinen High-School-Abschluß in der Tasche gehabt, und zweitens war sein Vater in der Army ums Leben gekommen. Nicht in Vietnam, sondern in Georgia, bei einem Unfall. Er hatte mit einem anderen Mann Eßgeschirr in eine Mülltonne mit kochendem Wasser ausgeleert, und irgendwie war er in die Tonne geraten. Miller war damals sechs. Von da an haßte seine Mutter die Army, nicht so sehr deshalb, *weil* ihr Mann gestorben war - sie wußte, daß er in den Krieg gezogen wäre, wußte alles über Heckenschützen und Minen -, sondern deshalb, *wie* er gestorben war. Sie sagte, die Army könnte einen Mann nicht einmal anständig umbringen.

Damit hatte sie auch recht. Die Army ist mindestens so schlimm, wie sie gedacht hat, wenn nicht schlimmer. Man gammelt den ganzen Tag herum und führt ein absolut sinnloses Leben. Miller haßt jede einzelne Minute, aber der Haß ist auch befriedigend, weil seine Mutter ja fühlen muß, wie unglücklich er ist. Dieses Gefühl wird ihr Kummer machen. Weniger schlimm als der Kummer, den sie ihm bereitet hat und der vom Herzen in den Magen und die Zähne weiterkriecht, aber es ist der schlimmste Kummer, den er ihr bereiten kann, und dadurch wird sie ihn nicht so bald vergessen.

Kaiser und Lebowitz beschreiben einen Hamburger. Ihre Vorstellung des idealen Hamburgers. Miller versucht wegzuhören, aber sie sprechen zu laut, und nach einiger Zeit denkt auch er nur noch an Fleischtomaten und Gulden's Senf und dampfende Burger mit Zwiebeln und schwarzem Kreuzmuster vom Grill. Er will sie gerade bitten, das Thema zu wechseln, da dreht sich Kaiser um und fragt: »Kannst du was essen?«

»Weiß ich nicht«, sagt Miller. »Wahrscheinlich könnt ich schon was runterkriegen.«

»Wir wollen nämlich mal an die Boxen fahren. Aber wenn du weiterfahren willst, brauchst du's nur zu sagen. Du bist hier der Boß. Eigentlich sollen wir dich nämlich direkt zum Stützpunkt bringen.«

»Ich kann was essen«, sagt Miller.

»So lob ich's mir. Du machst jetzt 'ne schwere Zeit durch, da darfst du nicht vom Fleisch fallen.«

»Ich kann was essen«, wiederholt Miller.

Lebowitz sieht in den Rückspiegel, schüttelt den Kopf und sieht wieder auf die Straße.

Sie nehmen die nächste Ausfahrt und fahren landeinwärts zu einer Kreuzung, an der sich zwei Tankstellen und zwei Restaurants gegenüberliegen. Das eine Restaurant ist mit Brettern vernagelt, und Lebowitz fährt auf den Parkplatz der Dairy Queen gegenüber. Er macht den Motor aus, und die drei Männer sitzen reglos in der plötzlichen Stille. Miller hört in der Ferne Metall scheppern, das Krächzen einer Krähe und das Knarzen des Sitzes, wenn Kaiser sich bewegt. Vor einem verrosteten Wohnwagen nebenan bellt ein Hund. Ein ausgemergelter weißer Hund mit gelben Augen. Beim Bellen hebt er ein zuckendes Bein und kratzt sich an einem Schild, auf dem über dem Bild einer offenen Handfläche geschrieben steht »SCHAUEN SIE IN IHRE ZUKUNFT«.

Sie steigen aus, und Miller folgt Kaiser und Lebowitz über den Parkplatz. Die Luft ist warm und riecht nach Benzin. An der einen Tankstelle versucht ein Mann mit Sonnenbrand, der nur eine Badehose trägt, sein Fahrrad aufzupumpen, reißt am Schlauch und schimpft wie ein Rohrspatz. Miller fährt mit der Zunge unter die kaputte Brücke und hebt sie sachte an. Er fragt sich, ob er einen Hamburger probieren soll, und denkt, wird schon nicht wehtun, solange er nur mit der anderen Seite kaut.

Aber es tut weh. Nach ein paar Bissen schiebt Miller den Teller weg. Er stützt das Kinn in die Hand und hört Lebowitz und Kaiser zu, die sich darüber unterhalten, ob es wirklich Menschen gibt, die in die Zukunft schauen können. Lebowitz erzählt von einem Mädchen, das er mal gekannt hat und das Gedanken lesen konnte. »Wir waren im Auto unterwegs«, sagt er, »da erzählt sie mir aus heiterem Himmel, was ich gerade denke. Ich hab gedacht, ich werd nicht mehr.«

Kaiser ißt seinen Hamburger auf und trinkt einen Schluck Milch. »Kein Problem«, sagt er. »Kann ich auch.« Er zieht Millers Hamburger zu sich hinüber und beißt ab.

»Das möcht ich sehen«, sagt Lebowitz. »Versuch's mal. Ich denk nämlich nicht an das, was du jetzt glaubst.«

»Denkst du wohl.«

»Okay, jetzt ja«, sagt Lebowitz, »eben aber nicht.«

»Ich würde nie im Leben eine Wahrsagerin an mich ranlassen«, sagt Miller. »Ich finde, was man nicht weiß, macht einen nicht heiß.«

»Noch mehr Weisheiten direkt von W. P. Millers Privatkatheder«, sagt Lebowitz. Er sieht Kaiser an, der gerade die Reste von Millers Hamburger verdrückt. »Also, was ist? Ich bin dabei, wenn du mitmachst.«

Kaiser kaut bedächtig. Er schluckt und leckt sich die Lippen. »Klar«, sagt er. »Warum nicht? Solange Miller nichts dagegen hat.«

»Wogegen?« fragt Miller.

Lebowitz steht auf und setzt die Sonnenbrille auf. »Mach dir wegen Miller nicht ins Hemd. Miller ist cool. Miller behält den Kopf, wo alle anderen ihn verlieren.«

Kaiser und Miller stehen auf und folgen Lebowitz nach draußen. Im Schatten eines Müllcontainers bückt er sich und putzt seine Stiefel mit einem Taschentuch. Blauschillernde Schmeißfliegen umschwirren sie. »Wogegen?« wiederholt Miller seine Frage.

»Wir wollen zu der Wahrsagerin«, sagt Kaiser.

Lebowitz richtet sich auf, und sie überqueren den Parkplatz.

»Ich würde eigentlich lieber weiterfahren«, sagt Miller. Am Jeep bleibt er stehen, aber Lebowitz und Kaiser gehen weiter. »Hey, hört mal«, sagt Miller und läuft ihnen nach. »Ich hab noch massenhaft zu tun«, sagt er zu ihren Rücken. »Ich muß nach Hause.«

»Wir wissen, daß du am Boden zerstört bist«, sagt Lebowitz und geht weiter.

»Dauert ja nicht lange«, sagt Kaiser.

Der Köter bellt, und als er sieht, daß sie in Reichweite seiner Zähne kommen, rennt er um den Wohnwagen herum. Lebowitz klopft.

Die Tür schwingt auf, und eine Frau mit Mondgesicht, dunklen, tiefliegenden Augen und schweren Lippen steht vor ihnen. Sie schielt; ihr eines Auge scheint etwas neben ihr zu betrachten, während sie mit dem anderen auf die drei Soldaten vor dem Treppchen hinabsieht. Ihre Hände sind mehlbestäubt. Sie ist eine Zigeunerin, eine echte Zigeunerin. Miller hat noch nie eine Zigeunerin gesehen, aber er erkennt sie auf Anhieb, genauso wie er einen Wolf auf Anhieb erkennen würde. Sein Herz schlägt bis zum Hals. Wenn er hier wohnte, dann würde er sich ein paar Männer nehmen, nachts mit Fackeln herkommen und sie mit Geschrei aus der Stadt jagen.

»Sind Sie im Dienst?« fragt Lebowitz.

Sie nickt und wischt sich die Hände am Rock ab. Sie hinterlassen kreidige Streifen auf dem bunten Patchwork. »Alle drei?« fragt sie.

»Und ob«, sagt Kaiser merkwürdig laut.

Sie nickt noch einmal, und ihr gesundes Auge wandert von Lebowitz über Kaiser zu Miller. Sie starrt Miller an, lächelt und gibt unverständliche Laute von sich, Wörter in einer anderen Sprache vielleicht, oder einen Zauberspruch, als erwarte sie, er würde sie verstehen. Einer ihrer Schneidezähne ist schwarz.

»Nein«, sagt Miller. »Nein, Ma'am. Ohne mich.« Er schüttelt den Kopf.

»Kommen Sie«, sagt sie und tritt zur Seite.

Lebowitz und Kaiser steigen die kleine Treppe hoch und verschwinden im Wohnwagen. »Kommen Sie«, wiederholt die Frau und winkt Miller mit ihren weißen Händen zu sich.

Er weicht einen Schritt zurück und schüttelt immer noch den Kopf. »Lassen Sie mich in Ruhe«, sagt er, und bevor sie etwas erwidern kann, dreht er sich um und geht davon. Er kehrt zum Jeep zurück, setzt sich auf den Fahrersitz und läßt beide Türen offen, um frische Luft zu bekommen. Er spürt, wie die Hitze langsam die Feuchtigkeit aus seinem Drillich zieht, riecht die feuchtwarme Verdeckplane über sich und das Säuerliche seines eigenen Körpers. Durch die bis auf zwei verschmierte Halbkreise völlig verdreckte Windschutzscheibe sieht er, wie drei Jungen seelenruhig an die Mauer der Tankstelle gegenüber pinkeln.

Miller bückt sich, um seine Schnürsenkel zu lösen. Das Blut schießt ihm in den Kopf, während er sich mit den nassen Bändern abmüht, und er fängt an zu schnaufen. »Scheißschnürsenkel«, sagt er. »Scheißregen.« Endlich öffnet er die Stiefel und richtet sich immer noch keuchend wieder auf. Er starrt den Wohnwagen an. Scheißzigeunerin.

Er findet es unglaublich, daß diese beiden Idioten allen Ernstes da reingegangen sind. Um Blech zu reden und die Frau durch den Kakao zu ziehen. Das verdeutlicht nur, wie dumm sie sind, denn jedes Kind weiß doch, daß man Wahrsagerinnen nicht durch den Kakao zieht. Niemand weiß im voraus, was eine Wahrsagerin sagen wird, aber sobald sie es gesagt hat, trifft es auch ein. Sobald man hört, was da draußen passieren kann, ist es nicht mehr da draußen, sondern hier drinnen. Mit der Zukunft läßt man immer einen Mörder ins Haus.

Die Zukunft. Weiß die Welt noch nicht genug über die Zukunft? Muß man da noch nach Einzelheiten wühlen? Es gibt nur eins, was man über die Zukunft wissen muß: Alles wird schlimmer. Wenn man das weiß, weiß man alles. Die Einzelheiten sind nicht auszudenken.

Miller will sich die Einzelheiten vom Leibe halten. Er streift die nassen Socken ab und massiert sich die runzligen, weißen Füße. Ab und zu wirft er einen Blick auf den Wohnwagen, wo die Zigeunerin Kaiser und Lebowitz ihr Schicksal deutet. Miller summt vor sich hin. Er wird nicht an die Zukunft denken.

Denn es stimmt - alles wird schlimmer. Eben sitzt man noch vor dem Elternhaus, stochert mit einem Stöckchen in einem Ameisenhaufen und hört Geschirrklappern und die Stimmen von Mom und Dad aus der Küche; im nächsten Moment und ohne daß man weiß, wie einem geschieht, ist eine der beiden Stimmen weg. Und man hört sie nie wieder. Wenn man sich vom Heute ins Morgen aufmacht, läuft man ins offene Messer.

Es hat keinen Sinn, über das Nachher nachzudenken. Miller hat jetzt schon Magengeschwüre und marode Zähne. Sein Körper zeigt erste Materialermüdungen. Wie wird das erst mit sechzig sein? Oder auch nur in fünf Jahren? Miller war neulich in einem Restaurant, da saß ein Typ, ungefähr in seinem Alter, in einem Rollstuhl, und eine Frau fütterte ihn mit Suppe, während sie sich mit anderen Leuten am Tisch unterhielt. Die Hände des Jungen lagen verkrümmt in seinem Schoß wie Handschuhe, die jemand dort fallengelassen hatte. Seine Hose hatte sich bis zum Schienbein hochgeschoben, und darunter sah man blasse, verkümmerte, kaum knochendicke Beine. Der Junge konnte gerade mal den Kopf bewegen. Als Pflegerin war die Frau unter aller Kanone, weil sie nur mit ihren Freundinnen schnatterte. Die halbe Suppe lief dem Jungen übers T-Shirt. Dabei hatte er so kluge und hellwache Augen. Miller dachte: Das könnte dir auch passieren.

Da ist man nun glücklich und zufrieden, und eines Tages, ohne daß man was dafür kann, löst sich etwas im Blutkreislauf und legt das halbe Gehirn lahm. Dann kannst du sehen, wo du bleibst. Und wenn es nicht jetzt und auf einen Schlag passiert, dann garantiert im Lauf der Zeit. Das Ende steht jedenfalls fest.

Eines Tages wird Miller sterben. Das weiß er und ist stolz auf dieses Wissen, denn alle anderen tun immer so, als ob sie es wüßten, aber insgeheim glauben sie an ihre Unsterblichkeit. Das ist jedoch nicht der Grund, warum er die Zukunft unvorstellbar findet. Es gibt etwas viel Schlimmeres, dem man nicht nachgehen darf, und er wird ihm auch nicht nachgehen.

Er wird ihm nicht nachgehen. Miller lehnt sich zurück und schließt die Augen, aber er kann sich nicht einlullen; hinter den Lidern ist er hellwach, unruhig vor Sorge, bohrt wider besseres Wissen nach dem, wovor er am meisten Angst hat, und findet es natürlich auch. Eine ganz einfache Wahrheit. Auch seine Mutter wird eines Tages sterben. Genau wie er. Niemand weiß wann. Miller kann sich nicht darauf verlassen, daß er zu ihr heimkommen und daß sie seine Vergebung empfangen kann, wenn er irgendwann beschließt, daß sie nun genug gelitten hat.

Er schlägt die Augen auf und sieht auf der anderen Straßenseite die verschwommenen Formen der Gebäude, die durch die Streifen auf der Windschutzscheibe ihre Konturen verloren haben. Er schließt die Augen wieder. Er hört sich atmen und spürt den vertrauten, fast körperlichen Schmerz, daß er für seine Mutter unerreichbar ist. Er hat dafür gesorgt, daß sie ihn nicht sehen oder sprechen oder auf jene zerstreute Weise berühren kann, wenn sie hinter seinem Stuhl stehenblieb, etwas fragte und ihm dabei die Hände auf die Schultern legte oder einfach nur gedankenverloren innehalten wollte.

Es war als ihre Strafe gedacht, aber es ist zu der seinen geworden. Ihm wird klar, daß er damit Schluß machen muß. Sonst bringt es ihn um.

Er muß sofort Schluß machen, und als hätte er den ganzen Tag an nichts anderes gedacht, weiß Miller haargenau, was er tun wird. Statt sich beim Roten Kreuz zu melden, wird er auf dem Stützpunkt sofort seine Sachen packen und den ersten Bus nach Hause nehmen. Niemand wird ihm deswegen Vorwürfe machen. Auch nicht, wenn sie ihren Fehler entdecken, denn sein Verhalten wäre für jeden trauernden Sohn ganz normal. Statt ihn zu bestrafen, werden sie sich wahrscheinlich entschuldigen, weil sie ihm Angst eingejagt haben.

Er wird mit dem erstbesten Bus nach Hause fahren, ob das nun ein Expreßbus ist oder nicht. Der wird voller Mexikaner und Soldaten sein. Miller wird auf seinem Fensterplatz dösen. Gelegentlich wird er aus dem Halbschlaf aufwachen und auf die vorbeiziehenden grünen Hügel, fruchtbaren Äcker und Busbahnhöfe hinausstarren, die Bahnhöfe mit ihren bläulichen Abgaswolken und dröhnenden Motoren, wo die Menschen, die er durchs Fenster anschaut, seine Blicke müde erwidern, als ob auch sie gerade erst aufgewacht wären. Salinas. Vacaville. Red Bluff. In Redding wird er sich ein Taxi nehmen. Er wird den Fahrer bitten, vor Schwartz ein paar Minuten zu warten, damit er einen Blumenstrauß besorgen kann, und dann wird er nach Hause fahren, die Sutter hinab und zur Serra hinüber, vorbei am Baseballstadion, an der Grundschule und der Mormonenkirche. Rechts in die Belmont. Links in die Park. Über den Sitz nach vorn gebeugt, wird er sagen, weiter, noch ein Stück, noch ein bißchen, da ist es, halt, wir sind da.

Beim Klingeln hört er Stimmen im Haus. Die Tür geht auf, die Stimmen verstummen. Wer sind all diese Leute? Männer in Anzügen, Frauen mit weißen Handschuhen. Jemand stammelt seinen fast vergessenen, fremd klingenden Vornamen. W-W-Wesley. Eine Männerstimme. Miller bleibt an der Tür stehen und riecht Parfüm. Jemand nimmt ihm die Blumen ab und legt sie zu den anderen Sträußen auf dem Couchtisch. Wieder hört er seinen Namen. Phil Dove sagt ihn, der durchs Zimmer auf ihn zukommt. Er geht langsam, mit erhobenen Armen wie ein Blinder.

Wesley, sagt er. Gott sei Dank, daß du da bist.

Zwei Jungen und ein Mädchen

Gilbert sah sie als erster. Das war Ende Juni bei einer Party. Sie saß allein im Garten und rekelte sich in einem Liegestuhl, als er sich ein Bier aus dem Kühlschrank holen wollte. Er überlegte, ob er sie ansprechen sollte, aber sie schien in ihrem Alleinsein aufzugehen, und er wollte nicht plump oder aufdringlich werden. Später sah er sie noch einmal im Haus - ein blasses, dunkelhaariges Mädchen mit dunklen Augen und Lippenstift auf den Zähnen. Sie tanzte mit Gilberts bestem Freund Rafe. Am Abend darauf saß sie bei Rafe im Wagen, als sie Gilbert zu einer anderen Party abholten, und am nächsten Abend auch. Sie hieß Mary Ann.

Mary Ann, Rafe und Gilbert. Sie verbrachten den ganzen Sommer zusammen, gingen auf Partys, ins Kino und an den See, zu Freunden an den Pool, und wenn Gilbert von der Arbeit im väterlichen Buchladen kam, fuhren sie lange und ziellos durch die Gegend. Gilbert hatte keinen Wagen, also fuhr Rafe; sein Großvater hatte ihm sein tadelloses altes Buick-Cabrio geschenkt, als Rafe es nach Yale geschafft hatte. Mary Ann lehnte den Kopf an seine Schulter und legte die nackten weißen Füße aufs Armaturenbrett, während sich Gilbert wie ein Pascha auf der Rückbank fläzte, Bier austeilte und die ganze Welt mit ironischen Bemerkungen eindeckte.

Gilbert sah die Welt zutiefst ironisch. An der High School, wo Rafe und er in dieselbe Klasse gegangen waren, hatten ihn die Herausgeber des Jahrbuchs zum größten Zyniker ernannt. Ihm gefiel das. Er hielt die Desillusionierung für eine normale Begleiterscheinung, sogar für die Pflicht jedes denkenden Menschen, der durch die offizielle Version der Welt zum wahren Wesen der Dinge vorgedrungen war. Er traute aus Prinzip nichts und niemandem über den Weg, akzeptierte außer seinem eigenen Verstand keinerlei Autorität und zeigte sich angesichts der ungeheuerlichsten Verbrechen und Dummheiten besonders der oberen Zehntausend nicht im mindesten überrascht.

Mary Ann hörte ihm zu, auch wenn sie scheinbar mit Rafe beschäftigt war. Gilbert wußte das, und er wußte, wie er sie schockieren konnte. Dann ballte sie die Fäuste, zwinkerte hastig, und an ihrem milchweißen Hals tauchte wie ein leuchtendes Muttermal ein scharlachroter Fleck auf. Mary Ann war leicht zu schockieren. Ihr Vater, ein Captain der Küstenwache, war der größte Spießer, den Gilbert je gesehen hatte. Als Rafe und er eines Abends auf Mary Ann warteten, starrte Captain McCoy Gilberts Sandalen an und fragte, was er von den Beatniks hielte. Mrs. McCoy hatte im ganzen Haus Spitzendeckchen verteilt, Bilder mit Kätzchen und Hunden beim Pokern sowie Ansichten vom Heiligen Land, und in den Toilettenspülkästen hingen diese Dinger, die das Wasser blau färbten. Gilbert bedauerte Mary Ann jedesmal, wenn er bei ihr aufs Klo ging.

Anfang August fuhr Rafe mit seinem Vater zum Angeln nach Kanada. Er gab Gilbert die Schlüssel zum Buick und sagte, er solle auf Mary Ann aufpassen. Gilbert erkannte den typischen Satz, den der Held eines Kriegsfilms zu seinem faden Kumpel sagt, bevor er zu seinem Himmelfahrtskommando aufbricht.

Rafe gab ihm die Anweisungen beim Packen in seinem

Zimmer. Gilbert lümmelte sich auf dem Bett und sah zu. Er hätte sich gern unterhalten, aber Rafe spielte nacheinander alle sechs Platten des *Bajazzo*, die er eigentlich gar nicht mochte, wie Gilbert argwöhnte, allerdings summte er an einigen Stellen mit, als könne er die ganze Partitur auswendig. Gilbert nahm an, daß Rafe Opern aus denselben Imagegründen für sich entdeckt hatte wie im letzten Winter das Squashspielen. Er legte sich zurück und hörte zu. Rafe packte weiter; er bewegte sich anmutig und methodisch, wußte genau, wo alles lag, und suchte seine Siebensachen mit präzisen, abgezirkelten Bewegungen zusammen. Einmal trat er vor den Spiegel und musterte sich, als wäre er allein im Zimmer, und Gilbert merkte erstaunt, daß er sich darüber ärgerte. Dann drehte sich Rafe um, warf den Autoschlüssel aufs Bett und sagte seinen Satz mit dem Aufpassen auf Mary Ann.

Am nächsten Tag fuhr Gilbert im Buick kreuz und quer durch die Stadt. Vor Nordstrom's parkte er mit offenem Verdeck in zweiter Reihe, rauchte und musterte die herauskommenden Frauen, als warte er auf eine von ihnen. Von Zeit zu Zeit sah er auf die Uhr und runzelte die Stirn. Er fuhr auf einen Pier am Kai und winkte einer Passagierin auf dem Fährboot nach Victoria zu. Sie sah ins Wasser und bemerkte ihn zunächst nicht. Erst als die Fähre aus ihrer Helling zurücksetzte, hob sie den Kopf und sah, wie er ihr eine Kußhand zuwarf. Sie trat von der Reling zurück und verschwand. Später ging er ins La Luna, eine Bar im Universitätsviertel, wo er keinen Ausweis vorzeigen mußte, und setzte sich an einen Tisch mit Sicht auf den Buick. Als sich die Bar füllte, ging er auf die Straße, klappte die Haube hoch und prüfte den Ölstand, direkt vor dem großen Panoramafenster vom La Luna. Zu einem vorbeikommenden Paar sagte er: »Das verdammte Ding säuft Öl, das ist schon nicht mehr feierlich«. Mit dem Gebaren eines Mannes, der wichtige und unerquickliche Pflichten hat, fuhr er weiter. Er hielt vor zwei verschiedenen Drugstores und kaufte Zigaretten. Vom zweiten Drugstore rief er zu Hause an, sagte seiner Mutter, er käme nicht zum Essen, und fragte, ob Post für ihn gekommen sei. Nein, nichts, sagte seine Mutter. Er aß in einem Drive-in-Restaurant, kreuzte wieder durch die Gegend, fuhr zum Aussichtspunkt am Alki Point, setzte sich auf die Motorhaube des Buick und rauchte düster und philosophisch vor sich hin, wobei er die Mädchen mit ihren Rendezvous in den Autos um sich herum ostentativ ignorierte. Von der Meerenge zog dichter Nebel auf. Am gegenüberliegenden Ufer funkelten die Lichter der Stadt, und ein Nebelhorn ertönte. Gilbert schnippte seine Kippe in den Schatten und rieb sich die bloßen Arme. Als er nach Hause kam, rief er Mary Ann an, und sie verabredeten sich für den nächsten Abend ins Kino.

Nach dem Film fuhr Gilbert Mary Ann nach Hause, aber sie stieg nicht aus, sondern blieb sitzen, und sie redeten weiter. Das fiel ihm leichter, als er gedacht hatte. Wenn Rafe dabei war, konnte er sich über ihn an Mary Ann wenden und nach Belieben originell, philosophisch oder geschmacklos werden. Aber immer wenn sie allein waren und darauf warteten, daß Rafe zurückkam, war er regelmäßig zur Salzsäule erstarrt und hatte nie einen Ton herausgebracht. Er zermarterte sich das Gehirn, aber egal was ihm einfiel, es klang angespannt und schroff. An diesem Abend war alles ganz anders.

Es regnete in Strömen. Als Gilbert sah, daß Mary Ann es mit dem Aussteigen nicht eilig hatte, machte er den Motor aus. Das Magische Auge des Radios tauchte sie in blauen Schimmer, während der Regen, der die Scheiben hinabrann, fließende Schatten auf ihre Gesichter warf. Der Regen prasselte in Böen auf das Stoffdach, aber drinnen war es warm und gemütlich, wie in einem Zelt im Sturm. Mary Ann erzählte von der Schwesternschule und von ihrer Angst, in den schweren Fächern, besonders in Anatomie und Physiologie, durchzufallen. Gilbert hielt das für falsche Bescheidenheit und sagte nur, ach komm, das schaffst du doch spielend.

Ich weiß nicht, sagte sie. Ich weiß es einfach nicht. Und dann erzählte sie, wie schlecht sie in Mathe und Naturwissenschaften abgeschnitten hatte und daß zwei ihrer Lehrer sie extra zur Einschreibung begleitet hatten. Gilbert merkte, daß sie wirklich Angst hatte und offenbar auch allen Grund dazu. Nachdem sie es selbst gesagt hatte, war auch nachvollziehbar, daß sie keine glänzende Schülerin war. Sie hatte nicht die Art Klugheit, die man dafür brauchte. Sie war zu geradlinig.

Sie kuschelte sich in ihre Ecke und sah in den Regen hinaus. Sie wirkte traurig. Gilbert hätte ihr gern die Wange gestreichelt, um sie zu trösten. Nach einer Pause meinte er, es stimme nicht ganz, daß er sich noch entscheiden müsse, ob er nach Amherst oder an die University of Washington gehen wolle. Er hätte das gleich richtigstellen sollen. In Wirklichkeit sei er in Amherst gar nicht genommen worden. Er habe es zwar auf die Warteliste geschafft, aber da das Semester schon in drei Wochen anfange, rechne er sich keine Chancen mehr aus.

Sie drehte sich um und sah ihn an. Er konnte ihre Augen nicht erkennen. Sie waren dunkle Seen, in deren Tiefe ein schwaches Glimmen lag. Sie fragte, warum bist du nicht genommen worden?

Auf diese Frage hatte Gilbert Antworten in Hülle und Fülle. Er dachte sich jeden Tag neue aus, und allmählich hingen sie ihm alle zum Hals raus. Ich habe aufgehört zu lernen, sagte er. Ich habe nur noch auf der faulen Haut gelegen.

Aber du wärst doch überall genommen worden. Klug genug bist du doch.

Ich kann mich ganz gut ausdrücken, schätze ich. Er nahm sich eine Zigarette und tippte mit dem Ende aufs Lenkrad. Ich weiß gar nicht, warum ich diese Mistdinger überhaupt rauche, sagte er.

Weil du damit so intellektuell aussiehst, und das gefällt dir.

Da hast du wohl recht. Er zündete seine Zigarette an.

Sie sah ihm beim ersten Zug aufmerksam zu. Kann ich auch mal? fragte sie. Nur einen Zug.

Ihre Finger berührten sich, als er ihr die Zigarette gab.

Du wirst bestimmt eine gute Krankenschwester, sagte er.

Sie nahm einen Zug und blies den Rauch langsam von sich.

Beide schwiegen eine Weile.

Ich muß jetzt rein, sagte sie.

Gilbert sah ihr nach, als sie den Pfad zum Haus hochging. Sie rannte nicht mit eingezogenem Kopf, sondern schritt ruhig durch den rauschenden Regen, als wäre es eine Nacht wie jede andere. Er wartete, bis sie ins Haus gegangen war, dann drehte er das Radio wieder laut und fuhr davon. Die Zigarette schmeckte nach ihrem Lippenstift.

Als er sie am nächsten Tag vom Buchladen aus anrief, kam ihre Mutter ans Telefon und bat ihn zu warten. Als Mary Ann sich meldete, war sie außer Atem. Ich war draußen auf der Leiter und hab Dad geholfen, das Haus zu streichen. Was hast du vor? fragte sie.

Ich wollte erst mal fragen, ob du schon was vor hast, sagte er.

An diesem Abend gingen sie ebenso wie am nächsten ins La Luna. Sie saßen immer in derselben Nische direkt neben der Jukebox. »Don't Think Twice, It's All Right« war gerade erschienen, und Mary Ann drückte es den ganzen Abend über immer wieder. Als sie am dritten Abend hineinkamen, saßen Baseballspieler in ihrer Nische. Gilbert ärgerte sich und merkte, daß es ihr genauso ging. Sie setzten sich an die Bar, wurden aber von den Trinkern hinter ihnen ständig angerempelt und wollten bald gehen. Während Gilbert noch zahlte, brachen die Baseballspieler plötzlich auf, und Mary Ann konnte in die Nische schlüpfen, bevor ein älteres Paar sie besetzte, das in der Nähe gewartet hatte.

Wir waren zuerst da, sagte die Frau zu Mary Ann, als sich Gilbert zu ihr setzte.

Das ist unsere Nische, sagte Mary Ann freundlich und bestimmt.

Wie kommen Sie denn auf die Idee?

Mary Ann sah die Frau an, als wäre sie von der Frage entgeistert. Äh, weiß ich nicht, sagte sie, das ist einfach so.

Später mußte Gilbert immer wieder daran denken, wie Mary Ann »unsere Nische« gesagt hatte. Er sammelte solche Beobachtungen und rief sie sich ins Gedächtnis, wenn Mary Ann nicht da war: ihre Atemlosigkeit, als sie ans Telefon gekommen war, die Art und Weise, wie sie an seiner Zigarette zog, sich für die Jukebox bei seinem Kleingeld bediente und ihm so konsequent jedes Wort glaubte, daß er weder aufschneiden noch Ausflüchte machen oder Effekthascherei betreiben konnte. Er konnte Mary Ann gegenüber keine Witze reißen. Sie nahm jede Bemerkung für bare Münze, und dann mußte er sich unterbrechen und erklären, was er wirklich gemeint hatte. Seine Ironie klang mittlerweile schwach und irgendwie mißgünstig. Sie klang dünn und unmännlich.

Mary Ann gab ihm nie Anlaß dazu. Sie nahm ihn ernst. Schrieb sich die Titel der Bücher auf, die er erwähnte – *Unterwegs, Der Fremde, Der ewige Quell* und andere, die er zwar nicht gelesen, von denen er aber gehört hatte und die er so bald wie möglich lesen wollte. Sie hörte seinen Ausführungen zu, was mit Barry Goldwater, *Reader's Digest* und ihren Lieblingsfernsehserien alles nicht stimmte, und fand, da hätte er wohl recht. Sie hörte ihm mit solchem Ernst zu, daß er ihr Dinge erzählte, die er noch niemandem erzählt hatte, und Träume eingestand, die so kühn waren, daß er sie sich selbst kaum eingestand. Er war oft überrascht von seiner eigenen Ehrlichkeit. Aber er ging nie so weit, Mary Ann das zu erzählen, was ihm am meisten auf der Seele brannte und was sie vermutlich wußte, aber er traute sich nicht, weil sie es vielleicht doch nicht wußte oder nicht zugeben wollte. Wenn es einmal gesagt war, wäre nichts mehr wie vorher, und das wollte er nicht riskieren.

Bis auf zwei Ausnahmen waren sie jeden Abend zusammen. Einmal mußte Gilbert Überstunden machen, und einmal führte Captain McCoy Mary Ann und ihre Mutter zum Essen aus. Aber sonst schauten sie sich noch ein paar Filme an, besuchten eine Party, gingen ins La Luna und fuhren durch die Stadt. Die Nächte waren warm und sternklar, Gilbert öffnete das Verdeck und zockelte auf der rechten Spur entlang. Früher hatte er sich ungeduldig gefragt, warum Rafe so langsam fuhr. Jetzt wußte er es. Wenn man am Lenkrad eines Cabrios saß und ein solches Mädchen neben sich hatte, dann kostete man jede Minute aus. Langsam fuhr er um den See herum, in die Stadt hinab, zu den Aussichtspunkten hinauf, und dann brachte er Mary Ann nach Hause. An den ersten Abenden blieben sie im Wagen sitzen. Später durfte Gilbert mit ins Haus kommen.

Er redete; sie redete. Sie erzählte von ihrer kleinen Schwester Colleen, die zwei Jahre zuvor an Mukoviszidose gestorben war und deren lange Krankheit die Familie enger verbunden und sie auf die Idee gebracht hatte, Krankenschwester zu werden. Sie erzählte von ihren Freundinnen in der Schule und von den Nonnen, die sie unterrichtet hatten. Sie erzählte von ihren Eltern und Großeltern, und sie erzählte von Rafe. Alles, was sie erzählte, handelte von ihren

Gefühlen der Zuneigung. Bedingungslose Begeisterung fand Gilbert normalerweise ermüdend, aber er hatte den Eindruck, daß Mary Ann nicht gut von anderen sprach, um sich in ein besseres Licht zu rücken oder eine heimliche Bitterkeit zu tarnen, sondern weil das ihr Wesen war. So war sie nun einmal, und so mochte er sie. Er mochte sie ja auch dafür, daß sie nicht alles in Frage stellte, sondern vieles mit kindlicher Unbefangenheit glaubte.

Sie hatte sich das Gitarrespielen beigebracht, und manchmal konnte er sie überreden, ihm etwas vorzuspielen und zu singen, alte Balladen über Grubenunglücke, gute Männer, die als Wilderer gehängt wurden, und Edelfräulein, die ihre Babys ertränkten. Er spürte ihre Ergriffenheit. Manchmal versagte ihr die Stimme, dann biß sie sich auf die Lippe und schlug die Augen nieder. Sie legte Folksongs auf und hörte mit geschlossenen Augen zu. Sie mochte auch Roy Orbison, die Fleetwoods und Ray Charles. Eines Abends kam sie mit Keksen aus der Küche, als gerade »Born to Lose« anfing. Gilbert stand auf und bot ihr seine Hand mit so übertriebener Verbeugung an, daß sie auch lachend hätte ablehnen können. Sie stellte den Teller auf den Tisch, nahm seine Hand, und sie tanzten, erst verkrampft und weit auseinander, dann locker und eng. Sie paßten vollkommen zueinander. Vollkommen. Er spürte die Wärme ihrer Haut und wie sich ihre Hüften und Schenkel an ihm rieben. Ihre warme Hand umklammerte seine. Er sog ihr Lavendelparfüm ein, den sonnigen Duft ihrer Haare und den leichten Salzgeruch ihres Körpers. Wieder und wieder atmete er alles tief ein. Dann merkte er, daß er allmählich steif wurde, so daß sie es merken mußte, das mußte sie doch einfach merken, und er wartete darauf, daß sie ihn losließ. Aber sie ließ ihn nicht los. Sie drückte sich an ihn, bis zum Ende des Songs und darüber hinaus. Dann trat sie einen Schritt zurück, ließ seine Hand los und fragte mit belegter Stimme, ob er Lust auf

Kekse hätte. Sie stand vor ihm, schaffte es aber, ihm nicht in die Augen zu schauen.

Später vielleicht, sagte er und bot ihr wieder seine Hand an. Darf ich bitten?

Sie ging zur Couch hinüber und setzte sich. Ich bin so ein Trampel.

Nein, bist du nicht. Du bist eine wunderbare Tänzerin.

Sie schüttelte den Kopf.

Er setzte sich in den Sessel gegenüber. Sie sah ihm noch immer nicht in die Augen, sondern legte die Hände zusammen und starrte sie an.

Dann sagte sie, warum hackt Rafes Vater eigentlich immer auf ihm herum?

Keine Ahnung. Das hat keinen besonderen Grund. Die können sich einfach nicht leiden, glaube ich.

Irgendwie kann Rafe ihm nichts recht machen. Immerzu piesackt er ihn, sogar wenn ich dabei bin. Ich glaube, er macht ihm das Leben ganz schön schwer.

Es stimmte, daß weder Rafes Vater noch seine Mutter an ihrem Sohn viel Gefallen fanden. Gilbert wußte nicht, woran das lag. Er wußte auch nicht, wie sie gerade jetzt darauf kam und warum sie plötzlich den Tränen nahe war. Laß dir mal wegen Rafe keine grauen Haare wachsen, sagte er, der kommt schon klar.

Die Standuhr setzte mit dem Glockenspiel von Westminster ein und schlug dann Mitternacht. Sie war auf die anderen Wohnzimmermöbel abgestimmt worden, und ihr falsch scheppernder Klang machte Gilbert rasend. Das ganze Haus machte ihn rasend: die Bilder, die geschmackvollen Möbel im Kolonialstil und das kümmerliche Bücherregal mit den Buchclubausgaben. In einem solchen Haus konnten sich russische Spione auf das Leben in Amerika vorbereiten.

Es ist einfach nicht fair, sagte Mary Ann. Rafe ist so ein lieber Kerl.

Rafe ist ein famoser Kerl, sagte Gilbert. Auf jeden Fall. Einer der besten Freunde, die es gibt.

Der beste.

Gilbert stand auf, um zu gehen, und Mary Ann sah ihn bestürzt an. Sie erhob sich und begleitete ihn auf die Veranda. Als er vom Ende des Pfades noch einmal zurückschaute, stand sie mit verschränkten Armen da und sah ihm nach. Ruf mich morgen an, sagte sie, ja?

Ich wollte vielleicht was lesen, sagte er, fügte dann aber hinzu, mal sehen. Mal sehen, wie's so läuft.

Am nächsten Abend gingen sie zum Bowling. Das war Mary Anns Idee gewesen. Sie war eine gute Bowlerin und wollte unbedingt gewinnen. Wenn sie einen Strike schaffte, warf sie den Kopf zurück und stieß ein Triumphgeheul aus. Sie mißtraute Gilberts Punktezählen, bis er die Nase voll hatte und meinte, sie solle selbst zählen, was sie anstandslos tat. Wenn sie einen Wurf in die Rille setzte, behauptete sie, sie wäre auf einer nassen Stelle ausgerutscht und forderte einen zweiten Versuch. Das lehnte er ab, weil ihm klar war, daß sie ihn dann verachtet hätte, aber ihre Unverfrorenheit machte ihn überglücklich.

Als er vor ihrem Elternhaus den Wagen anhielt, sagte Mary Ann, nächstes Mal zeig ich dir ein paar Tricks. Wenn du wüßtest, wie das geht, wärst du gar kein so schlechter Spieler.

Als er dieses »Nächstesmal« hörte, machte er den Motor aus, drehte sich zu ihr und sah sie an. Mary Ann, sagte er.

So viel hatte er noch nie gesagt.

Sie sah stur geradeaus und antwortete nicht. Dann sagte sie, ich habe Durst. Möchtest du auch ein Glas Saft oder so? Bevor Gilbert den Mund aufbekam, sagte sie, wir sollten uns aber draußen hinsetzen. Gestern abend müssen wir meinen Vater geweckt haben.

Gilbert wartete auf der Treppe, während Mary Ann ins Haus lief. Auf dem Verandageländer standen Farbdosen und Pinsel. Jedes Jahr kratzte Captain McCoy eine Seite des Hauses ab und strich sie neu. Dieses Jahr war die Fassade an der Reihe. Es war typisch für ihn, alles in die Länge zu ziehen. Gilbert hatte ihm mal geholfen, Eiswürfel für Drinks zu zerstoßen. Der Captain nahm dazu einen einzigen Eiswürfel in die Hand und drosch so lange mit einem Hammer auf ihn ein, bis er pulverisiert war. Dann war der nächste Eiswürfel dran. Dann der nächste. Und so weiter. Als Gilbert eine ganze Eiswürfelschale in ein Geschirrtuch kippte und es auf die Arbeitsfläche krachen ließ, nahm der Captain ihm das Geschirrtuch weg. So macht man das nicht! sagte er. Er holte Gilbert einen zweiten Hammer, und die beiden standen in der Küche und zerschlugen einen Eiswürfel nach dem anderen.

Mary Ann kam mit zwei Gläsern Orangensaft nach draußen. Sie setzte sich neben Gilbert auf die Treppe, sie tranken und schauten sich den Buick an, der im Licht der Straßenlampe blitzte.

Ich hab morgen frei, sagte Gilbert. Wollen wir eine Spritztour machen?

Nichts lieber als das, aber ich hab Dad versprochen, daß ich den Zaun streiche.

Dann streichen wir ihn eben zusammen.

Das geht doch nicht. An deinem freien Tag solltest du was unternehmen.

Beim Zaunstreichen unternehm ich doch was.

Irgendwas, wozu du Lust hast, Blödmann.

Ich hab Lust zum Streichen. Es gibt für mich nichts Schöneres als Streichen.

Gilbert.

Nein, echt, ich streiche liebend gern. Frag doch meine Eltern. Jede freie Minute bin ich mit'm Pinsel am Gange.

Wer's glaubt, wird selig.

Also wann fangen wir an? Schau mal, mein letzter Zaun ist erst drei Stunden her, und es juckt mir schon in den Fingern.

Laß das! Keine Ahnung. Wann du willst. Nach dem Frühstück.

Er trank seinen Saft aus und rollte das Glas zwischen den Handflächen hin und her. Mary Ann.

Er hörte ihr Zögern. Ja?

Er rollte weiter das Glas. Wie finden deine Eltern es eigentlich, daß wir so viel zusammen sind?

Denen ist das egal. Ich glaube, sie sind ganz froh darüber.

Ich bin nicht gerade ihr Typ.

Ha. Das kannst du laut sagen.

Worüber sind sie dann froh?

Du bist nicht Rafe.

Wieso, mögen sie ihn nicht?

O doch, sie mögen ihn. Sehr sogar. Sie sagen immer, wenn sie einen Sohn hätten, und so weiter. Aber mein Dad findet, wir nehmen die Sache zu ernst.

So so, zu ernst. Dann bin ich also der Pausenclown.

Sag so was nicht.

Ich bin nicht der Pausenclown?

Nein.

Gilbert stützte sich mit den Ellbogen auf die Stufe hinter sich. Er sah zum Himmel und sagte unentschlossen, er kommt in ein paar Tagen zurück.

Ich weiß.

Und dann?

Sie beugte sich vor und starrte in den Garten, als hätte sie ein Geräusch gehört.

Er wartete eine Weile und wagte kaum zu atmen. Und dann? fragte er wieder.

Wenn ich das wüßte. Vielleicht ... ich weiß es nicht. Ich bin ziemlich müde. Du kommst morgen, ja?

Wenn du möchtest.
Du hast gesagt, du kommst.
Nur wenn du möchtest.
Ich möchte.
Dann komm ich auch. Bis morgen dann.

Auf dem Nachhauseweg fuhr Gilbert bei einem Diner vorbei. Er aß ein Stück Apfelkuchen, trank einen Kaffee und sah den vorbeifahrenden Autos nach. Für jeden normalen Autofahrer draußen mußte er richtig tragisch aussehen, wie er da über seiner Kaffeetasse saß und der Zigarettenrauch sich vor seinem Gesicht kräuselte. Komischerweise hätte dieser Autofahrer völlig recht. Er war drauf und dran, seinen besten Freund zu betrügen. Ihm die beiden Menschen zu nehmen, denen er am meisten vertraute, ihm das Vertrauen selbst zu nehmen, sagte er sich. Und er würde auch sich betrügen - seine unter der ewigen Schnoddrigkeit gut versteckte Überzeugung, ein unerschütterlich treuer Mensch zu sein. Und er wußte, was er tat. Deswegen war die ganze Sache ja tragisch, weil er wußte, was er tat, aber nicht anders konnte.

Er hatte sich alles genau überlegt. Er hatte jede Menge Gründe parat. Rafe und Mary Ann würden sich sowieso früher oder später trennen. Rafe hatte noch viel vor sich. Es war ihm noch nicht bewußt, aber er würde sie zurücklassen. Er würde mit anderen Leuten zusammenwohnen, Söhnen reicher Familien, die ihn in den Semesterferien zu sich einluden und mit ihm Skilaufen und Segeln gingen. Er würde im Smoking auf Debütantinnenbälle gehen und Mädchen vom Smith und Mount Holyoke kennenlernen, Philosophiestudentinnen, Englischstudentinnen, gescheite Mädchen, die dieselben Bücher lasen wie er, wenn nicht noch mehr, und originelle Bemerkungen machen konnten. Er würde ein solches Mädchen näher kennenlernen und mit seinen Freunden

Ausflüge zu ihrem College unternehmen. Sie würde nach New Haven kommen. Ihre Rendezvous würden in Boston und New York stattfinden. Er würde ihre Eltern kennenlernen. Und wenn der ehrenwerte Rafe das nächste Mal herkam, würde er schon am ersten Tag Mary Anns Elternhaus betreten, es eine halbe Stunde später mit betrübtem Gesicht wieder verlassen und innerlich vor Freude im Dreieck springen. Danach würde er nicht mehr so oft herkommen. Wen sollte er hier denn auch besuchen? Seine Rabeneltern doch wohl kaum. Mary Ann auch nicht. Und ihn? Den guten alten Gilbert? Von wegen.

Und Mary Ann, was wurde aus der? Wenn Rafe sie betrogen und ihr den Laufpaß gegeben hatte, was würde dann aus ihrer Offenheit und Sanftmut? Würde sie ihre Arglosigkeit verlieren und in Zukunft immer auf der Hut sein? Es war nur recht und billig, wenn er das von vornherein verhinderte.

Das waren seine Gründe, und es waren gute Gründe, aber für Gilbert waren sie trotzdem nicht zu gebrauchen. Er wußte, daß er auch nicht anders handeln würde, wenn Rafe hierbliebe und mit ihm aufs College ginge oder wenn Mary Ann etwas berechnender wäre. Gründe hatten immer einen Zweck, sie sollten den Anschein eines Kampfs zwischen Prinzip und Verlangen erwecken. Aber es hatte keinen Kampf gegeben. Prinzipien verloren ihre Macht, wenn man das fand, was man haben mußte.

Captain McCoy half Mrs. McCoy ins Auto, als Gilbert den Buick hinter ihnen abstellte. Der Captain wartete, bis seine Frau die Rockschöße gerafft hatte, schloß die Tür und kam zum Buick zurück. Gilbert wechselte zur Begrüßung die Seite.

Mary Ann hat gesagt, du willst beim Zaunstreichen helfen.

Ja, Sir.

Ist ja nicht viel – wahrscheinlich seid ihr ruck, zuck fertig.

Beide sahen den etwa zwanzig Meter langen weißen Staketenzaun an, der parallel zum Bürgersteig verlief. Mary Ann trat auf die Veranda und mimte ein »Hi«.

Captain McCoy sagte, kannst du die Farbe abholen? Bei Glidden unten auf der California. Brauchst bloß meinen Namen zu sagen. Er öffnete die Fahrertür und warf einen letzten Blick auf den Zaun. Ihr müßt ihn gut abkratzen. Das ist das ganze Geheimnis. Wenn die alte Farbe ordentlich aufgerauht wird, bleibt die neue besser haften. Und versucht, nicht aufs Gras zu tropfen.

Mary Ann kam zur Gartenpforte herab und winkte ihren Eltern nach. Sie sagte, sie wollten ihre Großmutter in Bremerton besuchen. Na dann, sagte sie. Möchtest du einen Kaffee oder was anderes?

Nein danke.

Er ging hinter ihr den Pfad hinauf. Sie trug Fransenshorts. Ihre Beine waren ganz weiß, und auf der Treppe zur Veranda winkelte sie sie merkwürdig an. Captain McCoy hatte zwei Bürsten und zwei Pinsel auf das Geländer gelegt, alle vier haargenau parallel ausgerichtet. Mary Ann gab Gilbert eine Bürste, und sie gingen zum Zaun zurück. Ein herrlicher Tag! sagte sie. Findest du nicht auch? Sie kniete sich rechts neben die Pforte und fing an zu kratzen. Dann drehte sie sich zu Gilbert um, der ihr zusah, und sagte, nimm doch einfach die andere Seite. Mal sehen, wer als erster fertig ist.

Sie mußten nicht viel abkratzen, nur ein paar Blasen und hier und da abgeblätterte Stellen. Der Zaun ist doch prima in Schuß, sagte Gilbert. Warum streicht ihr den überhaupt?

Der gehört zur Fassade. Wenn wir die Fassade streichen, streichen wir immer den Zaun mit.

Ist doch gar nicht nötig. Ein paar Ausbesserungen reichen völlig.

Find ich auch. Aber Dad möchte, daß wir ihn streichen. Er streicht ihn immer, wenn er die Fassade streicht.

Gilbert betrachtete das schneeweiße Haus und den auf Bürstenschnittlänge gestutzten leuchtend grünen Rasen, auf dem kein einziger Unkrauthalm zu sehen war.

Rat mal, wer heute morgen angerufen hat, sagte Mary Ann.

Wer denn?

Rafe! Bei denen zieht ein Unwetter auf, deswegen sind sie früher gefahren. Er kommt heute abend an. Er klang ganz begeistert. Und er läßt dich grüßen.

Gilbert fuhr mit der Bürste an einer Zaunlatte auf und ab.

Es war richtig schön, seine Stimme zu hören, sagte Mary Ann. Schade, daß du nicht da warst und ihn sprechen konntest.

Ein Kind fuhr auf einem Fahrrad vorbei, die Bierdeckel ratterten in den Speichen.

Wir müßten irgendwas machen, sagte Mary Ann. Um ihn zu überraschen. Wie wär's, wenn wir mit dem Wagen zu seinen Eltern fahren und ihn vor dem Haus empfangen? Das wär doch toll, oder?

Dann komm ich nicht wieder nach Hause.

Rafe kann dich doch fahren.

Gilbert setzte sich ins Gras und sah Mary Ann an. Sie hatte ihre Zaunhälfte schon halb geschafft. Er wartete darauf, daß sie sich umdrehte und ihm ins Gesicht sah. Stattdessen beugte sie sich über eine Stelle in Bodennähe. Ihre Haare fielen ihr ins Gesicht und entblößten den Nacken. Vielleicht kannst du noch jemanden einladen, sagte sie.

Jemanden einladen? Was meinst du, ein Mädchen?

Na sicher. Wär doch schön, wenn du ein Mädchen hättest. Das wäre perfekt.

Gilbert warf die Bürste gegen den Zaun. Er sah Mary Ann erstarren. Das wäre *nicht* perfekt, sagte er. Als sie sich noch immer nicht umdrehte, stand er auf, lief den Pfad hoch und ging in die Küche. Er lief hin und her, trat an die Spüle, trank ein Glas Wasser und stützte die Hände auf die Arbeitsfläche. Er durchschaute Mary Anns Plan. Er und das Mädchen sollten im offenen Cabrio sitzen bleiben, während Mary Ann bei Rafes Ankunft hinaussprang und ihn leidenschaftlich umarmte. Der unrasierte Rafe würde nach Rauch und freier Wildbahn riechen und sich über diesen Gefühlsausbruch vor seinem Vater schämen, aber auch freuen. Und Gilbert würde die ganze Zeit gleichgültig mit den Händen in den Hosentaschen zusehen und lässige Sprüche klopfen, so daß Rafe wüßte, daß alles in Ordnung war. So hatte sie sich das gedacht. Als wäre nichts geschehen.

Als Gilbert wieder in den Garten kam, war Mary Ann mit ihrem Abschnitt gerade fertiggeworden. Ich hol die Farbe, sagte er. Ich glaube, auf meiner Seite ist nicht mehr viel abzukratzen, aber du kannst es dir ja noch mal ansehen.

Sie stand auf und lächelte mühsam. Danke, sagte sie.

Er sah, daß sie geweint hatte. Das besänftigte ihn nicht, sondern bestärkte ihn in seinem Vorhaben.

Mary Ann hatte die Abdeckplane schon ausgebreitet und die eine Seite unter dem Zaun durchgezogen, damit die Farbe nicht aufs Gras tropfte. Als Gilbert die Farbdose öffnete, lachte sie und sagte, auweia, die haben dir die falsche Farbe gegeben.

Nein, das ist genau die richtige Farbe.

Aber sie ist *rot*. Wir brauchen weiß. Wie jetzt.

Ihr braucht kein Weiß, Mary Ann. Glaub mir.

Sie runzelte die Stirn.

Rot ist viel besser für den Zaun. Nimm's mir nicht übel, aber was Schlimmeres als Weiß hättet ihr euch gar nicht aussuchen können.

Aber das Haus ist weiß.

Genau, sagte Gilbert. Und die Nachbarhäuser auch. Wenn da noch ein weißer Zaun dazukommt, ist die Langeweile perfekt. Das ist wie im Krankenhaus, findest du nicht auch?

Ich weiß nicht. Es ist ganz schön viel Weiß, da hast du recht.

Und das Rot, weißt du, die rote Farbe schafft einen Kontrast und paßt farblich zu den Steinen vom Pfad. Das ist genau das Richtige.

Ja, kann sein. Ich finde, wir sollten es trotzdem bleiben lassen. Diesmal jedenfalls. Nächstes Mal vielleicht, wenn mein Dad nichts dagegen hat.

Paß auf, Mary Ann, dein Dad möchte, daß du deinen eigenen Kopf benutzt.

Mary Ann sah den Zaun von der Seite an.

Vertrau mir einfach, okay?

Sie biß sich auf die Unterlippe und nickte dann. Okay. Wenn du meinst.

Gilbert tauchte seinen Pinsel ein. Die Welt ist doch schon nichtssagend genug, oder? Alle reden immer von der Banalität des Bösen – was ist mit dem Bösen der Banalität?

Sie strichen den ganzen Vormittag über und bis in den Nachmittag hinein. Ab und zu trat Mary Ann ein paar Schritte zurück und begutachtete ihr Werk. Am Anfang behielt sie ihre Meinung für sich. Je mehr sie strichen, desto mehr hatte sie zu sagen. Gegen Ende trat sie auf die Straße und stemmte die Hände in die Hüften. Das ist interessant, was? So ganz anders. Ich verstehe langsam, was du meintest, daß er jetzt zu den Steinen vom Pfad paßt. Aber er ist wirklich knallrot.

Er ist perfekt.

Meinst du, das gefällt meinem Dad?

Dein Dad? Der wird ganz verrückt danach sein.

Glaubst du, Gilbert? Ehrlich?

Warte, bis du sein Gesicht siehst.

Migräne

Es fing an, als sie bei der Arbeit war. Beim ersten Stich stockte ihr der Atem, und ihre Augen öffneten sich weit. Dann ließ es nach, und zurück blieb nur ein schwacher Druck hinten im Nacken. Joyce legte ihre Hände zu beiden Seiten neben die Tastatur und wartete. In den Nischen um sie herum hörte sie das stetige Klicken anderer Tastaturen. Sie wußte, was mit ihr geschah, wußte es so genau, daß sie die nächste Welle nicht mehr als Schmerz empfand, sondern als Grauen vor dem, was noch auf sie zukommen sollte. Joyce schaltete den Computer ab, sammelte die Laborberichte ein und steckte sie in eine Mappe.

Sie blieb an der Tür zum Büro ihrer Vorgesetzten stehen, um Bescheid zu sagen, daß sie früher nach Hause ging. Die Vorgesetzte machte ein mitfühlendes Gesicht und erbot sich, ein Taxi zu rufen; sie könne es aus der Kleingeldkasse bezahlen, falls Joyce sich die Fahrt nicht leisten könne. »Dafür ist die Kasse schließlich da«, meinte sie.

»Ich komm schon zurecht«, gab Joyce zurück. Und fügte hinzu: »Sie brauchen nicht zu flüstern.«

Joyce fuhr nicht mit ihrem eigenen Wagen nach Hause. Statt dessen bestellte sie von der Eingangshalle des Gebäudes aus ein Taxi, wie sie es von Anfang an vorgehabt hatte. Ihre Vorgesetzte mochte glauben, sie gebe ihr das Geld von Herzen, aber so lief es nicht. Egal, was einem die Leute aus ihrem überquellenden Herzen schenkten, sie vergaßen es nicht und erwarteten auch von einem, daß man es nicht vergaß, niemals. Das war jedenfalls Joyces Erfahrung. Nach Joyces Erfahrung gab es so etwas wie eine Kleingeldkasse nicht.

Als sie nach Hause kam, fand sie zwei Pappkartons im Wohnzimmer vor, die mit den wenigen Habseligkeiten ihrer Mitbewohnerin gefüllt waren. Joyce und Dina hatten sich wieder einmal gestritten, und nun setzte Dina den letzten Schritt ihrer Abmachung um, derzufolge sie ausziehen sollte. Joyce betrachtete die Kisten. Sie erwog, sie zu durchsuchen, verwarf die Idee aber wieder - unter ihrem Niveau. Genau das hatte sie früher immer getan, doch sie hatte es sich inzwischen mühsam abgewöhnt. Einen Augenblick lang schloß sie die Augen, schwankte leicht von einer Seite zur anderen, durchquerte das Zimmer und schaltete den Fernseher ein. Ein kreischender Showmaster in gelbem Blazer versuchte, sein verzücktes Publikum zu übertönen, während eine Riesenuhr die Sekunden heruntertickte. Joyce drehte den Ton ab und ging in die Küche, um Teewasser aufzusetzen.

Die Zeitung lag über die ganze Arbeitsplatte ausgebreitet, ihre Ecken flatterten vom Durchzug. Dina hatte wieder einmal das Fenster offengelassen. Joyce war immer hinter ihr her, aber Dina weigerte sich, ganz normale Vorsichtsmaßnahmen zu beachten; sie tat ihre Unbedachtsamkeit ab als eine unwesentliche, aber liebenswerte Folge der Tatsache, daß sie ein Freigeist sei und nicht an materiellen Dingen hänge. Doch Joyce durchschaute sie; sie erkannte, daß Dina ihr durch diese Rollenübernahme die Gegenrolle aufgezwungen hatte: die einer klammernden Neurotikerin. Joyce ertappte sich manchmal bei genau diesem Verhalten. Aber nun nicht mehr. Damit war jetzt Schluß.

Joyce ließ das Wasser laufen und trat ans Fenster. Sie stützte ihre Ellbogen auf das Sims und legte ihr Gesicht in die Hände, wobei sie mit den Fingerspitzen die Schläfen massierte. Fester und fester drückte sie zu, während sich ihr Puls beschleunigte. Wenn der schlimmste Punkt erreicht war, wurde sie plötzlich taub, als hätte jemand ihren Kopf unter Wasser gedrückt. Dann ging es vorbei. Joyce hörte ihren eigenen unregelmäßigen Atem. Sie hörte das Scharren der Taubenkrallen auf dem Ziegeldach und Kinderstimmen vom Spielplatz einer nahegelegenen Schule. Einen Preßlufthammer, weit genug weg, daß sein Lärm erträglich war, beinahe freundlich, wie der ferne Klang von Marschkapellen in der Universitätsstadt, wo sie aufgewachsen war.

Joyce ließ den Schweiß auf ihrem Gesicht vom Durchzug kühlen. Dann schloß sie das Fenster und füllte Kamille, Lindenblüten und Minze in den Teefilter.

Ihre Augen juckten. Ihre Haut fühlte sich feucht an, und ihre Bluse klebte bei den durchgeschwitzten Stellen kalt am Körper. Sie trug den Tee in ihr Schlafzimmer und stellte ihn zum Ziehen auf den Nachttisch, während sie sich auszog und auf die Bettkante setzte. Das Zimmer war ein einziges Durcheinander. Überall Kleider, die an Haken und Knöpfen hingen oder zusammengeknüllt auf dem Boden lagen. Zeitungen. Koffer, immer noch gepackt für einen Besuch bei Dinas Eltern, den sie nie gemacht hatten, weil Joyce krank geworden war. Sie beugte sich hinab, um einen Schuh aufzuheben, ließ ihn wieder fallen und schwang sich nach vorn, um wieder aufzustehen. Sie warf sich einen Frotteebademantel über und ging ins Wohnzimmer, wo sie, in die Sofakissen gelehnt, an ihrem Tee nippte und das stumme Fernsehprogramm verfolgte.

Der Tee half. Nicht richtig, um ehrlich zu sein, aber er war ihre einzige Möglichkeit, auf das Einfluß zu nehmen, was mit ihr geschah. Außer Dinas Massagen wirkte normalerweise überhaupt nichts. Joyce hatte schon Heilbäder versucht. Sie hatte sich betrunken, und sie hatte sich bekifft. Sie hatte jedes Mittel versucht, von dem sie jemals gehört hatte, bis auf die offenkundig zwecklosen, wie zum Beispiel, durch ein Tauchgerät zu atmen. Dieser Vorschlag stammte aus einem Informationsblatt, das zu abonnieren Dina sie gezwungen hatte, bis Joyce zu dem Schluß kam, daß die Sache nur schlimmer statt besser würde, wenn sie immer wieder darüber las. Außerdem verachtete sie den selbstmitleidigen Ton des Blattes und die überflüssige Schlußfolgerung, daß die Leser mit ihrem Leiden nicht allein waren.

Sie waren nämlich allein. In Wirklichkeit war jeder Mensch die ganze Zeit allein, aber wenn man krank war, wurde es einem bewußt, und das machte einen Großteil des Leidens überhaupt aus – das Bewußtsein.

Joyce trank den letzten Schluck Tee. Sie stellte den Becher auf den Boden und starrte Dinas Kisten an. ALMADÉN. Dina hatte sie bestimmt von dem Getränkehändler bekommen. Die Deckel standen offen. Auf einer Kiste lag oben ein weißer Mohairpullover, auf einer anderen ein Haufen Flaschen und Tuben. Joyce lehnte sich zurück. Selbst mit geschlossenen Augen konnte sie das Flackern des Fernsehers spüren, während die Kamera vom Showmaster zum Kandidaten hüpfte und vom Kandidaten zum Showmaster. Totenstille herrschte in der Wohnung.

Es tat gut, endlich einmal allein zu sein. Wirklich allein, ohne eine andere Person, die einem das Gefühl gab, das eigene Leben hätte sich mit dem ihren vermischt. Das stimmte nie. Selbst gemeinsam waren die Leute so einsam wie Kühe auf der Weide, die alle in verschiedene Richtungen starren.

Man kam nicht in das Leben eines anderen Menschen hinein, selbst wenn man es wollte. Im letzten August hatten Joyce und Dina eine Freundin zum Abendessen eingeladen, und irgendwann im Laufe des Abends hatte diese eine

Geschichte von einem Paar erzählt, das sie alle kannten und das sich bei einem sonderbaren Unfall verletzt hatte. Während die beiden vor dem Fernseher saßen, war ein Wasserbett mit einem fetten Mann darauf durch ihre Decke gekracht und direkt auf ihnen gelandet. Ein Wunder, daß sie dabei nicht umgekommen waren, auch wenn diese Sicht der Dinge nicht besonders tröstlich für sie war, in Anbetracht ihrer Verletzungen – Schlüsselbeinbruch bei der einen, verrenkter Hals und Gehirnerschütterung bei der anderen. Joyce und Dina schüttelten den Kopf, als ihre Freundin mit der Geschichte zu Ende war. Sie sahen auf ihre Teller nieder. Joyce schaffte es, ihre Kiefer zusammenzupressen, bis Dina zu schnauben begann, und dann gab es für alle drei kein Halten mehr. Sie lachten los. Sie konnten nicht aufhören zu lachen. Joyce geriet so außer Atem, daß sie den Stuhl zurückschieben mußte und ihren Kopf zwischen den Knien herabhängen ließ.

Und dabei hatte sie diese Frauen gekannt. Ihr Schmerz hätte ihr nicht gleichgültig sein sollen. Doch selbst jetzt, da sie selber litt, konnte sie die Schmerzen der anderen nicht spüren, das Äußerste war ihr Gefühl, daß sie es eigentlich müßte. Und genauso wäre es gewesen, wenn das Wasserbett auf sie und Dina heruntergekracht wäre. Selbst wenn es Joyce getötet hätte, hätten die anderen gelacht und danach ihr Lachen bedauert, so wie Joyce das ihre bedauert hatte. Sie wären allesamt zur Tagesordnung übergegangen und hätten immer seltener an sie gedacht, jedesmal mit demselben plötzlichen, hilflosen Lächeln, wie es Joyce genau jetzt auf ihren Lippen spürte.

Die Wirkung des Tees ließ nach. Joyce hob ihren Kopf aus den Kissen und setzte sich langsam auf. Sie starrte wieder auf die Kisten, dann zum Fernseher hinüber. Ein Mann lächelte unbeirrt, während die Frau einen Eimer voll weißer Plempe über seinem Kopf ausleerte.

Joyce stand auf. Sie ging in die Küche, füllte den Kessel mit frischem Wasser und lehnte sich dann an die Arbeitsplatte. Ihr Herzschlag wurde wieder kräftiger; bei jedem Schlag neigte sie leicht den Kopf, als nicke sie ein. Sie trat in eine neue Phase der Taubheit. Als sie wieder zu sich kam, klapperte der Deckel des Kessels; Wasserperlen rollten an der Seite herab und zischten auf der Kochplatte. Joyce füllte den Teefilter von neuem, goß Wasser in ihre Tasse und trug sie zum Sofa zurück. Sie kniete zwischen Dinas Kisten nieder und begann, die mit dem Pullover obenauf zu durchsuchen.

Unter dem Pullover lagen ein paar Fotografien, die Dina an ihrem Schminkspiegel stecken hatte, zwischen Glas und Rahmen. Eine ganze Serie von ihrem Bruder und seiner Familie, die beiden Töchter wurden von Bild zu Bild größer und dünner, ihre süßen runden Gesichter verschlagen und mürrisch. Eine Studioaufnahme von Dinas Eltern. Mehrere Schnappschüsse von Joyce. Joyce warf einen kurzen Blick auf die Bilder und legte sie beiseite. Sie stützte sich auf ihren Fersen ab, holte tief und konzentriert Atem und hielt ihren Kopf aufrecht, das typische Bild einer Frau, die sich gerade von einem Augenblick der Schwäche erholt hat. Der Kühlschrank sprang an. Flaschen klirrten. Joyce holte erneut Atem, beugte sich wieder vor und packte die Kiste weiter aus.

Kleider. Schuhe. Ein Fön. Schließlich, ganz unten, Dinas Bücher: *Die Streitwagen der Götter, Das Wesen des Tennisspiels, Herrliche Herrenhäuser, Auf der Suche nach Bigfoot, Fit ohne Schweiß* und *Die Baghavad-Gita.* Joyce schlug *Auf der Suche nach Bigfoot* auf und blätterte die Illustrationen durch. Diese enthielten ein Stimm-Diagramm, das die Aufnahme eines versteckten Mikrofons wiedergab, den Gipsabdruck eines großen Fußes mit überraschend dünnen, fingerartigen Zehen und ein verschwommenes Bild von dem Ungeheuer selbst, wie es mit lässig an den Seiten herabbaumelnden Armen über eine Lichtung lief. Joyce packte die Kiste wieder ein. Kein Wunder, daß ihr Hirn zerbröselte. Dina hatte so viel Müll in der Birne, daß ein bloßes Gespräch mit ihr war, als wäre man in ein Sandstrahlgebläse geraten.

Sobald Dina ausgezogen war, würde Joyce ihren Kopf wieder auf Vordermann bringen. Sie hatte eine Liste mit Büchern, die sie unbedingt lesen wollte. Sie würde ein Tagebuch führen und einen Abendkursus in Philosophie belegen. Joyce war im Philosophiekurs damals an der Uni ganz gut gewesen, so gut, daß der Professor bei der Rückgabe der letzten Klausur ein Briefchen für sie beigefügt hatte, in dem er sich bedankte, daß sie dazu beigetragen hatte, den Unterricht in diesem Kurs zu einem wahren Vergnügen zu machen.

Nicht, daß Joyce vorhatte, eine Profi-Philosophin zu werden. Doch sie fühlte sich lebendig, wenn sie über Ideen redete, und sie erinnerte sich immer noch an die ruhige Gewißheit, mit der ihr Professor sich an die Überzeugungen seiner Studenten und deren Ursprünge im Aberglauben, Hörensagen und bloßem Gefühl herangepirscht hatte. Er war berüchtigt dafür, Leute zum Weinen zu bringen. Joyce bekam selbst Übung in dieser Art des Diskutierens. Sie hatte Augenblicke reinster Klarheit, in denen sie spüren konnte, wie sie der Wahrheit näher und näher kam, während sie aus amüsierter Distanz die Panik einiger Kommilitonen beobachtete, die Gefahr liefen, eine Illusion einzubüßen. Joyce hatte sich seitdem nie mehr so klar gefühlt, denn sie hatte nun mit anderen Leuten zu tun, und andere Leute trübten das Wasser. Vor lauter Bedürfnissen und Erwartungen und Gefühlen der anderen und ihren allmächtigen Ängsten, um die man sich acht- oder neunmal am Tag kümmern mußte, erzählte man zu guter Letzt so viele Lügen, daß man mit der Zeit vergaß, wie sich die Wahrheit anhörte. Doch so weit war es mit Joyce nicht gekommen – noch nicht. Allein konnte sie wieder mit dem Lesen anfangen, wieder denken, die Dinge wieder sehen, wie sie wirklich waren. Allein konnte sie so kalt und hart sein, wie es die Wahrheit verlangte. Kein falscher Jubel mehr. Keine vorgespiegelte Vertraulichkeit. Keine Lügen.

Und noch etwas. Kein Fernsehen mehr. Joyce hatte es nur gekauft, um Dina ruhigzuhalten, aber das war nun nicht mehr nötig. Sie nahm die Fernbedienung, sah sich das Ende einer Werbung für Kleintransporter an, dann stellte sie das Gerät ab. Der leere Bildschirm gab ihr ein unbehagliches, ein beunruhigendes Gefühl, fast als beobachte er sie. Joyce legte die Fernbedienung auf den Couchtisch zurück und machte sich ans Auspacken der anderen Kiste.

Etwa auf der Hälfte, zwischen zwei Handtüchern, fand sie, was sie gesucht hatte. Eine Schere, eine alte deutsche Schere, die ihr gehörte. Joyce hatte nicht gewußt, daß sie danach suchte, aber als ihre Finger die Schneiden berührten, mußte sie beinahe laut auflachen. Dina hatte ihre Schere genommen. Absichtlich. Es konnte einfach kein Irrtum gewesen sein, denn diese Schere war einzigartig. Sie hatte ausgefallene Messinggriffe, die die Umrisse eines Entenkopfes nachzeichneten, wenn sie geschlossen waren, und auf den Schneiden waren deutsche Worte eingraviert: »Für meine teure Karin von ihrem liebenden Vater«. Joyce hatte die Schere bei einem Antiquitätenhändler auf der Post Street entdeckt, und von dem Augenblick an, da sie sie nach Hause gebracht hatte, war Dina davon fasziniert gewesen. Sie lieh sie sich so oft aus, daß Joyce sie verdächtigte, irgendwelche Arbeiten zu erfinden, nur damit sie eine Entschuldigung hatte, sie zu benutzen. Und jetzt hatte sie sie gestohlen.

Joyce hielt die Schere in die Höhe und schnipste sie mehrmals auf und zu. Na, das öffnete einem aber die Augen. Die kleine Miß Freigeist, Miß Unbelastet-von-weltlichen-

Gütern stahl lieber, als ohne eine bestimmte Schere zu leben. Eine Diebin war sie, eine Heuchlerin und Diebin.

Joyce legte die Schere neben die Fernbedienung. Sie preßte die Handwurzel fest gegen ihre Stirn. Zum erstenmal an diesem Tag fühlte sie sich müde. Mit ein bißchen Glück konnte sie vielleicht sogar etwas schlafen.

Joyce schob die Schere zwischen die Handtücher zurück und packte die Kiste wieder ein. Dina konnte sie behalten. Es brachte nichts, sie mit dem Diebstahl zu konfrontieren, sie würde bloß Überraschung heucheln und behaupten, es sei zufällig passiert, und Joyce konnte die Schere unmöglich erwähnen, ohne zuzugeben, daß sie die Kisten durchsucht hatte. Dina konnte das verdammte Ding behalten, und im Laufe der Zeit, viele, viele Monate und Jahre später, würde es ihr schon dämmern, daß Joyce wissen mußte, daß sie die Schere gestohlen hatte; trotzdem würde Joyce sie nicht erwähnen, weder auf ihren Weihnachtskarten noch bei den freundlichen Anrufen zu Dinas Geburtstag oder auf den Postkarten, die sie ihr aus den diversen Ländern schickte, in die sie reiste. Am Ende würde Dina wissen, daß Joyce ihr verziehen und die Schere zum Geschenk gemacht hatte, und dann würde sie zum erstenmal begreifen, was für ein Mensch Joyce wirklich war und was für ein falsches Bild sie von ihr gehabt hatte – die blinde und gefühllose Dina. Endlich würde sie wissen, was sie verloren hatte.

Als Joyce aufwachte, stand Dina neben dem Sofa und sah auf sie herunter. Ein paar Streifen Licht fielen auf den Teppich und die Wand; ansonsten lag das Zimmer im Halbdunkel. Joyce versuchte den Kopf zu heben. Er fühlte sich an wie ein Stein. Sie sank wieder zurück.

»Ich wußte es«, sagte Dina.

Joyce wartete. Als Dina sie unverwandt ansah, fragte sie: »Was wußtest du?«

»Rate mal.« Dina wandte sich ab und ging in die Küche.

Joyce hörte, wie sie Wasser in den Kessel laufen ließ, und rief ihr zu: »Beziehst du dich auf die Tatsache, daß ich krank bin?«

Dina antwortete nicht.

»Das betrifft dich nicht«, sagte Joyce.

Dina kam an die Küchentür. »Laß das, Joyce. Sei wenigstens ehrlich und gib zu, was hier abläuft, okay?«

»Tu so, als wäre ich nicht da«, sagte Joyce. »Das hier hat nichts mit dir zu tun.«

Dina schüttelte den Kopf. »Ich kann es einfach nicht glauben, daß du das machst.«

»Daß ich was mache?« fragte Joyce. »Ich liege hier auf der Couch. Meinst du das?«

»Du weißt schon«, sagte Dina. Sie lehnte wieder in der Küchentür und sagte: »Laß uns keine Kopfspielchen spielen.«

»Kopfspielchen«, wiederholte Joyce. »Jesus, Maria und Josef.«

Dina machte einen Schritt ins Wohnzimmer. »Das ist nicht fair, Joyce.«

Joyce drehte sich auf die Seite. Sie lag bewegungslos da und lauschte auf Dina, die in der Küche herumklapperte.

»Ich bin doch nicht blöd!« schrie Dina.

»Hat doch keiner gesagt.«

Dina kam mit zwei Tassen ins Wohnzimmer zurück. Eine stellte sie in Joyces Reichweite auf den Couchtisch, die andere nahm sie mit zum Klubsessel.

»Danke«, sagte Joyce. Langsam setzte sie sich auf, sie hielt den Kopf gesenkt, so schwindlig war ihr. Sie griff nach der Teetasse und führte sie an die Brust, so daß der duftende Dampf ihr Gesicht wärmte.

Dina beugte sich vor und blies in ihre Tasse. »Du siehst entsetzlich aus«, sagte sie.

Joyce lächelte.

Die beiden Frauen tranken ihren Tee und belauerten sich über die Tassen hinweg. »Ich werde wahnsinnig«, sagte Dina. »Ich kann mir keinen Ausflug an den Strand vornehmen, ohne daß du so eine Schau abziehst.«

»Beachte mich einfach nicht«, empfahl Joyce.

»Das sagst du jedesmal. Ich gehe, Joyce. Vielleicht nicht heute, aber eines Tages.«

»Geh doch heute«, sagte Joyce.

»Willst du das wirklich?«

»Wenn du gehen willst, dann gleich.«

»Du siehst einfach entsetzlich aus. Tut wirklich weh, was?«

»Tu so, als wäre ich nicht da«, sagte Joyce.

»Das kann ich doch nicht. Das weißt du ganz genau. Das ist ja das Gemeine daran. Ich kann nicht einfach weggehen, wenn du solche Schmerzen hast.«

»Dina.«

»Ja?«

Joyce schüttelte den Kopf. »Ach, nichts. Nichts.«

Dina sagte: »Verdammt, Joyce.«

»Du solltest gehen«, sagte Joyce.

»Das mache ich auch. Das verspreche ich dir. Sag bloß nicht, ich hätte dich nicht gewarnt.«

Joyce nickte.

Dina stand auf und hob eine der Kisten an. »Ich habe heute einen tollen Polackenwitz gehört.«

»Nicht jetzt«, bat Joyce. »Das würde mich umbringen.«

Dina trug die Kiste in ihr Schlafzimmer und kam zurück, um die andere zu holen, die mit der Schere. Sie war sperriger als die erste, und Dina hatte Schwierigkeiten, sie richtig in den Griff zu kriegen. »Du blödes Miststück«, sagte sie zu Joyce. »Ich kann es einfach nicht fassen, was ich hier mache.«

Joyce trank ihren Tee aus. Sie verschränkte die Arme und beugte sich vor, bis ihr Kopf fast die Knie berührte. Aus

Dinas Schlafzimmer hörte sie, wie Schubladen aufgerissen und zugeknallt wurden. Dann Stille, und als Joyce ihren Kopf hob, stand Dina wieder über ihr.

»Arme alte Joyce«, sagte sie.

Joyce zuckte die Achseln.

»Rutsch mal ein Stück«, sagte Dina. Sie machte es sich am Sofaende bequem und sagte: »Okay.« Joyce legte sich wieder hin, den Kopf in Dinas Schoß. Dina sah auf sie herunter. Sie strich Joyce das Haar zurück.

»Kopfspielchen«, sagte Joyce und lachte.

»Halt den Mund«, sagte Dina.

Dina rückte ein wenig zur Seite. Sie legte Joyce ihre Hände links und rechts ans Gesicht, Finger auf die Wangen, und drückte ihre Daumen an die Schläfen. Sie bewegte ihre Daumen vor und zurück in kleinen, rhythmischen Kreisen, wobei sie den Druck stetig verstärkte. Zuerst war der Rhythmus fließend und fast unmerklich, doch als er deutlicher wurde, begann Dina zu summen. Joyce schloß die Augen. Sie spürte, wie ihre Augenlider nervös flatterten und sich dann beruhigten. Sie hörte die Zeitung in der Küche rascheln, hörte, wie Dina ihr Lied summte. Sie fühlte Dinas weiche Schenkel und die Wärme, die von ihnen ausging. Dinas Hände lagen warm auf ihren Wangen. Joyce streckte ihre Hände aus und legte sie auf Dinas, als wollte sie sie dort festhalten.

Die Kette

Brian Gold stand oben auf dem Hügelkamm, als das Tier über sie herfiel. Der große schwarze Wolfshund kam an einer Kette von der Veranda hinter dem Haus hervorgeschossen und jagte durch den Garten in den Park hinaus, glitt mühelos durch den Tiefschnee und hielt auf Golds Tochter zu. Er wartete darauf, daß die Kette den Hund zurückriß; der kam aber immer näher. Gold stürmte den Hügel hinab und schrie aus Leibeskräften. Schnee und Wind erstickten seine Stimme. Annas Schlitten hatte die Talsohle fast erreicht. Gegen die nadelscharfen Böen hatte Gold ihr die Kapuze ihres Parkas zugebunden und wußte, daß sie weder ihn hören noch den Hund auf sich zuhetzen sehen konnte. Er spürte, wie schnell der Hund und wie alptraumartig langsam er selbst vorankam, spürte das Gewicht seiner Gummistiefel und den hemmenden Harsch unter dem Neuschnee. Sein langer Mantel klatschte ihm gegen die Knie. Er schrie ein letztes Mal auf, als der Hund sprang. In diesem Augenblick fuhr Anna zurück, und der Hund erwischte sie an der Schulter und nicht im Gesicht. Gold hatte noch den halben Hügel vor sich, ruderte mit den Armen und rutschte in den Stiefeln. Er schien auf der Stelle zu rennen, in unüberbrückbarer Distanz festgehalten zu werden, während der Hund Anna rückwärts vom Schlitten zerrte und wie eine

Puppe schüttelte. Hilflos warf sich Gold den Hügel hinunter, plötzlich verschwand die Entfernung, und er war da.

Der Schlitten war umgestürzt, der Schnee aufgewühlt; der Hund hatte sein Revier markiert. Er hielt Anna immer noch an der Schulter gepackt. Gold hörte sein wütendes Knurren aus der Magengrube. Er sah die angespannten Hinterbeine, die angelegten Ohren und das rotglänzende Zahnfleisch unter der faltigen Schnauze. Anna lag auf dem Rücken und starrte mit blutleerem und ausdruckslosem Gesicht in den Himmel. Sie hatte noch nie so klein ausgesehen. Gold packte die Kette und riß daran, fand im Schnee aber keinen Halt. Der Hund knurrte nur wütender und schüttelte Anna erneut durch. Sie gab keinen Ton von sich. Bei ihrem Schweigen wurde Gold angst und bange. Er warf sich der Länge nach auf den Hund, umklammerte seinen Hals mit einem Arm und riß ihn zurück. Der Hund ließ trotzdem nicht ab. Gold fühlte die Hitze des Tiers, die aus der Tiefe kommende, grollende Angriffslust. Mit der freien Hand versuchte er, ihm die Kiefer aufzupressen. Seine Handschuhe wurden glitschig vom Geifer; er bekam keinen festen Griff. Gold hatte ein Hundeohr vor dem Mund. »Laß sie los, verfluchter Köter«, keuchte er, nahm das Ohr in den Mund und biß mit aller Kraft zu. Er hörte ein Jaulen, etwas krachte gegen seine Nase und stieß ihn in den Schnee. Als er sich aufrappelte, rannte der Hund zum Haus zurück, warf den Kopf hin und her und sprenkelte den Schnee mit Blutstropfen.

»Das Ganze hat vielleicht sechzig Sekunden gedauert«, sagte Gold. »Vielleicht weniger. Aber mir kam es vor wie eine Ewigkeit.« Er hatte die Geschichte inzwischen oft erzählt, und das hatte er jedesmal erwähnt. Er kannte die Binsenweisheit, daß die Zeit in solchen Momenten stehenzubleiben scheint, aber es erstaunte ihn immer wieder. Er konnte es sich auch nicht verkneifen, immer wieder zu betonen, es sei »ein Wunder« - der Ausdruck des Radiologen -, daß Anna nicht entstellt, verkrüppelt oder gar getötet worden war. Der Arzt verstand nicht, wie sie es geschafft hatte, mit heilen Knochen und Nerven davonzukommen. Sie war zwar übersät mit blauen Flecken, aber ihre Haut hatte nicht einen Kratzer abbekommen.

Gold liebte das Gesicht seiner Tochter. Er liebte ihr Gesicht als Ding an sich, das man bewundern und in das man sich vertiefen konnte. Aber seit der Hund sie angefallen hatte, sah er Anna mit anderen Augen. Er sah immer nur, wie der Hund sie ansprang und er am Hügel einfach nicht vorankam; dann bekam er Herzklopfen und wurde nervös, unruhig und wütend. Er wollte nicht mehr an diesen Hund denken - er wollte ihn einfach los sein. Er sollte eingeschläfert werden. Er war wahnsinnig, eine Bedrohung, und er war immer noch da und wartete nur darauf, das nächste Kind anzufallen, weil die Polizei sich weigerte, etwas zu unternehmen.

»Sie tun nichts«, sagte er. »Gar nichts.«

Am Sonntagnachmittag, eine Woche nach dem Überfall, ging er die ganze Geschichte noch einmal mit seinem Vetter Tom Rourke durch. Gold hatte ihn noch am selben Abend angerufen, aber die Sache mit der Polizei war neu, und Rourke bekam einen Wutanfall, genau wie Gold erwartet hatte.

Sein Vetter hatte einen stark ausgeprägten und leicht erregbaren Gerechtigkeitssinn und konnte jederzeit aus Mitgefühl in die Luft gehen, eine Fähigkeit, von der Gold schon als Junge profitiert hatte. Seit einer Woche kochte er vor Wut, stieß aber überall auf Unverständnis. Seine Frau war zwar auch wütend, aber sie hatte nicht gesehen, was er gesehen hatte. Für sie war der Hund ein Abstraktum, und sie neigte sowieso nicht zum Grübeln.

Was denn ihre Ausrede gewesen wäre, wollte Rourke wissen. Womit hatten die Cops ihr Nichtstun begründet?

»Mit der Kette«, sagte Gold. »Sie haben gesagt – das ist überhaupt die Krönung – sie haben gesagt, der Hund war angekettet, also wurde kein Gesetz übertreten.«

»Aber er war doch nicht angekettet, oder?«

»Doch, aber die Kette reicht bis in den Park. Und zwar ganz schön weit, bestimmt zehn bis fünfzehn Meter.«

»Bei der Logik könnte die Kette zehn Kilometer lang sein, und er dürfte völlig legal die ganze beschissene Stadt auffressen.«

»Ganz meine Meinung.«

Rourke erhob sich und trat an das Panoramafenster. Er stand dicht vor der Scheibe und sah in das Schneegestöber hinaus. »Wie war das noch mal mit Nazis und Hunden? Die können echt gut miteinander, ist dir das schon mal aufgefallen?« Ohne sich umzudrehen, fragte er: »Hast du mit einem Anwalt gesprochen?«

»Vorgestern.«

»Was hat er gesagt?«

»Sie. Kate Stiller. Sie sagt, die Polizei kann man in der Pfeife rauchen. Und ich soll das Ganze vergessen. Sie meint, der Hund stirbt an Altersschwäche, bevor wir auch nur in die Nähe eines Gerichtssaals kommen.«

»Und das nennt sich nun Rechtsstaat, Brian, mein Junge. Du kriegst Gerechtigkeit bis zum Abwinken, solange sie dabei Däumchen drehen können.«

Über ihnen erklang dumpfes Poltern. Anna und Rourkes Sohn Michael spielten im ersten Stock. Beide Männer sahen an die Decke. Als niemand losbrüllte, sagte Gold: »Ich weiß nicht, warum ich sie überhaupt angerufen habe. Ich kann mir eine Anwältin gar nicht leisten.«

»Weißt du, was da wirklich los ist?« sagte Rourke. »Der Cop, der die Anzeige entgegengenommen hat, hat sie verschlampt, und die anderen vertuschen das jetzt. Was ist, willst du ihn kaltmachen?«

»Den *Cop*?«

»Ich dachte eher an den Hund.«

»Ich soll den Hund umbringen?«

Rourke sah Gold bloß an.

»Meinst du das ernst? Den Hund umbringen?«

Rourke grinste, sagte aber noch immer nichts.

»Wie denn?«

»Wie hättest du's denn gern?«

»Herrgott, Tom, wir hören uns völlig bescheuert an.«

»Na und?« Mit dem Fuß schob Rourke das Kunstledersofa durch den Raum, bis es Gold gegenüberstand, nahm Platz und beugte sich so vor, daß sich ihre Knie berührten. »Kein Gift oder zerstoßenes Glas. Das ist Pipifax. Das würde ich selbst meinem ärgsten Feind nicht antun. Nein, ein einziger sauberer Schuß.«

»Mein Gott, Tom.« Gold lachte halbherzig.

»Du kannst meine Remington haben und ihn vom Hügel aus kaltmachen. Wenn du näher ranwillst, empfehle ich die 12er Flinte oder die 44er Magnum. Hast du schon mal mit Pistolen geschossen?«

»Nein.«

»Dann ist die Magnum wohl gestorben.«

»Ich kann das nicht.«

»Klar kannst du.«

»Die wissen doch sofort, daß ich dahinterstecke. Ich hab wegen dem Biest die ganze Woche Theater gemacht. Was glaubst du denn, wen die sich als erstes vorknöpfen, wenn er plötzlich mit 'nem Loch im Schädel daliegt?«

Rourke biß sich auf die Unterlippe. »Da hast du recht«, sagte er. »Okay, du kannst das nicht machen. Ich dafür um so besser.«

»Nein. Kommt nicht in Frage, Tom.«

»Du gehst einfach mit Mary essen. Führ sie am besten ins Chez Nicole oder zu Pauly's aus, irgendein kleines Restaurant, wo man sich hinterher an euch erinnert. Wenn ihr nach Hause kommt, ist alles gelaufen, und du hast ein lückenloses Alibi.«

Gold trank sein Bier aus.

»Wir müssen die Sache selbst in die Hand nehmen, Brian. Auge um Auge, Zahn um Zahn.«

»Es ginge vielleicht, wenn ich es machen würde. Vielleicht. Aber daß du es machst, finde ich nicht in Ordnung.«

»Und daß dieser Hund über Anna herfällt und einfach weiter frei herumläuft? Findest du das vielleicht in Ordnung?« Als Gold nicht antwortete, stubste Rourke ihn ans Knie. »Hast du der Töle echt das Ohr abgebissen?«

»Was blieb mir denn anderes übrig?«

»Du hast es abgebissen?«

»Nein.«

»Aber du hast ihn gebissen, ja? Du hast Blut geleckt.«

»Ich hab was in den Mund bekommen, ja. Ließ sich nicht vermeiden.«

»Und es hat geschmeckt, oder? Komm schon, Brian, mir machst du nichts vor, es hat dir geschmeckt.«

»Es war nicht ganz unbefriedigend«, sagte Gold.

»Du willst anständig bleiben«, sagte Rourke. »Respekt. Das weiß ich zu schätzen. Es ist deine Entscheidung, okay? Aber mein Angebot steht.«

Gold wußte, daß Rourkes Spruch über Nazis und Hunde spontan gekommen war. Er reagierte auf alle Sorgen und Nöte des Lebens, indem er die seiner Meinung nach Verantwortlichen als Nazis beschimpfte. Aber Rourkes Bemerkung ging Gold nicht aus dem Kopf. Immer wieder fiel ihm ein altes Bild ein: eine Reihe bissiger Hunde, die Juden über einen Bahnsteig hetzten.

Golds Vater war Jude, aber seine Eltern hatten sich getrennt, als er noch klein war, und seine Mutter hatte ihn katholisch erzogen. Er mochte seinen Namen nicht; er fand, er machte ihn lächerlich. Wenn man »Gold« hörte, dachte man unweigerlich an Gold. Mit einem solchen Namen mußte man stolzer Jachtbesitzer sein, statt dessen kreiste über seinem Geschäft der Pleitegeier. Die schwarzen Jugendlichen, die seine Videothek frequentierten, waren entschieden derselben Meinung. Sie redeten ihn übertrieben höflich als »Mr. *Gold*« an und dehnten das Wort, als wäre schon der Name das kostbare Edelmetall. Wenn sie die Leihgebühr nicht zusammenbekamen, forderten einige von ihnen dreist, er solle den Rest doch einfach aus seiner eigenen dicken Brieftasche begleichen, und taten erstaunt, wenn er sich weigerte. Der rostige Toyota draußen vor dem Laden war ihnen ein Rätsel und ein ständiges Gesprächsthema; sie konnten sich einfach nicht erklären, warum er sich von all seinem Geld nicht endlich eine anständige Karre zulegte. Eines Abends stand ein Mädchen mit seinen Freundinnen an der Ladentheke und äußerte die Vermutung, Gold verstecke seinen Cadillac zu Hause, weil er Angst hätte, die Brothers könnten ihn klauen. Sie hatten ihn bloß geneckt und verschaukelt, aber nach diesem Satz waren alle plötzlich still, als wäre eine unangenehme Wahrheit ausgesprochen worden.

Cadillac. Was sonst?

Nach jahrelanger Entfremdung war Gold in den Schoß der katholischen Kirche heimgekehrt und ging jede Woche zur Messe, um seinen zarten Glauben aufzupäppeln, aber er wußte genau, daß er für den Rest der Welt ein Jude war. Er hatte noch nie damit umgehen können. Einige seiner Marotten hielt er selbst für jüdisch, aber unter den großenteils irischen Jungen, mit denen er aufgewachsen war, darunter auch seine Vettern, waren diese Eigenheiten nicht weiter aufgefallen. Er war eine Leseratte, er hatte Geduld, liebte klassische Musik und verzwickte Moraldebatten und lehnte Alkohol und Gewalt ab. Das war alles schön und gut, aber er hatte andere Eigenschaften, die ihn mehr störten und die er ebenfalls für jüdisch hielt. Ätzende Selbstironie. Anfälle von radikalem Zweifel, die ihn fast lähmten. Körperliche Unbeholfenheit. Eine Neigung zur Passivität bis hin zur Selbstaufgabe, wenn man ihn triezte oder unter Druck setzte. Gold wußte, daß diese Merkmale auch unter Antisemiten als jüdische Stereotypen kursierten, und kämpfte dagegen an, aber ohne viel Erfolg.

In dem ihm vertrauten und von Rourke heraufbeschworenen Bild der Juden, die von Hunden gehetzt wurden, spürte Gold jene Resignation, die er an sich selbst so haßte. Natürlich konnte man niemandem vorwerfen, ein Übel nicht bekämpft zu haben, das er sich in seiner Unschuld nicht vorstellen konnte, aber obwohl Gold wußte, daß die Juden mißhandelt, terrorisiert und ermordet worden waren, fragte er sich immer wieder: Warum hatte keiner von ihnen je einen Wachmann geschlagen - ihm das Gewehr entrissen - ein paar Schweinehunde mit in den Tod genommen? Irgend etwas *unternommen*? Obwohl ihm die entsetzliche Ungerechtigkeit seiner Frage bewußt war, konnte er sie nie ganz unterdrücken.

Und nun, als das alte Bild ihm so lebhaft vor Augen trat, hatte Gold den Eindruck, die Frage würde jetzt ihm gestellt. Warum unternahm er nichts? Seine eigene Tochter war von genau so einem Hund angefallen worden, der um Haaresbreite ihr Gesicht entstellt hätte. Gold hatte seinen Wahnsinn gesehen und seine Mordlust verspürt. Dieser Hund lag immer noch da draußen auf der Lauer, weil niemand zu dem bereit war, was getan werden mußte, auch er nicht. Er konnte dem Bewußtsein seiner Untätigkeit nicht entkommen. In den Tagen nach der Unterhaltung mit Rourke wurde es immer unerträglicher. Egal wo er war, ob zu Hause oder in der Videothek, immer war er auch auf dem Hügel, konnte weder sprechen noch handeln und mußte zusehen, wie das blutrünstige Monster auf Anna losging, während sich die Kette wie eine endlose schwarze Schlange hinter ihm herschlängelte.

Eines Abends fuhr er an dem Park vorbei und blieb vor dem Haus der Hundehalter stehen. Es war ein Kolonialbau mit einer Reihe von Mansardenfenstern, eine große, unerschwingliche Villa wie die meisten Gebäude, die an diesem Park lagen. Gold konnte sich denken, warum die Polizei so zahm geblieben war. Das hier war keine Schießbude für Junkies, keine Brutstätte für Kriminelle und Gesetzesbrecher. Der dumpf dröhnende Messingklopfer an dem grünen Portal, der glitzernde Kronleuchter in der Halle, die geschwungene Märchentreppe mit ihren gigantischen Pfosten und dem polierten Geländer - all das verriet ihm, daß das Gesetz hier unter seinesgleichen war. Ein Hund brauchte schließlich Auslauf. Wenn die Leute ihre Gören unbeaufsichtigt herumlaufen ließen, mußten sie eben die Konsequenzen tragen. Manche Menschen waren wirklich die geborenen Jammerlappen.

Obwohl Gold den Glauben an die Polizei verloren hatte, konnte er sich in sie hineinversetzen. Aber die Leute, die das zugelassen hatten, verstand er nicht. Sie hatten weder angerufen und sich entschuldigt noch nach Annas Befinden gefragt. Denen war es wohl ganz egal, daß sie einen Killerhund besaßen. Auf der Herfahrt hatte sich Gold vorgestellt, mit ihnen an einem Tisch zu sitzen und zu beraten, was jetzt zu tun war - als ob man ihn überhaupt hereingebeten hätte. Einfaltspinsel!

Noch am selben Abend rief er Rourke an und sagte, er wolle die Sache durchziehen.

Rourke hatte sich in den Kopf gesetzt, Gold solle Mary an dem betreffenden Abend zum Essen ausführen - auf seine Rechnung. Er hatte eine sehr theatralische Vorstellung von der ganzen Angelegenheit, und dazu gehörte auch, daß die beiden mit Champagner auf ihn anstoßen sollten, während er für sie die Kastanien aus dem Feuer holte.

Gold lehnte dankend ab. Mary wußte nichts von ihrem Plan, und während Rourke ihn umsetzte, konnte Gold ihr nicht drei Stunden lang gegenübersitzen, ohne sie einzuweihen. Sie würde dagegen sein, aber nichts mehr ändern können; dieses Wissen wäre für sie eine unnötige Belastung. Gold hatte einen Angestellten, einen Studenten namens Simms, der bis auf dienstags, wo er ein Seminar hatte, abends den Laden versorgte. Rourke war zwar enttäuscht über Golds platte Dramaturgie, stimmte dann aber zu: Dienstagabend war der Tag X.

Am Morgen schneite es wieder, und ein Eissturm fegte über die Stadt hinweg. Noch bei Einbruch der Dämmerung waren Straßen und Fußwege spiegelglatt, und im Laden war wenig los. Gold beschickte den Bildschirm über der Theke wie immer mit einer Neuerscheinung, aber die hektischen Schnitte und die scheußliche Filmmusik lenkten ihn von der Handlung ab. In der Mitte der Kassette hielt er sie an und legte keine neue ein. Dadurch wurde es im Laden merkwürdig ruhig. Vielleicht blieben seine Kunden deswegen nicht so lange wie sonst, wenn sie mit Gold oder anderen Kunden noch ein Schwätzchen hielten. Sie suchten ein Video aus, zahlten und gingen. Er schlug die Zeitung auf. Um halb neun rief Anna an und erzählte, sie hätte in der Schule einen Posterwettbewerb gewonnen. Nachdem sie aufgelegt hatte, verfolgte Gold eine Schlägerei vor dem Domino's auf der anderen Straßenseite. Zwei betrunkene oder bekiffte Männer schrien sich an, und der eine holte zu einem ungelenken Schlag aus. Sie verklammerten sich ineinander und rutschten auf dem Eis aus. Ein Ausfahrer und ein Koch kamen nach draußen, halfen ihnen wieder auf die Beine und verschwanden mit ihnen in verschiedene Richtungen. Gold stellte die Chilireste vom Sonntagabend in die Mikrowelle. Er aß langsam, sah sich die schleichenden Wagenkolonnen und die gebückt und vorsichtig an seinem Fenster vorbeitappenden Menschen an. Mary war mit dem Cumin sehr freigebig gewesen, wie Gold es am liebsten mochte. Der Schweiß trat ihm auf die Stirn, und er zog seinen Pullover aus. Die Fußleistenheizung knackte. An der Decke sirrten die langen Neonröhren.

Als Gold kurz vor zehn schließen wollte, rief Rourke an. »Scooter hat seinen letzten Knochen vergraben«, sagte er.

»Scooter?«

»So hieß er.«

»So genau wollt ich's gar nicht wissen.«

»Ich hab dir sein Halsband mitgebracht - als Souvenir.«

»Herrgott noch mal, Tom.«

»Keine Angst, du bist fein raus.«

»Am besten behältst du alles für dich«, sagte Gold, »sonst verrate ich mich noch, wenn die Polizei vorbeikommt.«

»Die kommt nicht vorbei. So wie ich das Ding gedreht habe, merken die nicht mal, was überhaupt passiert ist.« Er hustete. »Es mußte sein, Brian.«

»Ja, wahrscheinlich.«

»Nichts von wegen wahrscheinlich. Aber ich muß sagen, einmal und nie wieder.«

»Tut mir leid, Tom. Ich hätte es selber machen sollen.«

»Schön ist das nicht, das kann ich dir flüstern.« Rourke verstummte. Gold hörte ihn keuchen. »Ich hab mir fast den Arsch abgefroren. Ich dachte schon, sie würden das Viech überhaupt nicht mehr rauslassen.«

»Du hast was bei mir gut«, sagte Gold.

»*De nada*. Es ist vorbei. Du kannst wieder ruhig schlafen.«

Ende März rief Rourke Gold an und erzählte ihm eine Geschichte. Er hatte am Erie Boulevard getankt, als ein BMW von der Druckluftsäule zurücksetzte und ihm eine Delle in die Tür fuhr. Er schrie den Fahrer an, einen Schwarzen mit Sonnenbrille und Strickmütze. Der Fahrer ignorierte ihn, sah stur geradeaus und fuhr von der Tankstelle auf die Straße, aber Rourke hatte genug Zeit, sich sein Nummernschild zu merken. Der Fahrer hatte sich seine Eitelkeit etwas kosten lassen, und das Schild war leicht zu behalten – SCUSE ME. Rourke zeigte ihn an, die Polizei identifizierte den Halter und verpaßte ihm einen Strafzettel wegen Fahrerflucht.

So weit, so gut. Es stellte sich jedoch heraus, daß der Fahrer nicht versichert war. Rourkes Versicherung war zwar bereit, den größten Teil der Rechnung zu übernehmen – achthundert Dollar für eine lausige Beule! – aber trotzdem mußte er den Selbstkostenanteil von dreihundert Dollar zahlen. Rourke sagte sich, soll doch MR. SCUSE ME den Rest bezahlen. Sein Versicherungsagent gab ihm den Namen und die Telefonnummer, und Rourke rief ihn an. Zweimal zu vernünftigen Zeiten nach dem Abendessen, aber beide Male bekam er eine Frau ans Telefon, die behauptete, ihr Mann wäre nicht zu Hause. Sie gab Rourke die Nummer eines Clubs auf der Townsend, wo er aber nur einen Anrufbeantworter erreichte. Obwohl er unmißverständliche Nachrichten auf dem Band hinterließ, bekam er keinen Rückruf. Schließlich rief Rourke morgens um sieben wieder die erste Nummer an und bekam den Mann selbst an den Apparat, Mr. Vick Barnes.

»Der schreibt sich V-I-C-K«, sagte Rourke. »Ist dir schon mal aufgefallen, was die mit ihren Namen anstellen? Wenn ich Victor abkürze, dann wird Vic draus, stimmt's? V-I-C. Wo soll da auf einmal ein K herkommen? Oder Sean, S-E-A-N. Buchstabiert man seit grob geschätzt fünfhundert

Jahren so. Aber die doch nicht, die schreiben S-H-A-W-N. Als hätten sie den Namen für sich gepachtet.«

»Was hat er denn gesagt?«

»Wollte mich natürlich zulabern. Erst war er sauer, daß ich ihn geweckt habe, dann sagt er, wegen dem Scheiß hat er sich schon mit den Bullen rumgeärgert, und er glaubt sowieso nicht, daß er mich gestreift hat. Und dann legt er einfach auf.«

Rourke meinte, ein zweiter Anruf würde auch nichts bringen; bei diesen Typen würde man sowieso nur auf Granit beißen. Statt dessen ging er in den Club, Jack's Shady Corner, wo Mr. Vick Barnes, wie sich herausstellte, als DJ arbeitete und sich garantiert als Dealer ein hübsches Zubrot verdiente. Wo sollte er denn sonst die Knete für die brandneue Luxuskarosse herhaben? Aber Rourke mußte zugeben, daß dieser Mr. Barnes ein Profi war - weiche, sanfte Stimme und immer einen Spruch auf Lager. Rourke genehmigte sich ein paar Bier, sah sich die Tänzerinnen an und machte sich auf die Suche nach dem Wagen.

Auf dem Parkplatz stand er nicht. Rourke schnüffelte herum und entdeckte ihn abseits stehend, hinter dem Club, wo die Besoffenen ihn nicht rammen konnten. Er wollte heute abend wieder hin, damit Mr. Vick Barnes sein Fett abkriegte und vielleicht noch eine Zugabe.

»Das kannst du nicht machen«, sagte Gold. »Die wissen doch sofort, daß du es warst.«

»Das soll'n sie mir erst mal beweisen.«

Gold hatte vom ersten Augenblick an gewußt, wie der Hase lief, auch wenn es Rourke vielleicht gar nicht klar gewesen war. Als er sagte: »Ich erledige das«, hatte er das Gefühl, die Zeilen aus einem Drehbuch abzulesen.

»Nicht nötig, Brian. Ich hab an alles gedacht.«

»Wart mal 'n Moment. Bleib dran.« Gold legte den Hörer hin und bediente eine alte Frau, die *Meine Lieder – meine*

Träume ausleihen wollte. Dann griff er wieder zum Hörer und sagte: »Die lochen dich sofort ein.«

»Hör mal, es geht einfach nicht, daß mir dieser Arsch an den Karren fährt und ungestraft davonkommt. Wenn das so weitergeht, steht bald die halbe Stadt bei mir Schlange und will mir eins überbraten.«

»Ich sag ja, ich erledige das. Heute abend geht nicht, da ist eine Talentshow in der Schule. Donnerstag.«

»Bist du sicher, Brian?«

»Ich sag doch, ich erledige das. Hab ich das nicht gerade gesagt?«

»Aber nur, wenn du wirklich willst, ja? Ich will dich zu nichts verpflichten.«

Am Donnerstagnachmittag kam Rourke mit Anweisungen und Handwerkszeug in den Laden: zwei Gallonenkanister Olympic Redwood-Farbe, die er über den BMW gießen sollte, ein Jagdmesser, um die Reifen zu zerstechen und den Lack zu zerkratzen, und ein Stemmeisen, um die Windschutzscheibe einzuschlagen. Gold sollte mit äußerster Vorsicht vorgehen. Er sollte schnell arbeiten, seinen Wagen in Richtung des Fluchtweges abstellen und den Motor laufen lassen. Wenn ihm auch nur das Geringste faul vorkam, sollte er sich sofort verziehen.

Sie packten die Sachen in Golds Kofferraum.

»Wo willst du hin?« fragte Gold.

»Chez Nicole. Wenn du Stil hättest, wärst du da auch hingegangen.«

»Als ich's letztemal da war, hatten sie eine prima Seezunge Müllerinart.«

»Für meines Vaters Sohn nur Hohe Rippe. Englisch. Muß nach Blut schmecken, was, Brian?«

Gold sah ihm nach. Der Tag war genauso warm wie die letzten beiden Tage. Der Schnee der letzten Woche war grau geworden und zeigte Hundekot und seine Winterkollektion leerer Bierdosen. Aus den Gullys floß das Schmelzwasser über, und die Sonne beschien den nassen Asphalt und die Glasscherben vor dem Domino's, das drei Wochen zuvor unerwartet geschlossen worden war. Rourkes Bremsleuchte glühte auf. Er hielt an und setzte zurück. Gold wartete, bis die elektrische Scheibe runtergefahren war und beugte sich zum Wagen.

»Paß auf, Brian, okay?«

»Kennst mich doch.«

»Laß dich nicht erwischen. Ehrlich, das wäre eine Katastrophe.«

Gold fuhr um halb zwölf zum Club, weil er sich sagte, unter der Woche wäre da sicher nicht viel Betrieb. Die Gelegenheitstrinker mußten schon zu Hause sein, und die Hardcoresäufer richteten sich gerade auf die lange Nacht ein. Ein rundes Dutzend Autos stand auf dem Parkplatz verteilt. Gold setzte im Rückwärtsgang in einen Parkplatz so nah wie möglich an der Rückwand des Gebäudes. Er schaltete den Motor aus, sah sich um, entriegelte den Kofferraum, nahm das Brecheisen heraus und verschwand in den Schatten hinter dem Haus. Der BMW stand genau da, wo er nach Rourkes Beschreibung stehen sollte, in der kurzen Auffahrt zwischen der Gasse und dem Müllcontainer.

Die Farbe und das Messer kamen für Gold nicht in Frage. Rourkes Wagen hatte eine Delle bekommen; das war kein Grund, ein ganzes Auto zu zerstören. Eine anständige Delle als Vergeltung würde die Sache zwischen Rourke und Barnes bereinigen und auch seine eigenen Schulden begleichen. Wenn Rourke mehr wollte, mußte er selber dafür sorgen.

Gold ging um den Wagen herum – ein toller Schlitten, ein schwarzglänzender 328 mit den Spezialfelgen, für die sich Gangmitglieder angeblich über den Haufen knallten. Der Vertragshändler, bei dem er seinen Toyota reparieren ließ, war auch der örtliche BMW-Händler, und wenn er warten mußte, stattete Gold dem Ausstellungssaal stets einen Besuch ab. Er öffnete und schloß nur zu gern die Türen, setzte sich auf die Ledersitze, schaltete und verglich Preise und Zahlungsbedingungen. Mit allen Extras kam dieses Modell gut und gern auf seine vierzig Riesen. Gold konnte sich nicht vorstellen, daß Mr. Vick Barnes mit einem normalen DJ-Gehalt für einen solchen Kredit in Frage kam, also mußte er bar bezahlt haben. Rourke hatte recht. Ein Dealer.

Gold wog das Stemmeisen in der Hand. Er hörte den hektischen Rhythmus der Musik durch die Clubmauern, hörte den Gesangsmenschen - »Sänger« schien ihm zuviel der Ehre -, der seine Drohungen und Klagen herausschrie. Es war doch merkwürdig. Da drehte man den eigenen Leuten Drogen an, ruinierte ihnen das Viertel, machte ihre Kinder zu Prostituierten und Schlägern, und schon war man wer. Ein begüterter, angesehener Mann. Aber wenn man sich mit einem bescheidenen Betrieb über Wasser halten und der Gemeinschaft Gutes tun wollte, war man ein Blutsauger, ein Parasit und Kind des Teufels. Mr. *Gold.* Er ließ das Ende des Stemmeisens gegen die Handfläche klatschen. Vielleicht sollte er das Messer doch zum Einsatz bringen. Und die Farbe. Für die Farbe fand er bestimmt Verwendung.

Auf dem Parkplatz lachte eine Frau, und ein Mann antwortete leise. Gold kauerte sich hinter den Müllcontainer und wartete, bis ihre Scheinwerfer durch die Dunkelheit strichen und verschwanden. Seine Hand umklammerte das Metall. Er spürte seinen Zorn und mißtraute ihm. Nur ein Narr handelte im Affekt. Nein, er würde gerechte Vergeltung üben, nicht mehr als das, was er sich auf der Herfahrt überlegt hatte.

Gold ging zur Fahrertür des BMW. Er hielt das Stemmeisen mit beiden Händen fest und tippte mit dem geschwungenen Ende auf Stoßstangenhöhe an die Tür, da, wo Rourkes Wagen verbeult worden sein mußte. Er suchte festen Stand. Er berührte noch einmal die Tür, dann holte er mit dem Stemmeisen aus wie mit einem Baseballschläger und zog mit aller Kraft durch, und genau in dem Moment, als nichts mehr zu ändern war, wußte er, daß er all seine Prinzipien verraten hatte. Der Aufprall fuhr ihm in die Arme. Das Stemmeisen fiel ihm aus der Hand, und er ließ es liegen.

Victor Emmanuel Barnes fand es drei Stunden später. Er ging in die Hocke und betastete mit der Hand das gezackte Loch in der Autotür, unter seinen Fingerkuppen blätterten Lacksplitter ab. Er wußte nur zu gut, wer das getan hatte. Er griff nach dem Stemmeisen, warf es auf den Rücksitz und fuhr schnurstracks zu Devereux' Wohnblock. Während er durch die menschenleeren Straßen raste, schrie er und hämmerte auf das Armaturenbrett ein. Mit quietschenden Bremsen kam er zum Stehen, schnappte sich das Stemmeisen und rannte die Treppe zu Devereux' Wohnung hoch. Er donnerte mit der Faust gegen die Tür. *Ich hab gesagt nächste Woche, Motherfucker. Ich hab gesagt, nächste Woche. Aufmachen*, schrie er, *aufmachen!* Er hörte Stimmen, aber als niemand öffnete, verfluchte er sie und ging mit dem Stemmeisen auf die Tür los. Das Holz splitterte und ächzte. Dann gab die Tür nach, Barnes stolperte in die Wohnung und schrie Devereux' Namen.

Aber Devereux war nicht zu Hause. Sein sechzehnjähriger Neffe Marcel verbrachte die Nacht auf der Couch, nachdem er Devereux' kleiner Tochter bei einem Aufsatz geholfen hatte. Er gaffte die Tür an, während Barnes sie bearbeitete, seine Tante, Kusinen und Großmutter versammelten sich hinter ihm am Ende des Korridors, zitterten und klammerten sich aneinander. Als Barnes brüllend hereinkam, verstellte ihm Marcel den Weg. Sie rauften. Barnes stieß Marcel weg, holte mit dem Stemmeisen aus und traf ihn an der Schläfe. Der Junge verdrehte die Augen und öffnete den Mund. Er ging in die Knie und fiel mit dem Gesicht auf den Boden. Barnes sah Marcel an und dann die alte Frau, die auf ihn zukam. »O mein Gott«, sagte er, ließ das Stemmeisen fallen, stürzte die Treppe hinab und rannte zum Wagen. Er fuhr zu seiner Großmutter und erzählte ihr alles. Sie bettete seinen Kopf in den Schoß, wiegte ihn hin und her, weinte und betete. Dann rief sie die Polizei.

Marcels Tod war der Aufmacher in den Morgennachrichten. Alle halbe Stunde kam die Geschichte mit Fotos von ihm und Barnes. Barnes wurde gezeigt, wie er zum Streifenwagen abgeführt wurde, Marcel vor seinem Modell auf der Wissenschaftsmesse des Landkreises. Er hatte an der Morris Fields High School den Honors-Degree-Kurs belegt, war Freiwilliger im Big-Brother-Programm der Schule und ehemaliger Präsident der Christian Youth Association. Das Motiv für die Tat war noch unbekannt.

Kamerateams der verschiedenen Fernsehsender folgten Schülern von den Bussen in die Schule, fragten nach Marcel und drehten Nahaufnahmen seiner fassungslosen Mitschüler. Am Anfang der zweiten Stunde gab der Direktor über die Lautsprecheranlage bekannt, die Schulpsychologen ständen zur Verfügung, falls jemand Beratung brauchte. Schüler, denen der Unterricht zuviel wurde, waren entschuldigt.

Garvey Banks sah seine Freundin Tiffany an. Sie hatten Marcel nicht gekannt, aber es herrschte gutes Wetter, und in der Schule war außer Tränen und Trara eh nichts mehr los. Als er zur Tür nickte, lächelte sie ihr spezielles Lächeln, packte ihre Bücher und ließ sich vom Lehrer freigeben. Garvey wartete ein paar Minuten und folgte ihr dann. Sie spazierten in den Bickel Park und setzten sich auf eine

Bank mit Blick auf den Teich. Zwei alte weiße Damen fütterten die Enten mit Brotresten. Das feuchte Gras dampfte in der Sonne. Tiffany legte Garvey den Kopf auf die Schulter und summte vor sich hin. Garvey wäre wegen des ermordeten Jungen gern etwas traurig gewesen, aber er fühlte sich zu wohl, wenn er so nah bei Tiffany in der Sonne saß.

Sie saßen auf der Bank und schwiegen. Sie redeten nie viel. Tiffany war ein Augenmensch und von Natur aus schweigsam. Als nächstes würden sie sich ein Video holen und zu Garvey gehen. Sie würden sich küssen. Sie würden kein Risiko eingehen, aber sie würden sich glücklich machen. All das würde geschehen, und Garvey hatte keine Eile damit.

Nach einiger Zeit verstummte Tiffanys Summen. »Wollen wir, Gar?«

»Klar.«

Sie gingen zu Golds Video, und Garvey nahm *Frühstück bei Tiffany* aus dem Regal. Beim erstenmal hatten sie es wegen des Titels ausgeliehen, inzwischen war es ihr Lieblingsfilm geworden. Eines Tages würden sie in New York City wohnen und alle möglichen Menschen kennen - das stand fest.

Mr. Gold brauchte einige Zeit, um die Quittung zu schreiben. Er sah elend aus. Er zählte Garveys Wechselgeld und fragte: »Warum seid ihr denn nicht in der Schule?«

Garvey fühlte sich in die Enge getrieben und wollte vor dem Mann eine Show abziehen. »Ein Freund von mir ist umgebracht worden«, sagte er.

»Du kanntest ihn? Du kanntest Marcel Foley?«

»Ja, Sir. Schon seit Ewigkeiten.«

»Wie war er?«

»Marcel? Hey, Marcel war der Größte. Wenn man Ärger hatte, ging man zu Marcel. Sie wissen schon, Ärger mit der Freundin oder egal was. Ärger zu Hause. Ärger mit Freunden. Marcel hatte was, stimmt's, Tiff? – er konnte die Menschen ins Gespräch bringen. Er war immer voll locker drauf, und wenn er mit einem sprach, hatte man das Gefühl, daß man jemand war, daß jeder Mensch *wichtig* war. Er konnte die Menschen zusammenbringen, verstehen Sie? Zusammenbringen und versöhnen. *Friedensstifter.* Marcel war ein Friedensstifter. Und das ist das Beste, was ein Mensch sein kann.«

»Ja«, sagte Mr. Gold. »Das stimmt.« Er stützte die Hände auf den Tresen und senkte den Kopf.

Garvey sah, daß er traurig war, und ihm ging auf, wie ungerecht es war, daß Marcel Foley in der Blüte seiner Jahre ermordet worden war, als das ganze Leben noch vor ihm lag. Es war falsch, und Garvey wußte, daß es so weitergehen würde. Er legte Mr. Gold die Hand auf die Schulter. »Der kommt nicht so glimpflich davon«, sagte er. »Der kriegt seine Strafe. Darauf können Sie sich verlassen.«

Smörgåsbord

Eine Prep School im März ist wie ein Segelschiff in der Flaute.« Unser Geschichtslehrer sagte das wie im Selbstgespräch, während wir darauf warteten, daß es zur Pause klingelte. Er stand gedankenverloren am Fenster und klopfte mit dem Ring an die Scheibe. Seine Versunkenheit sollte uns glauben lassen, er hätte uns ganz vergessen. Wir sollten den Eindruck bekommen, sobald wir nicht da wären, verwandle er sich in einen interessanten Zeitgenossen, einen witzigen und weisen Menschen, der Bonmots nur so aus dem Ärmel schüttelte und eine poetische Vision vom Leben hatte.

Es klingelte.

Ich ging zum Mittagessen. Der Speisesaal war fast ausgestorben, weil wir ein freies Wochenende vor uns hatten und die meisten Jungen nach dem Unterricht so schnell wie möglich nach New York, nach Hause oder zu Freunden gefahren waren. Zurückgeblieben waren eigentlich nur die Ausländer, Stipendiaten wie ich und ein paar andere Parias verschiedener Preisklasse. Man hatte sich ein leckeres Mittagessen für uns ausgedacht, Käsesoufflé, aber die Portionen waren zu klein, und als ich in mein Zimmer ging, war ich immer noch hungrig. Ich hatte immer Hunger.

Vor meinem Fenster fielen Graupelschauer. Der Schnee im Schulhof sah rußig aus; über den unterirdischen Heizungsrohren war er geschmolzen, und lange braune Streifen Erde kamen zum Vorschein.

Ich konnte mich nicht auf meine Hausarbeiten konzentrieren. Ein Stockwerk tiefer spielte jemand pausenlos »Mackie Messer«. Durch dieses unaufhörlich wiederholte Stück wirkte das Wohnheim nicht nur leer, sondern richtig verlassen, als ob die Ausgeflogenen nie mehr zurückkämen. Ich räumte mein Zimmer auf und versuchte zu lesen. Ich sah aus dem Fenster. Ich setzte mich an den Schreibtisch und studierte das Foto meiner Freundin, das sie mir neulich geschickt hatte, aber das Bild erweckte sie nicht zum Leben; ich mußte die Augen schließen, damit ich sie vor mir sah, ihre ernsten Augen und die festen weißen Brüste, die ich manchmal feierlich halten aber nicht küssen durfte. Oder noch nicht. Aber sie hatte es mir versprochen. Sobald ich im Sommer nach Hause kam, würden wir ein Liebespaar werden. »Ein Liebespaar werden.« Sie hatte das voller Nachdruck gesagt und ihren eigenen Worten nachgelauscht. Das ganze Jahr lang hatte ich sie mir vorgesagt, um mir die Einsamkeit und die Anfälle von Wollust zu versüßen, wenn ich schreien und mit den Fäusten auf die Wände losgehen wollte. Im Sommer würden wir ein Liebespaar werden, wir würden während der ganzen Collegezeit ein Liebespaar bleiben, uns immer treu sein, auch wenn wir wieder Tausende von Kilometern getrennt würden, und nach dem College würden wir heiraten, dem Friedenskorps beitreten und gemeinsam gute Werke tun. Das war unser Plan. Im September hatten wir am letzten Abend, bevor ich wieder in die Schule mußte, alles aufgeschrieben und dazu jede Menge weitere Informationen über unsere Zukunft: Zahl der Kinder (6), ihre Namen, die Rassen unserer Hunde und den Grundriß unseres Eigenheims. Wir hatten das Blatt in eine Flasche geschoben, sie versiegelt und bei ihr im Garten vergraben. Zur goldenen Hochzeit wollten wir sie ausgraben und unseren Kindern und Enkeln zeigen, daß Träume sehr wohl wahr werden können.

Ich schrieb ihr gerade einen Brief, als Crosley klopfte. Crosley gehörte zu den Naturwissenschaftsgenies. Er gewann jedes Jahr den Naturwissenschaftspreis und arbeitete in den Sommerferien als Praktikant in den verschiedensten Labors. Und er war ein fanatischer Gewichtheber. Seine Arme waren solche Muskelpakete, daß sie beim Gehen nicht am Körper baumelten, sondern abstanden, als schleppe er Wassereimer. Selbst sein Gesicht wirkte muskulös und war immer rot angelaufen. Crosley wohnte in einem der wenigen Einzelzimmer der Schule am Flurende. Angeblich war er ein Dieb; es hieß, daß er deswegen keinen Zimmergenossen hatte. Ich wußte nicht, ob an dem Gerücht etwas dran war, und wollte ihn nicht voreilig verurteilen, aber wenn wir uns über den Weg liefen, sah ich immer verlegen beiseite.

Crosley lehnte am Türrahmen und fragte: »Wie läuft's denn so?«

»Prima«, sagte ich.

Er kam ins Zimmer, sah sich um und legte den Kopf auf die Seite, um die Wimpel meines Mitbewohners und die Titel unserer Bücher entziffern zu können. Ich war etwas beklommen und sagte: »Na? Was kann ich für dich tun?« Ich wollte nicht so schroff klingen, wie es klang, aber es tat mir auch nicht direkt leid.

Er hörte den Unterton heraus und grinste. Es war so ein Grinsen, das man aufsetzt, wenn man an Leuten vorbeikommt, die wahrscheinlich gerade über einen gesprochen haben. Es war sein normaler Gesichtsausdruck.

Er sagte: »Du kennst doch García, oder?«

»García? Klar. Glaube schon.«

»Klar kennst du ihn«, sagte Crosley. »Hängt immer mit Hidalgo und diesen Typen rum. Er ist der Lange.«

»Klar«, sagte ich. »Ich weiß, wer García ist.«

»Seine Stiefmutter ist wegen 'ner Modenschau in New York und will heute abend herkommen und ihn zum Essen einladen. Sie hat gesagt, er soll 'n paar Freunde mitbringen. Hast du Lust?«

»Was ist denn mit Hidalgo und den anderen?«

»Die sind bei 'ner Poloveranstaltung in Maryland. Kaufen Pferde. Oder wahrscheinlich eher Ponys.«

Die Vorstellung, jemand in meinem Alter könne sich Ponys für ein Spiel kaufen, überrumpelte mich etwas. »Meine Güte«, sagte ich.

Crosley sagte: »Wie steht's? Willst du mit?«

Ich hatte noch nie mit García gesprochen. Er war der Neffe eines berüchtigten Diktators, und all seine Freunde waren Neffen und Vettern anderer Diktatoren. Hier konnten sie sich austoben. Die meisten hatten ein paar Blocks vom Campus entfernt ihre Autos stehen, obwohl das eigentlich streng verboten war. Sie waren großspurig, übermütig und charmant. Sie waren nur in der Gruppe anzutreffen, Sonnenbrille in die Stirn geschoben, Jacke über die Schulter geworfen, und die ganze Zeit tschilpten sie durcheinander wie die Spatzen, *chinga* dies und *chinga* das.

Der Direktor war mit seiner Weisheit am Ende. Einmal brachten ein paar von ihnen einen Tripper aus den Weihnachtsferien mit, und er rief sie bloß zu sich und empfahl ihnen, ihre Unschuld nicht gar zu hastig zu verlieren. Der Witz machte in der ganzen Schule die Runde. Man brauchte bloß das Wort »Unschuld« auszusprechen, und alles lachte sich einen Ast.

»Weiß nicht«, sagte ich.

»Komm schon«, sagte Crosley.

»Aber ich kenn den Typ doch gar nicht.«

»Na und? Ich auch nicht.«

»Warum hat er dich dann gefragt?«

»Ich hab beim Mittagessen neben ihm gesessen.«

»Na toll«, sagte ich. »Das ist natürlich ein Grund. Und was ist mit mir? Wie kommt er auf mich?«

»Gar nicht. Er hat gesagt, ich soll noch wen mitbringen.«

»Was, irgendwen? Irgendwen, der dir zufällig über den Weg läuft?«

Crosley zuckte die Achseln.

»Hört sich ja großartig an«, sagte ich. »Klingt wie das Rezept für einen wirklich denkwürdigen Abend.«

»Hast du was Besseres vor?« fragte Crosley.

»Nein«, sagte ich.

Unter der Markise vor dem Haus des Direktors warteten wir auf die Limousine. Der Chauffeur, ein alter Mann, stieg langsam aus und rückte langsam seine Mütze zurecht, bevor er uns den Fond öffnete. García setzte sich neben die Frau auf die Rückbank. Crosley und ich setzten uns auf die Klappsitze ihnen gegenüber. Sofort stieg mir ihr Parfüm in die Nase. Danach habe ich Frauen ein paar Jahre lang Parfüm geschenkt, aber diesen Duft konnte ich nie wiederfinden.

Kaum hatte der Chauffeur die Tür hinter mir geschlossen, quasselte García auf spanisch los. Er klang verärgert, spuckte der Frau die Worte ins Gesicht und fuchtelte mit den Händen herum. Sie wich etwas zurück, dann prasselte ihr Wortschwall auf ihn nieder. Ich starrte sie bloß an. Ihre Haut war ganz blaß. Sie trug ein schwarzes Cape über einem so hochgeschlossenen schwarzen Kleid, daß man nur ihre blasse Kehle und das Schlüsselbein sah. Ihr Mund war knallrot. Auf den Wangenknochen hatte sie Rougeflecken, aber nicht verrieben, so daß es natürlich aussah, sondern unsauber hingetupft, vielleicht auch sehr säuberlich, damit ihre weiße Haut besser zur Geltung kam. Ihre Zähne waren klein und scharf, und bei bestimmten Gesten und Betonungen entblößte sie sie. Beim Sprechen schoß ihre kleine spitze Zunge hin und her.

Sie war unwesentlich älter als wir.

Sie sagte etwas Endgültiges und unterstrich es mit einer Handbewegung. García setzte zur Antwort an, aber sie sagte »No!« und fuhr wieder mit der Handkante durch die Luft. Dann wandte sie sich an Crosley und mich und lächelte uns an. Es war ein völlig gekünsteltes Lächeln. Sie sagte: »Wo wollt ihr Burschen denn essen?« Wenn sie englisch sprach, klang ihre Stimme tiefer, fast heiser. Sie sprach uns als »Buurschen« an.

»Mir ist alles recht«, sagte ich.

»Alles«, wiederholte sie. Sie kniff die großen schwarzen Augen zusammen und preßte die Lippen aufeinander. Es war überdeutlich, daß ihr meine Antwort mißfiel. Sie sah Crosley an.

»In Newbury soll es ein ganz anständiges französisches Restaurant geben«, sagte Crosley. »Einen Italiener übrigens auch. Hängt davon ab, worauf Sie Appetit haben.«

»Nein«, sagte sie. »Hängt davon ab, worauf ihr Appetit habt. Ich bin nicht sehr hungrig.«

Falls García eine Vorliebe hatte, behielt er sie für sich. Er saß eingeschnappt in der Ecke, ließ die Schultern hängen und hielt die Hände zwischen den Knien. Er sah aus, als wollte er sich mit irgend etwas durchsetzen.

»Es gibt da auch noch ein Smörgåsbord«, sagte Crosley. »Wenn Sie so etwas mögen.«

»Smörgåsbord«, wiederholte sie. Sie hörte das Wort eindeutig zum erstenmal. Sie wandte sich an García und wiederholte es. Er runzelte die Stirn und antwortete ihr maulig und monoton.

Ich fand Crosleys Vorschlag unmöglich. Es war geradezu ein Fauxpas. Zum Smörgåsbord unternahmen die örtlichen Fettsäcke ihre Freßtouren. Footballtrainer gingen mit ganzen Mannschaften hin, damit sie sich am Büfett Masse anfraßen. Das Essen war hervorragend, und es war weiß Gott soviel da, wie man essen konnte, nur die Atmosphäre war von brutaler Nüchternheit. Aber das Essen war eben gut. Riesige Platten mit Garnelen auf zerstoßenem Eis. Ganze Lendenstücke vom Rind. Geräucherter Truthahn. Wahrhaftig Essen ohne Ende.

»Und du - magst du Smörgåsbords?« fragte sie Crosley.

»Ja«, sagte er.

»Und du?« fragte sie mich.

Ich nickte. Um nicht wieder so unentschlossen zu wirken, sagte ich laut: »Und wie.«

»Smörgåsbord«, sagte sie, lachte und klatschte in die Hände. »Smörgåsbord!«

Crosley erklärte dem Chauffeur den Weg, und wir ließen die Schule langsam hinter uns. Sie warf García eine Bemerkung zu. Er nickte uns beiden zu und nannte unsere Namen, dann sah er wieder aus dem Fenster, wo die verschneiten Wiesen langsam in der Dämmerung verschwanden. Er hatte ein längliches Gesicht und die traurigen Augen eines Jagdhunds. Beim Warten auf die Limousine hatte er kaum ein Wort gesagt. Ich wußte nicht, warum er sich über seine Stiefmutter ärgerte, warum er nicht mit uns reden, uns aber trotzdem dabeihaben wollte, aber inzwischen war es mir auch egal.

Sie musterte uns und wiederholte zögernd unsere Namen. »Nein«, sagte sie, zeigte auf Crosley und sagte, »El Blanco«. Dann zeigte sie auf mich und sagte, »El Negro«. Dann zeigte sie auf sich und sagte: »Ich heiße Linda.«

»Liienda«, sagte Crosley. Er übertrieb stark, aber sie zeigte ihre kleinen scharfen Zähne und sagte: *»Exactamente«.*

Dann lehnte sie sich in die Sitzpolster zurück und zog das Cape um die Schultern zurecht. Es glitt bald wieder hinunter. Sie war unruhig. Sie beugte sich vor, lehnte sich zurück, schlug die Beine übereinander, wechselte sie und wippte ungeduldig mit den Füßen. Sie trug schwarze hochhackige

Schuhe, nur mit einem dünnen Lederriemen um die Knöchel; ich konnte fast den ganzen Fuß sehen. Ich hörte das seidige Reiben ihrer Strümpfe aneinander, und bei jeder Bewegung roch ich ihr Parfüm. Es berührte mich eigenartig. Es war mehr als bloß ein Duft. Es war etwas Persönliches, das ihrem innersten Wesen entströmte. Meine Armhärchen stellten sich davon auf, und eine Gänsehaut überlief mich von den Schultern bis in die Kniekehlen. Jedesmal, wenn sie sich bewegte, spürte ich ein leises Ziehen und folgte der Bewegung mit einer kleinen Bewegung meinerseits.

Als wir das Smörgåsbord erreichten – *Swensons* oder *Hansens*; irgend so ein typisch schwedischer Name –, weigerte sich García auszusteigen. Linda redete ihm zu, aber er verkroch sich in seiner Ecke, antwortete nicht und sah sie nicht einmal an. Sie warf die Hände hoch. »Ah!« machte sie und wandte sich ab. Crosley und ich folgten ihr über den Parkplatz zu der großen roten Scheune. Ihr Kleid raschelte beim Gehen. Ihre Absätze klapperten auf dem Zement.

Eins mußte man dem Smörgåsbord lassen; es war nicht protzig. Es handelte sich um eine echte Scheune, keines von diesen urigen Zerrbildern einer Scheune mit alten Butterfässern als Lampen und kleinen, an die Wände genagelten Messingornamenten auf Leder. An ihrem einen Ende lag die Küche. Der Rest bildete eine offene Halle, in der man Campingtische aufgestellt hatte. An den Dachsparren hingen grelleuchtende Glühbirnen. In der Mitte der Scheune stand die »sich biegende Tafel«, wie mein Englischlehrer gesagt hätte – ein riesiger, speisenüberhäufter Tisch mit allen erdenklichen Gerichten. Ich war schon oft dort gewesen, und jedesmal bekam ich wieder einen kleinen, angenehmen Schock, wenn ich sah, was es alles zu essen gab.

Mädchen in Dirndlkleidern huschten durch die Scheune, trugen Geschirr ab, wechselten Tischtücher und brachten neue Platten aus der Küche.

Wir blinzelten in der plötzlichen Helligkeit und folgten dann einer Kellnerin. Linda ging langsam und sah sich um wie eine Touristin. Etliche Männer sahen vom Essen hoch, als sie vorbeikam. Ich ging hinter ihr und verteilte unfreundliche Blicke, damit man sie für meine Frau hielt.

Wir hatten Glück und bekamen einen Tisch für uns. Linda ließ ihr Cape von den Schultern gleiten und schickte uns ans Büfett. »Geht nur«, sagte sie, setzte sich und öffnete ihre Handtasche. Als ich mich umsah, zündete sie sich eine Zigarette an.

»Du bist ja heute so still«, sagte Crosley, als er sich bediente. »Nervt dich irgendwas?«

»Vielleicht bin ich einfach ein ruhiger Typ, Crosley, wär das nicht möglich?«

Er spießte eine Scheibe Fleisch auf und sagte: »Als sie dich El Negro genannt hat, sollte das nicht heißen, daß sie dich für einen Neger hält. Sie hat das bloß gesagt, weil du schwarzes Haar hast. Ich bin blond, deswegen hat sie mich El Blanco genannt.«

»Das ist mir auch klar, Crosley. Herrgott noch mal, meinst du, da wär ich nicht selbst drauf gekommen? Für wie blöd hältst du mich eigentlich?« Während wir das Büfett umrundeten, fragte ich: »Kannst du spanisch?«

»*Un poco.* Eigentlich nur *un poquito.*«

»Warum ist García so sauer?«

»Geld. Irgendwas mit Geld.«

»Was du nicht sagst.«

»Mehr hab ich nicht verstanden. Aber es geht definitiv um Geld.«

Ich hatte es langsam angehen wollen, aber als ich einmal um das Büfett herum war, war mein Teller voll. Kartoffelsalat, Schinken, Riesengarnelen, Toast, Rindfleisch vom Grill, Œuf à la Benedictine. Crosleys Teller war genauso voll. Wir gingen zu Linda zurück, die die Arme aufgestützt hatte und sich in der Scheune umsah. Sie nahm einen langen Zug von ihrer Zigarette, hob den Kopf und blies ein Rauchwölkchen zu den Sparren hoch. Ich setzte mich ihr gegenüber. »Rück mal 'n Stück«, sagte Crosley und setzte sich neben mich.

Sie sah uns eine Weile beim Essen zu.

»So«, sagte sie, »El Blanco. Kommst du aus New York?«

Crosley sah überrascht hoch. »Nein, Ma'am«, sagte er. »Ich stamme aus Virginia.«

Linda drückte ihre Zigarette aus. Ihre langen Fingernägel trugen denselben Rotton wie die Lippenstiftspuren am Zigarettenfilter. Sie sagte: »Ich komme gerade aus New York zurück, und ich sage euch, das ist eine wirklich verrückte Stadt. Einfach unglaublich. Ich muß euch was erzählen. Ich sitze in einem Taxi, ja, und wir stecken eine Ewigkeit im Stau. Neben uns steht auch ein Taxi, und da sitzt ein Mann drin, der mich die ganze Zeit anstarrt. So, ja?« Sie machte Glupschaugen. »Ich ignoriere ihn natürlich. Aber stellt euch vor, plötzlich geht meine Tür auf, und er setzt sich in mein Taxi. ›Entschuldigung‹, sagt er, ›ich möchte Sie heiraten.‹ – ›Wie schön‹, sage ich. ›Reden Sie mit meinem Mann.‹ – ›Ihr Mann ist mir egal‹, sagt er. ›Und meine Frau auch.‹ Ich mußte natürlich lachen. ›Okay‹, sagt er. ›Finden Sie das witzig? Wie wäre es mit folgendem?‹ Und dann sagt er –«, Linda sah uns prüfend an, rümpfte die Nase und zog eine Grimasse. »Er hat unglaubliche Sachen gesagt. Einfach unglaublich. Daß er dies machen will, daß er das machen will. Ich tu so, als ob ich gleich losschreie, hab den Mund schon so weit offen. ›Hey‹, sagt er, ›okay, okay. Nur die Ruhe.‹ Dann steigt er aus und setzt sich wieder in sein Taxi. Wir standen noch einige Zeit im Stau, aber wißt ihr, was er gemacht hat? Er hat Zeitung gelesen. Mit dem Hut auf dem Kopf. Geht ruhig, eßt weiter«, meinte sie und nickte wieder zum Büfett.

Eine blonde Hünin schnitt frisches Roastbeef in Scheiben und drapierte es auf eine Platte. Sie war stramm und vollbusig – ich konnte sehen, wie sich ihre BH-Träger einschnitten. Ihre Wangen glänzten, und ihre bloßen Arme und Schultern waren von der Anstrengung gerötet. Crosley sah mich an und zog die Augenbrauen hoch. Ich ahmte ihn nach, meinte es aber nicht ernst. Sie war eine Wikingerbraut, das Urbild nordischer Gemütlichkeit, aber ich war schon von Garcías Stiefmutter ganz berauscht, und in dem Zustand möchte man kein Glas Milch, man will mehr von dem Zeug, das einen über die eigenen Füße stolpern läßt.

Crosley und ich schaufelten uns wieder die Teller voll und gingen zurück.

»Ich hab immer Hunger«, sagte er.

»Geht mir genauso«, sagte ich.

Linda rauchte die nächste Zigarette, während wir aßen. Sie betrachtete die anderen Tische, als wäre sie im Kino. Ich versuchte, kultiviert zu essen. Auch Crosley gab sich Mühe und tupfte zwischen zwei vollgehäuften Gabeln seinen Mund mit der Serviette ab, während sich manche Leute an den Nebentischen völlig gehen ließen. Sie senkten die Köpfe, um schneller essen zu können, und beim Mampfen sahen sie sich argwöhnisch um und beschützten ihre Teller mit den Unterarmen. Eine große Familie links von uns war am schlimmsten. Sie sahen aus, als befänden sie sich in einem verzweifelten Wettbewerb; als wollten sie einen Zustand erreichen, wo sie nie mehr zu essen brauchten. Man hätte sie für Flüchtlinge einer Hungersnot halten können, als würde das Land außerhalb dieser Scheune von Dürrekatastrophen heimgesucht. Auch ich spürte eine gewisse Verzweiflung; je mehr ich aß, desto leerer fühlte ich mich.

Ein Getöse lag in der Luft, ein ständiges Röhren wie bei einem Wasserfall. Linda sah sich zufrieden um. Obwohl sie sich von allen Anwesenden abhob, fühlte sie sich anscheinend wie zu Hause. Sie schickte uns ein drittes Mal ans Büfett, ließ uns dann Nachtisch und Kaffee holen, und während wir aufaßen und austranken, fragte sie El Blanco, ob er eine Freundin hätte.

»Nein, Ma'am«, sagte Crosley. »Wir haben uns getrennt«, fügte er hinzu, und sein Gesicht wurde noch röter. Er log wie gedruckt.

»Und du? Wie steht's bei dir?«

Ich nickte.

»Ha!« sagte sie. »El Negro ist mir der Richtige! Und? Wie heißt sie?«

»Jane.«

»Jaaane«, dehnte Linda den Namen. »Na, dann erzähl uns mal von Jaaane.«

»Jane«, wiederholte ich.

Linda lächelte.

Ich erzählte ihr alles. Ich erzählte ihr, wie meine Freundin und ich uns kennengelernt hatten, wie sie aussah und was unsere Pläne waren – alles. Ich erzählte ihr mehr als alles, weil ich verschämt, aber unzweideutig zu verstehen gab, wie weit wir in unserer Leidenschaft bereits gegangen wären. Ich wollte mit meiner Potenz Eindruck schinden, sie entflammen, ihr das Lächeln aus dem Gesicht wischen, aber je mehr ich erzählte, desto wölfischer blitzten ihre Zähne und desto mehr lachten mich ihre Augen an.

Lachende Augen – da haben wir mal ein Klischee, für das mich mein Englischlehrer gesteinigt hätte. »Wie genau lachten diese Augen?« hätte er mich gefragt und von meinem Aufsatz hochgeschaut, während der Rest der Klasse losprustete. »Haben sie gekichert oder eher gegluckst? Haben sie schallend gelacht? Haben sie vielleicht gar *gewiehert* vor Lachen?«

Ich kann Ihnen versichern, daß Augen vor Lachen wiehern können. Lindas Augen konnten das. Während ich ihr noch den großen Macho vorspielte, sah ich, wie kläglich ich versagte. Ich hörte sie förmlich sagen *Okay, El Negro, mach nur so weiter, erzähl uns von deiner kleinen Froindien, aber wir wissen doch genau, was du in Wirklichkeit willst, nicht wahr? Du willst dich an meiner Zunge festsaugen und mir die Titten besabbern und deinen Kopf zwischen meinen Schenkeln vergraben. Das willst du doch.*

Crosley unterbrach mich. »Ma'am ...«, sagte er und deutete zum Eingang. Dort lehnte García mit verschränkten Armen und wütendem Gesicht. Als sie ihn ansah, drehte er sich um und ging hinaus.

Ihre Augen verstummten. Sie saß einen Augenblick da. Sie machte Anstalten, eine Zigarette aus der Schachtel zu holen, steckte sie zurück und stand auf. »Gehen wir«, sagte sie.

García wartete stumm und starr im Auto. Er sagte auf der Rückfahrt kein einziges Wort. Linda wippte mit den Füßen und betrachtete durchs Fenster die vorbeihuschenden Häuser und die Felder im Mondschein. Erst kurz vor der Schule beugte sich García vor und redete leise auf sie ein. Sie hörte gelassen zu und gab keinen Ton von sich. Als die Limousine vor dem Haus des Direktors anhielt, redete er immer noch. Der Chauffeur öffnete uns den Wagenschlag. García starrte sie an. Sie holte in aller Ruhe ihr Portemonnaie aus der Handtasche, öffnete es und sah hinein. Sie überlegte eine Weile, zog einen Schein heraus und bot ihn García an. Es war ein Hundertdollarschein. *»Spiennst du?!«* sagte er und lehnte sich zurück. Sie verzog keine Miene, drehte sich um und hielt mir den Schein hin. Mir blieb nichts anderes übrig, als ihn zu nehmen. Sie zog noch einen aus dem Portemonnaie und hielt ihn Crosley hin, der noch weniger zögerte als ich. Dann bedachte sie uns mit demselben falschen Lächeln, mit dem sie uns begrüßt hatte, und sagte: »Gute Nacht, es war mir ein Vergnügen, euch kennengelernt zu haben. Gute Nacht, gute Nacht«, sagte sie zu García.

Wir drei stiegen aus. Ich ging ein paar Schritte, blieb stehen und wollte mich umsehen.

»Geh weiter!« zischte Crosley.

García schrie etwas auf spanisch, und der Chauffeur schloß die Tür. Ich drehte mich wieder um und überquerte mit Crosley den Schulhof. Als wir auf unser Wohnheim zukamen, ging er schneller. »Ich faß es nicht«, flüsterte er. »Hundert Mäuse.« Im Hausflur blieb er stehen und schrie, »einhundert Mäuse! Einhundert Dollar!«

»Schnauze da draußen!« rief jemand.

»Schon gut, schon gut. Arschloch!« antwortete Crosley.

Wir liefen die Treppe in unseren Stock hoch, lachten und knufften uns. »Findest du das nicht unfaßbar?« sagte er.

Ich nickte. Wir standen vor meinem Zimmer.

»Nein, im Ernst, hör zu.« Er legte mir die Hände auf die Schultern und sah mir in die Augen. »Scheiße, Mann, findest du das vielleicht nicht *unfaßbar*?«

»Doch«, sagte ich.

»Eben, ich auch. Ich faß es einfach nicht.«

Danach gab es eigentlich nichts mehr zu sagen. Ich hätte Crosley ja hereingebeten, aber ehrlich gesagt hielt ich ihn immer noch für einen Dieb. Wir lachten noch ein paarmal und wünschten uns gute Nacht.

Mein Zimmer war kalt. Ich holte den Schein aus der Tasche und betrachtete ihn. Er war brandneu und knisterte noch, ein Schein, bei dem man an Lösegeld denkt. Franklins Porträt war erstaunlich lebensecht. Ich sah den Schein lange an. Hundert Dollar waren damals eine Menge Geld. Ich hatte noch nie zuvor hundert Dollar besessen, nicht in einem Batzen wie hier. Um sicherzugehen, klebte ich ihn in *Helden der Vergangenheit* – auf Seite 100, als Eselsbrücke.

Ich konnte nicht einschlafen. Das viele Essen lag mir im Magen, und ich fühlte mich hundeelend, weil ich solchen Stuß verzapft hatte. Ich fühlte mich als Lügner und Idiot.

Ich wälzte mich hin und her, und irgendwann setzte ich mich auf und knipste die Bettlampe an. Ich griff nach dem Bild meiner Freundin, schloß die Augen, und als ich mich etwas beruhigt hatte, erneuerte ich meine Treueschwüre.

Einen Monat nach meiner Heimkehr machte sie Schluß. Ihre Eltern waren eines Abends weggefahren, wir nutzten das aus und machten es in ihrem Himmelbett. Es war das fünfte Mal, daß wir miteinander schliefen. Unmittelbar danach stand sie auf und zog sich an. Meine Frage, was auf einmal in sie gefahren sei, beantwortete sie nicht. Ich dachte, ach du Scheiße, was ist denn nun los? »Komm schon«, sagte ich, »stimmt was nicht?«

Sie band sich die Schuhe zu, sah hoch und sagte: »Du liebst mich nicht.«

Ich war überrascht, als ich das hörte, weniger weil sie es sagte, als weil es stimmte. Vorher hatte ich mir nicht klargemacht, daß es stimmte, aber ich liebte sie tatsächlich nicht.

Ich redete mir danach noch lange ein, daß ich sie nie geliebt hätte, aber das stimmte nicht.

Wir belächeln gern die Schwärmerei der Jugend und die Erinnerungen an unsere Schwärmereien, als hätten wir uns die ganze Zeit etwas vorgemacht, bevor wir endlich Vernunft annahmen. Das gilt nicht nur für das Anschwärmen von Jungen oder Mädchen, sondern auch für das Schwärmen für Gerechtigkeit, für gute Taten, für Weltverbesserung. All diese Schwärmereien fallen mit der Zeit unserem müden Lächeln zum Opfer. Dabei waren unsere Gefühle nicht unvernünftig. Keine Jugendsünde. Ich war nur nicht darauf vorbereitet. Ich ließ das Licht ausgehen.

Später klopfte es leise an meiner Tür. Ich war immer noch hellwach. »Herein«, sagte ich.

Crosley kam ins Zimmer. Er trug einen blauen Bademantel aus einem seidigen Stoff, der im schwachen Flurlicht schimmerte. Er fragte: »Hast du irgendwas gegen Bauchschmerzen?«

»Nein. Hätt ich auch gern.«

»Ach, du auch, ja?« Er schloß die Tür und setzte sich auf das Bett meines Mitbewohners. »Ist dir auch so schlecht?«

»Wie schlecht ist dir denn?«

»Kotzübel. Ich glaub, die Garnelen waren nicht mehr gut.«

»Ach komm, Crosley. Wenn wir nicht gegangen wären, hättest du noch die Scheune aufgefuttert.«

»Du doch auch.«

»Genau. Deswegen beklag ich mich ja auch nicht.«

Er stöhnte und wiegte seinen Oberkörper vor und zurück. In seiner Stimme lag echter Schmerz. Ich setzte mich auf. »Kommst du klar, Crosley?«

»Glaub schon«, sagte er.

»Oder soll ich lieber die Hausmutter holen?«

»Um Gottes willen«, sagte er. »Nein, wird schon gehen.« Er wiegte sich weiter. Dann sagte er betont lässig: »Hey, was dagegen, wenn ich erstmal hierbleibe?«

Ich hätte fast ja gesagt, konnte es aber gerade noch runterschlucken. »Gewiß nicht«, meinte ich. »Fühl dich wie zu Hause.«

Er mußte mein Zögern gehört haben. »Vergiß es«, sagte er bitter. »Blöde Frage.« Aber er machte keine Anstalten zu gehen.

Ich war verwirrt, hatte einerseits Mitleid, weil Crosley Bauchweh hatte, war andererseits von dem abgestoßen, was man sich über ihn erzählte. Aber vielleicht stimmte das ja gar nicht. Ich wollte wenigstens fair sein und sagte: »Hey, Crosley, kann ich dich mal was fragen?«

»Kommt drauf an.«

Er sah mich an, die Arme um den Bauch geschlungen. Im Mondlicht schillerte sein Bademantel wie Öl.

»Haben sie dich wirklich beim Klauen erwischt?«

»Arschloch«, sagte er und sah auf den Boden.

Ich wartete.

»Wenn's dich interessiert«, sagte er, »kannst du fragen, wen du willst. Das wissen doch eh alle, oder?«

»Ich nicht.«

»Stimmt genau, du nicht. Du hast keinen blassen Schimmer und die anderen auch nicht.« Er hob den Kopf. »Das Irrwitzige ist, daß ich nicht beim Stehlen erwischt worden bin, sondern beim Zurückbringen. Das soll keine Ausrede sein. Gestohlen hatte ich ihn schon.«

»Wen?«

»Den Mantel«, sagte er. »Robinsons Mantel. Sag bloß, das wußtest du nicht.«

»Nein, wußte ich nicht.«

»Dann lebst du echt hinterm Mond. Robinson kennst du aber, ja? Das war mein Mitbewohner. Er hatte einen Mantel aus Kamelhaar, einen wirklich wunderschönen Mantel. Ich war völlig verrückt danach. Ich konnte an nichts anderes mehr denken. Sobald er ohne ihn unterwegs war, habe ich ihn angezogen und bin vorm Spiegel rumstolziert. Und irgendwann hab ich das Scheißding einfach geklaut und in mein Schließfach in der Turnhalle gestopft. Robinson war völlig fertig. Zehnmal, zwanzigmal am Tag hat er den Schrank durchsucht, als hätte der Mantel bloß mal einen Spaziergang gemacht. Und irgendwann hab ich ihn zurückgebracht. Robinson kam ins Zimmer, als ich ihn gerade auf einen Bügel hängen wollte.« Crosley krümmte sich plötzlich zusammen und lehnte sich dann zurück.

»Haste aber Schwein gehabt, daß du nicht geflogen bist.«

»Wär mir fast lieber gewesen«, sagte er. »Der Dekan wollte Lieber Gott spielen. Der wurde ganz rammdösig, weil ich den Mantel ja zurückgebracht hatte.« Crosley rieb sich die Arme. »Mann, wie ich diesen Mantel haben wollte. Es war schon richtig lächerlich. Verstehst du?« Er sah mich an. »Verstehst du das überhaupt?«

Ich nickte.

»Ehrlich?«

»Ja.«

»Gut.« Crosley ließ sich aufs Kissen sinken und legte die Füße aufs Bett. »Ich glaub übrigens, ich weiß jetzt, wie García auf mich gekommen ist«, meinte er.

»Nämlich?«

»Er war doch stocksauer auf seine Stiefmutter, oder? Er wollte sie bestrafen.«

»Und?«

»Und ich bin die Strafe. Er hat wahrscheinlich gehört, daß ich das größte Sackgesicht der ganzen Schule bin, und hat sich gesagt, wenn ich noch jemanden mitbringe, ist das hundert pro auch ein Sackgesicht. Das ist jedenfalls meine Theorie.«

Ich mußte lachen. Ich bekam davon noch mehr Bauchschmerzen, aber ich konnte nicht anders. Crosley sagte, »Laß das, Mann, sonst fang ich auch an«, mußte dann aber auch abwechselnd lachen und stöhnen.

Wir lagen schweigend da, bis Crosley sagte: »El Negro.«

»Ja?«

»Was machst du mit deinem Schein?«

»Weiß ich noch nicht. Und du?«

»Ich kauf mir 'ne Frau.«

»Du kaufst dir 'ne Frau?«

»Ich hab ewig keine flachgelegt. Offen gesagt, hab ich noch nie eine flachgelegt.«

»Ich auch nicht.«

Ich dachte über seine Bemerkung nach. *Eine Frau kaufen.* Er konnte das einfach so machen. Und ich konnte das auch machen. Ich mußte nicht warten, mußte mich nicht monatelang nach Jane verzehren, bis sie mich irgendwann gnädig erhörte. Drei Monate waren eine lange Zeit. Eine sinnlose Wartezeit, wenn man keinen Grund zum Warten hatte, weil man sich alles Nötige kaufen konnte. Und allein der Gedanke, was man sich da kaufen konnte - einen Mund zum Küssen, und Arme und Beine zum Schmusen. So hatte ich das noch nie gesehen. Ich dachte an das Geld in meinem Buch. Ich spürte es fast. Alles war möglich.

Jane brauchte es nie zu erfahren. Es würde ihr nicht wehtun, im Gegenteil, es war vielleicht ganz gut so, denn ohne jede Erfahrung konnte das erste Mal schiefgehen. Als Mann mußte ich wissen, was ich tat. Das würde alles vereinfachen.

Ich meinte, Crosleys Idee gefalle mir. »Es wird Zeit, daß wir unsere Unschuld verlieren«, sagte ich.

»Exactamente«, sagte er.

Wir beugten uns zueinander und berieten uns, saßen auf den Betträndern, hielten uns die geschwollenen Bäuche und flüsterten hin und her, wie wir das Ganze anstellen wollten und wo und wann.

Ladys Traum

Lady erstickt gleich. Robert mag keine offenen Autofenster, weil ihm vom Fahrtwind die Augen tränen. Das Gebläse ist an, aber auf Stufe eins, weil ihn das Geräusch stört. Lady wird der Kopf schwer, und beim Zwinkern fällt es ihr schwer, die Lider wieder zu heben. Sie schwitzt so sehr, daß sie zu fiebern glaubt. Sie hält die Augen immer länger geschlossen und sieht dann Dinge, die deutlicher und vertrauter sind als die durchhängenden Stromleitungen, die verschwommenen Bäume und der verschlossen vor sich hinstarrende Mann, die sie mit offenen Augen sieht.

»Lady?« Roberts Stimme holt sie zurück, aber sie öffnet nicht die Augen.

Robert wie er leibt und lebt. Kann sie nicht schlafen lassen, wenn er nicht schläft. Aber er hat bestimmt einen guten Grund, sie zu wecken. Er kennt keine Arglist. Nie. Wenn er jemanden um einen Gefallen bitten möchte, ruft er immer vorher an und plaudert nur. Am nächsten Tag ruft er wieder an und sagt, er hätte sich über das Gespräch so gefreut, daß er vergessen hätte zu fragen, ob der andere ihm einen Gefallen tun könne. Ihm fällt das gar nicht auf. Sie hat ihn noch nie bei einer Lüge ertappt, nicht einmal, damit eine Anekdote besser wird. Er erzählt stinklangweilige Geschichten. Einfach geisttötend. Wägt jedes einzelne Wort ab. Wägt alles ab. Anfang Januar kauft er zwölf Staubsaugertüten und beschriftet sie mit den Monatsnamen, damit sie nicht vergißt, sie zu wechseln. Sie benutzt natürlich jede Tüte so lange wie möglich und wirft die anderen am Jahresende weg, denn sonst würde er sie finden und Bescheid wissen. Er würde nichts sagen - aber Bescheid wissen. Einmal hat sie sieben Stück weggeworfen. Durch den Schnee nach draußen geschmuggelt und in die Mülltonne gestopft.

Abwägen. Alles ist eine Sache des Prinzips. Gerechtigkeit für alle, gelb und braun und schwarz und weiß, alle liebt er voller Fleiß. Kann keinen Spendenaufruf wegwerfen, vergißt aber regelmäßig, das Geld zu überweisen. Stellt ihr Fragen über sich. *Wie heißt die Schauspielerin, die ich so mag? Welchen Fisch eß ich am liebsten?* Ist stets die Ruhe in Person. Poliert ständig seine Brille. Die ist so blitzblank, daß man seine Augen kaum erkennen kann. Muß immer auf der rechten Bettseite schlafen. Die Bettwäsche muß weiß sein. Von anderen Farben bekommt er Alpträume, von Mustern ganz zu schweigen. Muster würden ihn umbringen. Trägt bei Arbeiten im Haus einen Schutzhelm. Sagt hundertmal am Tag ihren Namen. Schon immer. Kein Vorwand ist ihm zu dumm.

Er liebt ihren Namen. Lady. Er hat ihren Namen geheiratet. Hat sie auf ihren Namen reduziert. Sie mundtot gemacht.

»Lady?«

Tut mir leid, Sir. Lady ist ausgeflogen.

Sie weiß, wo sie ist. Sie ist wieder zu Hause. Ihr Vater ist weg, aber ihre Mutter und ihre Schwester Jo sind zu Hause. Lady kann ihre Stimmen hören. Sie steht in der Küche und läßt ein Glas Wasser einlaufen, läßt es überfließen und über ihre Finger rinnen, bis es frisch und kalt ist. Sie hebt das Glas, löscht ihren Durst und stellt es ab, dann geht sie mit katzenartiger Geschmeidigkeit durch die Küche und den Flur zur hell erleuchteten Verandatür, hinter der ihre Mutter und ihre Schwester sitzen. Ihre Mutter richtet sich auf, läßt sich aber wieder in den Liegestuhl sinken, als Lady ans Geländer tritt, sich auf die Ellbogen stützt und auf die Straße und die dahinterliegenden Felder schaut.

Herrschaftszeiten, ist das heiß.

Ist aber auch heiß, was.

Jo räkelt sich in ihrem Stuhl und rollt sich eine Colaflasche über die Stirn. Da kommst du ja um von.

Wieder spät dran, Lady?

Er kommt schon noch.

Hat wohl wieder seinen Bus verpaßt.

Wahrscheinlich.

Wetten, die blöden Schleifer piesacken ihn wieder? fragt Jo. Bin ich froh, daß ich nicht Soldat bin.

Der kommt schon noch. Sonst ruft er an.

Ich bin trotzdem froh, daß ich nicht Soldat bin.

Wer hat dich denn gefragt?

Also, Mädchen!

Dich möcht ich mal als Soldat sehen. Du verschläfst doch den ganzen Tag oder liegst im Bett und futterst Süßigkeiten. Träumst vor dich hin. Oh, General, schicken Sie mich nicht zum Marschieren, das schlaucht mich immer so. Oh, muß ich wirklich dieses olle grüne Ding tragen, in grün seh ich immer so krank aus, haben Sie die denn nicht in rot? Wie bitte? Ich kann keine Limabohnen essen, wissen Sie denn nicht, was passiert, wenn ich Limabohnen esse?

Komm, Lady ...

Aber ihre Mutter lacht, und selbst Jo muß unwillkürlich mitlachen. Schön, das zu hören. Auch ihre eigene Stimme. Der reine Gesang. General, Liebes, Sie wissen doch, daß ich mit diesem häßlichen Ding nicht schießen kann. Können Sie nicht einen von Ihren alten Haudegen bitten, für mich zu schießen, die feuern ihre Knarren doch nur zu gern für Jo Kay ab.

Lady!

Die drei auf der Veranda, wie sie ohne jede Ungeduld warten. Sich selbst genug sind. Niemand muß kommen.

Aber Robert ist unterwegs. Er lehnt den Kopf ans Busfenster und schnappt nach Luft. Er hat den ersten Bus verpaßt und mußte rennen, um den zweiten noch zu kriegen, weil der Sergeant ihm bei der Inspektion was am Zeug flikken wollte und ihn zum Extraputzen verdonnerte. Der Sergeant kann ihn nicht riechen. Der ist eine Südstaatenlusche, und Robert ist ein gebildeter Mann aus Vermont, ein Ingenieur frisch von der Uni, der bei Shell Oil in Louisiana an dem Tag kündigte und zur Armee ging, an dem Nordkorea den Breitengrad überquerte. Der einzige Yankee seiner Kompanie. Robert meint, wenn sie erst in Übersee sind, wird es keine Yankees und keine Südstaatler mehr geben, sondern nur noch Amerikaner. Lady mag ihn, weil er das glaubt, aber sie stichelt auch, weil sie es nicht glaubt.

Er hat hastig die Uniform gewechselt, aber vor dem Verlassen der Kaserne nicht noch einmal in den Spiegel geschaut. Er hat einen Fleck auf der rechten Wange. Stiefelwichse. Er ist rot angelaufen, schwitzt, und sein Hemd ist durchnäßt. Er sieht aus dem Fenster und sagt sich ein Gedicht auf. Er kennt unzählige Gedichte auswendig, dieser Robert. Er kennt Gedichte fürs Laufen, für den Drill und fürs Einschlafen, er kennt sogar Gedichte für die hiesigen Rednecks, die ihm auf die Nerven gehen.

Und ob es währt bis in die Nacht
Und wieder an den Morgen,
Es soll mein Herz an Gottes Macht
Verzweifeln nicht noch sorgen.

Mit diesem Gedicht muntert er sich auf. Er wiederholt es sich pausenlos, wenn sie ihn anschnauzen. Das hält ihn bei Laune. Lady lacht, wenn er ihr so etwas erzählt, dann sieht er sie immer etwas erstaunt an und lacht mit, um zu zeigen, daß er ihre Frivolität mag, obwohl das nicht stimmt. Er denkt sich, ihre Frivolität liege an ihrer verwöhnten Jugend, und die Flausen will er ihr schon austreiben, wenn er sie erst von Haus und Eltern gelöst und unter vernünftige Menschen gebracht hat, die den Ernst des Lebens kennen. Mit der Zeit wird sich die Frivolität verwachsen, und sie wird eine stille, würdige und nützliche Stütze der Gesellschaft werden - eine reine Lady. Das denkt er an manchen Tagen. Meistens steht er jedoch kurz vor der Verzweiflung. Er malt sich aus, wie er sie nach Hause bringt und seinem Vater präsentiert, aber sobald er sich vorstellt, was sie zu seinem Vater sagen könnte, hört er seine eigenen Ausflüchte und Entschuldigungen. Dann weiß er, daß es ausgeschlossen ist. Robert hat ein bißchen Psychologie aufgeschnappt und glaubt zu wissen, was für eine Suppe er sich da eingebrockt hat. Eine Auflehnung. Natürlich unbewußt. Sein Herz an ein Mädchen wie Lady zu verlieren, war eine unbewußte Auflehnung gegen seinen Vater. Denn man verliert sein Herz nicht. Nein. Das Leben ist kein Song. Man wählt den Menschen aus, an den man sein Herz verschenkt. Und wenn man diese Wahl genau hinterfragt, läßt sie sich genauso begründen wie jede andere Wahl. Sobald man seine Gründe erkannt hat, ist man Herr seiner Wahl. Punktum.

Robert sieht aus dem Fenster, ohne etwas wahrzunehmen.

Ausgeschlossen. Lady ist noch ein Kind, sie hat überhaupt keine Lebenserfahrung. Es wird Jahre dauern, ihre Ungeschliffenheit zu beheben. Sie ist verwöhnt, eigenwillig und halb wild bis auf ihr Mundwerk, das ist ganz wild. Und sie ist eine Südstaatlerin, was an sich nicht weiter schlimm ist, aber sie ist eine ganz besondere Südstaatlerin. Keine weißen Hungerleider, wie sie es vielleicht nennen würde, aber zu stolz darauf, kein Hungerleider zu sein. Irrational. Abergläubisch. Zu ausgeprägter Familiensinn.

Und was das für eine Familie ist, diese Cobbs. Mr. Cobb ist ein fröhlicher Handelsreisender für Farben und Lacke, voller Vertretergeplänkel und Witzen über Schwarznuancen und Wassermelonen. Mrs. Cobb ist eine rund um die Uhr aktive Klatschtante von bigotter Frömmigkeit, die zufrieden mit ihren Töchtern dahinlebt, statt sie mit Disziplin und gutem Vorbild zu echten Damen heranzuziehen. Und dann die Schwester. Jo Kay. Man braucht keine Phantasie, um sich ihre traurige Zukunft auszumalen.

Unterm Strich passen die Cobbs zu Roberts Vater wie die Faust aufs Auge. Deshalb hat Robert Lady wohl ausgewählt, und deshalb muß er seine Wahl rückgängig machen. Dazu ist er fest entschlossen. Er wollte es ihr schon letztes Mal sagen, aber da kam etwas dazwischen. Heute. Egal was kommt. Sie wird es nicht verstehen. Und weinen. Er muß behutsam vorgehen. Er will ihr sagen, daß sie ein nettes Mädchen ist, aber noch zu jung. Daß es nicht fair wäre, sie auf ihn warten zu lassen, wenn noch weiß Gott was passieren kann, bloß um ihm dann in eine Stadt zu folgen, wo sie niemanden kennt und von Familie und Freundinnen abgeschnitten ist.

Nur die Wahrheit darf er Lady nicht sagen, daß er sich nämlich schämt, sie zur Waffe gegen seinen Vater auserkoren zu haben. Das ist seine private Fehde, vor der er auf der Flucht ist, seit er denken kann, und das muß endlich ein Ende haben. Er muß sich dem Mann stellen.

Das wird er auch. Nach der Rückkehr aus Korea. Dann wird ihm sein Vater zuhören müssen. Robert wird ihn dazu zwingen. Er wird es ihm sagen, er wird sich vor ihm aufbauen und ihm sagen ...

Robert bekommt einen Kloß in der Kehle und fährt hoch. Er hört seine schnellen, flachen Atemstöße und fragt sich, ob es jemand gemerkt hat. Sein Herz schlägt bis zum Hals. Sein Mund ist trocken. Er schließt die Augen und zwingt sich, langsam und tief durchzuatmen, er imitiert die Ruhe, bis sie fast echt wird.

Sie fahren am Kraftwerk und am Greyhoundbahnhof vorbei. Schwitzende Soldaten in blankgewienerten Stiefeln stehen herum und rauchen. Der Bus hält an einer Straße voller Bars, und die anderen Männer drängeln johlend nach draußen. Nur Robert und vier Frauen bleiben an Bord. Sie biegen in die Jackson ab, rumpeln über die Bahngleise und fahren am Holzlager vorbei Richtung Osten. Schwarze Männer laden Bohlen auf einen Truck, mit bloßen Oberkörpern, deren Haut im Dunst glänzt. Dann verschwinden sie hinter einem Zaun. Robert zieht für seine Haltestelle an der Leine und wartet hinter einer fülligen Frau in einem geblümten Kleid. Unter ihren Armen schwingt das Fleisch wie Hängematten. Sie braucht eine Ewigkeit für die paar Stufen.

Die Sonne blendet ihn. Er klappt den Schirm seiner Mütze herunter, läuft zur Straßenecke und biegt rechts ab. Das ist die Arsenal Street. Lady wohnt zwei Blocks weiter, wo sich die Straße in den Feldern verläuft. Auf dem Stadtplan ist kein Ende verzeichnet - sie endet mitten im Nichts. Von hier an gibt es meilenweit nur noch Farmen. Nachts stehlen Lady und Jo Kay im Feld hinter dem Haus Erdbeeren und richten sie mit dicker Schlagsahne und Schokoladenraspeln an. Die reifen, sonnendurchglühten Erdbeeren platzen beim ersten Biß. Robert erntet nicht gern, wo er nicht gesät hat, aber er ißt seinen Anteil, mindestens. Die Saison ist so gut wie vorbei. Er hat Glück, wenn er heute abend noch welche abbekommt.

Er denkt noch an die Erdbeeren, als er Lady auf der Veranda erblickt, und in diesem Augenblick hat er ihren süßen Geschmack auf der Zunge. Er bleibt stehen, als wäre ihm gerade etwas eingefallen, dann kommt er weiter auf sie zu. Er sieht ihre Lippenbewegungen, kann aber nichts verstehen, er schmeckt nur die Erdbeeren, und je näher er kommt, desto stärker schmeckt er sie. Er läuft schneller, seine Hand greift nach dem Geländer. Er springt die Treppe hoch, als wolle er sie verschlingen.

Nein, sagt sie, nein. Sie spricht zu ihm und zu dem Mädchen, dessen Leben er will. Sie weiß, was ihr widerfahren wird, wenn sie nachgibt. Bleib hier bei Mutter und Schwester auf der Veranda, du wirst noch gebraucht. Erfreu noch eine Weile die Augen deines Vaters. Dieser Mann ist nichts für dich. Geduldig wird er dich halb zu Tode dressieren. Er wird dich liebenswürdig mit fremden Leuten zusammenbringen, und du sollst Zeuge seiner scheiternden Tapferkeit werden. Du sollst seine Fürsorge erdulden und zusehen, wie deine Kinder darunter leiden und sich mit allen Mitteln selbstquälerischen Leichtsinns dagegen zur Wehr setzen. Du sollst verwandelt werden. Du sollst dich hören und nicht wissen, wer da spricht. Warte, kleine Lady. Warte auf den richtigen Augenblick.

»Lady?«

Es hat keinen Sinn. Das Mädchen hört nichts. Auch jetzt reckt sie sich ihm entgegen, als er die Treppe emporkommt. Sie streicht ihm über die Wange, um den Fleck wegzuwischen, von dem er nichts weiß. Er vermutet andere Beweggründe, und seine scharfgeschnittenen Gesichtszüge bekennen alles und erflehen alles. Vor dieser Berührung gibt es kein Entkommen. Sie ist nicht aufzuhalten. Sie will ihren eigenen Kopf durchsetzen, und sie weiß etwas, das Lady nicht weiß. Sie weiß, wie er geliebt werden muß.

Lady hört wieder ihren Namen.

Warten Sie, Sir.

Sie segnet das Mädchen. Dann dreht sie sich zu den Feldern, die bis zum Horizont reichen und die sie sich immer als einen Ozean vorgestellt hat, über den dieses Haus als stolzes Schiff dahinsegelt. Sie sieht sie noch einmal lange an und öffnet die Augen.

Die entscheidende Nacht

Frances war bei ihrem Bruder vorbeigefahren, um ihm über seinen Liebeskummer wegzuhelfen, aber Frank war im Nu mit dem halben Kirschkuchen durch, den sie ihm mitgebracht hatte, und erwähnte die Frau kaum. Er schwärmte von einer Predigt, die er nachmittags gehört hatte. Dr. Violet hätte sich selbst übertroffen, sagte er. So gut sei er noch nie gewesen; das sei der Goldstandard. Frank wollte Frances die Predigt wiedergeben, wie er ihr früher immer Filmszenen vorgespielt hatte.

»Ich muß dann langsam, Franky.«

»Dauert nicht lange«, sagte Frank. »Fünf Minuten. Höchstens zehn.«

Vor drei Jahren hatte er mit Frances' Wagen einen Unfall auf der Autobahn gehabt, der fast tödlich ausgegangen wäre, und danach wäre er bei einer Entgiftung fast an einem schweren epileptischen Anfall gestorben. Und jetzt wollte er ihr predigen. Wahrscheinlich empfand sie Dankbarkeit. Sie meinte, zehn Minuten hätte sie noch.

Die Nacht war schwül, aber Frank trug wie immer ein langärmliges Hemd, um die häßlichen Tätowierungen zu verstecken, mit denen er eines Morgens während seiner Militärzeit in Manila aufgewacht war. Das Hemd war weiß, gestärkt und steifgebügelt. Die Krawatte, die er zum Gottesdienst getragen hatte, war noch unter seinem vorspringenden Adamsapfel festgebunden. Er wirkte zu groß für das kleine Zimmer, als er vor dem Sofa auf und ab tigerte, um sich zu konzentrieren. Er schonte sein linkes Bein, dessen Kniescheibe bei dem Unfall zerschmettert worden war; jedesmal, wenn er den rechten Fuß aufsetzte, klirrte das Geschirr in den Schränken.

»Okay, los geht's«, sagte er. »An ein paar Stellen muß ich improvisieren, aber das meiste hab ich im Kopf.« Er ging weiter, langsam und bedächtig, die Hände hinter dem Rücken gefaltet und den Kopf auf eine Weise gesenkt, die Andacht vermitteln sollte. »Liebe Gemeinde«, sagte er, »vielleicht habt ihr vor einiger Zeit in der Zeitung von einem Mann hier aus unserem Staat gelesen, einem Vater, wie heute so viele unter uns sind ... aber dieser Vater mußte eine furchtbare Entscheidung treffen. Er heißt Mike Bolling. Er arbeitet als Weichensteller bei der Bahn, schon seit dem Highschool-Abschluß ist er bei der Bahn, genau wie einst sein Vater und Großvater. Janice und er sind jetzt seit zehn Jahren verheiratet. Sie wollten eine ganze Kinderschar haben, aber es war der Wille des Herrn, ihnen nur ein Kind zu geben, einen ganz besonderen Sohn. Das ist neun Jahre her. Sie nannten ihn Benny – nach Janices Vater. Dieser war gestorben, als sie noch klein war, aber sie konnte sich an sein breites schiefes Grinsen erinnern und wie er beim Lachen den Kopf in den Nacken warf, und sie hoffte, etwas vom Wesen ihres Vaters würde durch den Namen auf den Kleinen abfärben. Wie sich herausstellen sollte, bekam sie soviel Wesen, wie sie wollte, ja mehr als ihr lieb war.

Benny. Er startete im vierten Gang und schaltete nie runter. Mike sagte immer, bei seiner Energie könnte man ihn als Lokomotive einsetzen. Guter Schüler, der geborene Sportler, aber seine große Leidenschaft war die Mechanik. Er gehörte zu der Sorte Jungen, die man mit einer Uhr in ein Zimmer sperren kann, und ehe man's sich versieht, haben sie die Uhr in ihre Einzelteile zerlegt. In der zweiten Klasse konnte er die Uhr schon wieder zusammensetzen, ganz zu schweigen von Staubsaugern, Fernsehgeräten und dem Motor von Mikes altem Rasenmäher.«

Das klang nicht nach Frank. Frank redete immer knapp und prägnant, weder steif noch volkstümlich, so wortkarg und manchmal schroff, daß seine Witze provozierend oder beleidigend klangen. Frances war praktisch die einzige, die seine Pointen verstand. Sein heutiger Ton machte sie argwöhnisch. In der Geschichte würde etwas Schlimmes passieren, und hinterher würde es ihr leid tun, daß sie zugehört hatte. Sie wußte es im voraus. Aber sie unterbrach ihn nicht. Frank war ihr kleiner Bruder, und sie schlug ihm nie etwas ab.

Als Frank noch ein kleines Kind war, noch nicht einmal laufen konnte, setzte sich Frank senior in den Kopf, seinem Sohn die Bedeutung des Wortes »nein« beizubringen. Beim Abendessen ließ er seine Armbanduhr vor Franks Augen baumeln, und wenn Frank danach griff, sagte er *nein!* und zog sie weg. Wenn der Kleine nicht aufhörte, bekam er einen Klaps auf die Finger, bis er vor Wut und Frustration brüllte. So ging das Abend für Abend. Frank konnte sich die Lektion einfach nicht merken; sobald er die Uhr sah, griff er danach. Frances folgte dem Beispiel ihrer Mutter und sagte nichts. Sie war acht Jahre alt und fürchtete und vermißte die Zuwendung ihres Vaters gleichermaßen. Sie ärgerte sich über Franks Hartnäckigkeit und die daraus folgende Aufregung. Warum war er bloß so begriffsstutzig? Dann schlug ihr Vater Frank ins Gesicht. Das war an Silvester. Frances erinnerte sich noch an die albernen Partyhütchen, die sie alle trugen, als ihr Vater ihren kleinen Bruder schlug. Nach dem Schlag schien die Zeit stehenzubleiben, und man hörte nur das lange Luftholen, mit dem

Frank, der sich mit knallrotem Gesicht in seinem Stühlchen wand, sein Gebrüll vorbereitete. Frank senior senkte den Kopf. Frances sah, daß er selbst überrascht war und Angst vor den Folgen bekam. Sie sah ihre Mutter an, die die Augen geschlossen hatte. Noch als Erwachsene suchte Frances nach einem Augenblick, in dem das Leben der Familie einen anderen Verlauf hätte nehmen können, und kam immer auf diesen einen Augenblick zurück, als ihrem Vater plötzlich aufging, daß er einen Fehler gemacht hatte, als er fassungslos und für Kritik empfänglich war. Was wäre wohl geschehen, wenn ihre Mutter aufgesprungen wäre, sich vor ihm aufgebaut und ihn angebrüllt hätte, damit wäre jetzt ein für allemal Schluß? Oder wenn sie ihn bloß *angesehen* und seine Scham damit noch vergrößert hätte? Aber sie hatte die Augen geschlossen und hielt sie geschlossen, bis Frank sie mit seiner Verzweiflung aufsprengte und Frank Senior das Eßzimmer verließ. Frances wußte damals schon, daß ihre Mutter nichts mit ansehen konnte, wogegen sie sich nicht wehren konnte. Sie hatte ein schwaches Herz. Drei Jahre später griff sie nach einer Flasche Ammoniak, machte »oh«, setzte sich auf den Boden und starb.

Frances wehrte sich gegen ihren Vater. Seinen Anordnungen zum Trotz brachte sie Frank Essen aufs Zimmer, wenn er Stubenarrest hatte, ergriff für ihn Partei und sagte ihm immer wieder, es sei richtig, wenn er Partei gegen seinen Vater ergriff. Frank senior hatte sich in den Kopf gesetzt, den Willen seines Sohnes zu brechen, und Frank wollte sich nicht brechen lassen. Er wollte alles haben, was sein Vater ihm verbot. Frances stachelte ihn an und bemutterte ihn, wenn er erwischt wurde. Nach einiger Zeit begründete ihr Vater seinen Unmut gar nicht mehr. Mit zunehmendem Schweigen nahmen auch seine Schläge zu. Als ihr Vater eines Abends auf Frank losgehen wollte, hielt sie ihn am Gürtel zurück, und als er sie beiseite fegte, rammte Frank ihm den Kopf in die Magengrube. Frances sprang ihrem Vater auf den Rücken, und die drei polterten durchs Zimmer. Als es vorbei war, lag Frances mit aufgeplatzter Lippe und einem Summen in den Ohren auf dem Boden und lachte wie eine Irre. Frank heulte. Das war das erstemal.

Frank Senior schlug seinem Sohn grundsätzlich alles ab, und Frances schlug ihm grundsätzlich nichts ab. Frank kannte ihre Wehrlosigkeit nur zu gut und nutzte sie aus, am schamlosesten in den Monaten vor seinem Unfall. Er hatte sich in ihrer Wohnung breitgemacht, sie beruflich in Schwierigkeiten gebracht und fast ihre Ehe ruiniert. Ihr Mann fand, Frances hätte sich viel zu weit in diesen Alptraum verwickeln lassen, und konnte ihr das nicht verzeihen. Aber ihr Mann war auch nie durchs Zimmer gestoßen oder getreten worden. Niemand hatte ihn je mit dem Kopf gegen eine Tür geknallt. Niemand hatte ihn je so angeschnauzt, wie ihr Vater Frank angeschnauzt hatte. Ihr Mann hatte keine Ahnung, was Hilflosigkeit und Einsamkeit bedeuteten. Kein Mensch sollte einsam sein. Jeder sollte jemanden haben, der ein Leben lang zu ihm hielt.

»In der entscheidenden Nacht«, sagte Frank, »rief Mikes Vorarbeiter an und bat ihn, die Schicht eines Kollegen in der Zugbrückenstation zu übernehmen. Das war an einem bitterkalten Montagabend Mitte Januar. Als Mike den Anruf erhielt, war Janice bei einem Elternabend, also blieb ihm nichts anderes übrig, als Benny mitzunehmen. Eigentlich war das verboten, aber er brauchte die Überstunden, außerdem machte er es nicht zum erstenmal, und niemand hatte je Einwände gehabt. Benny war immer brav gewesen, und Mike und er konnten mal so richtig von Mann zu Mann reden. Sie konnten reden, spielen, Würstchen heißmachen, dann blies Mike die Luftmatratze auf, rollte den Schlafsack aus und brachte Benny ins Bett. Ein richtiges Abenteuer.

Die Nacht war, wie gesagt, bitterkalt. Die Station hatte einen Kachelofen, aber der funktionierte nicht. Der von Mike abgelöste Mann trug seinen Parka und Fäustlinge. Mike machte sich darüber lustig, aber schon bald setzten Benny und er die Kapuzen auf und zogen die Handschuhe wieder an. Mike kochte ihnen heiße Schokolade, und sie spielten Rommé oder versuchten es jedenfalls - mit Handschuhen ist das gar nicht so leicht. Aber es ging nicht ums Gewinnen oder Verlieren. Das Wichtigste war das Miteinander, daß sie einfach zusammen waren, während der eisige Wind um die Fenster heulte. Vater und Sohn: Gibt es etwas Schöneres? Mike mußte die Brücke für zwei Schiffe hochziehen, und die Lage spitzte sich zu, weil eins davon auf eine Sandbank zuhielt und fast auf Grund gelaufen wäre. Der Käpt'n mußte seine Maschinen volle Kraft zurücklaufen lassen, den Fluß wieder ein Stück hinabfahren und einen neuen Anlauf nehmen.

Das Ganze dauerte viel länger als geplant, und als das zweite Schiff die Brücke endlich passiert hatte, lag Mike weit hinter seinem Zeitplan und mußte die Zugbrücke dringend für den Expreß aus Portland herunterlassen. In diesem Moment stellte er fest, daß Benny verschwunden war.«

Frank blieb am Fenster stehen und sah versonnen nach draußen. Er schien zu überlegen, ob er fortfahren solle. Aber dann wandte er sich wieder ins Zimmer und sprach weiter, und Frances merkte, daß auch das kurze Zögern zur Predigt gehörte.

»Mike ruft nach Benny. Keine Antwort. Er ruft ihn noch einmal, schreit sich richtig die Kehle aus dem Hals. Ihr müßt euch in Mikes Lage versetzen. Er muß die Brücke für den Zug hinablassen, das schafft er gerade noch. Er weiß nicht, wo Benny abgeblieben ist, kann es sich aber denken. Der steckt natürlich da, wo er nichts zu suchen hat. Unten im Maschinenraum.

Der Maschinenraum. Die Mühle, wie Mike und seine Kollegen immer sagen. Ihr könnt euch vorstellen, wieviel Energie man braucht, um eine Zugbrücke zu heben und zu senken, nicht nur die Maschine selbst - all die Winden, Hebel, Flaschenzüge, Achsen, Zahnräder und so weiter. Eine riesige Maschinerie. Überall drehen sich gigantische Zahnräder und Getriebe mit Zähnen wie Aktenschränke. Da gibt es für die Mechaniker Stege und kleine Kriechgänge durchs Räderwerk, aber niemand steigt hinab, wenn er nicht ganz genau weiß, was er tun muß. Man muß sich dort unten auskennen. Man muß genau wissen, wo man gefahrlos hintreten kann, wovon man die Finger läßt und welche Kleidung am zweckmäßigsten ist. Und selbst wenn man das alles weiß, steigt man niemals hinab, wenn die Zugbrücke in Betrieb ist. Niemals. Dann ist viel zu viel los, überall kann man sich verfangen und ins Räderwerk geraten. Mike hat Benny hundertmal eingeschärft, daß er in der Mühle nichts verloren hat. Das ist die eiserne Regel, sonst darf er nicht zur Station mit.

Aber einmal hat Mike den Fehler gemacht, ihn unten herumzuführen, als die Maschine gewartet wurde, und er sah, wie Bennys Augen aufleuchteten, als er den Stahl und die ganze Maschinerie sah. Seitdem war es Bennys größter Wunsch, diese Zahnräder und Getriebe näher zu untersuchen und zu lernen, wie alles ineinandergreift. Mike merkte, daß Benny davon angezogen wurde wie von einem großen Magneten. Von da an behielt er ihn noch mehr im Auge, aber an diesem Abend ist er abgelenkt worden. Und jetzt ist Benny dort unten. Daran gibt es für Mike nichts zu rütteln.«

Frances sagte: »Ich will diese Geschichte nicht weiter hören.«

Falls Frank ihren Einwurf mitbekommen hatte, ließ er sich nichts anmerken. Sie wollte noch etwas sagen, verzog aber nur das Gesicht und ließ ihn weitererzählen.

»Um in den Maschinenraum zu kommen, muß Mike einen Durchgang zum anderen Ende der Station nehmen und entweder auf den Aufzug warten oder eine Nottreppe hinabsteigen. Für beides hat er keine Zeit mehr. Er hat für nichts mehr Zeit, er muß sofort die Brücke herablassen, und selbst dafür wird die Zeit knapp. Er muß jetzt sofort die Brücke runterlassen oder der Zug stürzt mit sämtlichen Passagieren in den Fluß. Das ist sein Dilemma; und er muß sich entscheiden. Für seinen Sohn, seinen Benjamin, oder für die Menschen im Zug.

Vergegenwärtigen wir uns einmal die Menschen im Zug. Mike hat noch nie einen von ihnen gesehen, aber er ist alt genug, um sie sich vorstellen zu können. Sie gleichen uns allen. Ein paar haben zum Herrn gefunden, lieben ihren Nächsten wie sich selbst, und solches Tun gefällt Gott wohl. Dann sind da die anderen. In diesem Zug sitzen Männer, die flüsternd ihre finsteren Ränke schmieden und einer Witwe ihr letztes Hab und Gut rauben. In diesem Zug sitzt der Mann, in dessen Fabriken Arbeiter umkommen und verstümmelt werden. Diebe sitzen im Zug, Lügner und Heuchler. Da sitzt der Mann, dem seine Frau nicht genügt und der erst glücklich ist, wenn er jede einzelne Frau unter der Sonne besessen hat. Da sitzt der Mann, der falsch Zeugnis ablegt. Da sitzt der Bestechliche. Da sitzt die Frau, die Mann und Kinder verlassen hat, um ihrer Lust zu frönen. Da sitzen der Verkäufer verdorbener Waren, der Feigling und der Wucherer, und da sitzt der Mann, der nur an seine Droge denken kann und der für ihr falsches Glück alles tut – er bestiehlt seine Arbeitgeber, seine Freunde, seine Familie, ja, sogar seine eigene Familie, er beutet ihr Mitleid aus, borgt in böser Absicht und bricht in ihre Häuser ein. All diese Menschen sitzen im Zug, wach und hungrig wie die Wölfe. Auch die Schafe sitzen im Zug, die Schläfer mit offenen Augen, die als Schlafwandler durchs Leben gehen, die Böses weder tun noch lassen, wie die Soldaten, die sich in der Schlacht totstellen, damit sie nicht kämpfen müssen, die weder für ihre Stadt und ihr Zuhause noch für ihre Frauen und Kinder zu kämpfen bereit sind. Wie kann Mike für solche Menschen seinen Sohn, seinen Benjamin opfern, der doch nichts getan hat?

Er kann es nicht. Natürlich kann er es nicht, nicht allein. Aber Mike ist nicht allein. Er weiß, was wir alle wissen, auch wenn wir es nicht wahrhaben wollen: Wir sind niemals allein. Am hellichten Tag und in stockdunkler Nacht sind wir in der Hand des Herrn, selbst in jener Finsternis, wenn wir ihn fliehen und unser Gesicht wie bange Kinder verbergen. Er läßt uns nicht im Stich. Nein. Er läßt uns niemals im Stich. Wir mögen jedes Fenster verschließen und alle Türen verriegeln, dennoch ist er bei uns. Und wenn wir unsere Herzen noch so sehr verstocken, er wird sich dort niederlassen.

Er läßt uns nie im Stich. Er ist immer bei uns, bei euch wie bei mir. Er ist bei Mike und bei dem Bestechlichen im Zug, bei der Frau, die sich nach dem Gatten ihrer Freundin verzehrt, und bei dem Mann, der sich nach einem Drink verzehrt. Er kennt ihre Bedürfnisse besser als sie selbst. Er weiß, daß sie in Wirklichkeit ihn brauchen, und mögen sie seine Stimme noch so sehr fliehen, stets wird er ihnen sagen, daß er für sie da ist. Und in diesem Augenblick, wo sich Mike nirgends verstecken und sich nichts vormachen kann, in diesem Augenblick hört er Gottes Stimme, er weiß, daß er nicht allein ist, und er weiß, was er zu tun hat. Es ist schon einmal getan worden, von dem, dessen Wort er hört, von unser aller Vater, der seinen eigenen Sohn gab, seinen geliebten Sohn, zur Vergebung unserer Sünden.«

»Nein!« sagte Frances.

Frank brach ab und sah sie an, als wüßte er nicht, wen er vor sich hatte.

»Das reicht«, sagte sie. »Für das nächste Jahr reicht das an Heiligkeit.«

»Aber ich bin noch nicht fertig.«

»Schon gut, ich kann mir denken, wie's weitergeht. Der Typ bringt seinen Sohn um, stimmt's? Das ist eine Scheißgeschichte, Frank, das kann ich dir sagen. Was soll die Moral von so einer Geschichte sein – daß wir unsere eigenen Kinder umbringen sollen, damit irgendein Wildfremder leben kann?«

»Es geht um mehr als das.«

»Bitte, meinetwegen kann es ein ganzer Zug mit Wildfremden sein, meinetwegen sogar zehn Züge. Ich soll einen Mord begehen, weil ›unser aller Vater‹, wie du ihn nennst, einen begangen hat? Läuft es darauf hinaus? Was für Leute kommen bloß auf solchen Scheiß? Die Geschichte ist ja furchtbar.«

»Sie ist wahr.«

»*Wahr?* Franky! Spiel doch bitte nicht den Idioten.«

»Dr. Violet kennt einen Mann, der in dem Zug saß.«

»Ach ja? Darf ich raten?« Frances kniff die Augen zusammen und riß sie plötzlich wieder auf. »Der Junkie! Genau, und hinterher hat er einen Entzug gemacht, und heute arbeitet er mit Straßenkindern in Brasilien und zeigt der ganzen Welt, daß Mikes Opfer nicht umsonst war. Läuft es darauf hinaus?«

»Du verstehst das nicht, Frances. Darum geht es überhaupt nicht. Ich erzähl dir den Rest.«

»Nein. Die Geschichte ist entsetzlich, Frank. Niemand verhält sich so. Ich würde jedenfalls den Teufel tun.«

»Von dir verlangt er es nicht. Er verlangt nichts von uns, was wir nicht tun können.«

»Es ist mir piepegal, was er von mir verlangt. Wo hast du dieses ganze Geschwafel überhaupt her? Du klingst ja nicht mehr wie du selbst.«

»Ich mußte mich ändern. Ich mußte meine Einstellung zu den Dingen ändern. Vielleicht klinge ich deswegen etwas anders.«

»Besoffen hast du früher besser geklungen.«

Frank lag eine Antwort auf der Zunge, aber er schluckte sie runter. Er trat einen Schritt zurück und ließ sich auf einem Fernsehsessel mit scheußlich kariertem Bezug nieder, den der Vormieter nicht mehr gebraucht hatte. Die Fußstütze ließ sich nicht mehr hochklappen.

»Es ist mir auch piepegal, wenn der Allmächtige mit vorgehaltener Pistole auf mich losgeht, ich würde so was trotzdem nicht machen«, sagte Frances. »Nie und nimmer. Du doch auch nicht. Hand aufs Herz, Brüderchen, würdest du mich zermahlen lassen, wenn ich da unten in der Mühle wäre? Würdest du auf den Francesburgerknopf drücken?«

»Ich muß diese Entscheidung Gott sei Dank nicht treffen.«

»Ja, ja, ich weiß. Und wenn doch?«

»Nein. Er hält uns keine Waffe an die Schläfe.«

»Ach nein? Und was ist mit der Hölle, hä? Wie nennst du die denn? Aber ist ja auch egal. Ich scheiß auf die Hölle, die ist mir piepegal. Werd ich nun durch den Fleischwolf gedreht oder nicht?«

»Stell mich nicht auf die Probe, Frances. Das ist nicht deine Aufgabe.«

»Ich steck da unten in der Mühle, Frank. Ich steck im Getriebe, und da draußen kommt der Zug mit Mutter Teresa und fünfhundert Sündern angerast, *tschuk-tschuk, tschuk-tschuk.* Für wen, Frank? Für wen entscheidest du dich?«

Frances wollte lachen. Frank saß niedergeschlagen im Sessel, umklammerte die Lehnen und sah aus, als wollte er in einen Hurrikan starten. Aber den Gedanken behielt sie für sich. Frank überlegte, und dabei durfte sie ihn nicht stören. Sie wußte, was er zu guter Letzt sagen würde – schließlich gab es keine andere Antwort –, aber er konnte nicht einfach sagen, *sie ist doch meine Schwester*, und es dabei bewenden lassen. Nein, er mußte sich irgendwelche rechtschaffenen, wohlklingenden Gründe aus den Fingern saugen, warum er sich für sie entschied. Und vielleicht würde er sich fürs erste gar nicht für sie entscheiden, vielleicht würde er kneifen und doch mit der Sonntagsschulantwort ankommen. Frances sollte das nur recht sein, sie war kampfbereit; sie konnte ihm Bescheid stoßen. Frances ging keinem Streit aus dem Weg, schon gar nicht, wenn sie für ihren Bruder stritt. Für ihren Bruder hatte sie Streitereien mit Pennern aus der Nachbarschaft ausgefochten, mit pampigen Lehrern und Trainern, die seine Fähigkeiten nicht zu schätzen wußten, mit Kredithaien, Vermietern und Rausschmeißern. Als Mädchen mit aufgeschürften Knien hatte sie es mit ihrem Vater aufgenommen, und sollten alle Stricke reißen, würde sie es auch mit dem Allmächtigen Vater aufnehmen, diesem unbegreiflichen Tyrannen. Sie war bereit. Es war wie in der guten alten Zeit, als sie beide oben im ersten Stock warteten, während sich Frank Senior im Erdgeschoß in seine Wut hineinsteigerte, vor sich hin grummelte, Türen knallen ließ und das ganze Haus mit den Zigarren verpestete, die er immer paffte, wenn er auf hundertachtzig war. Sie hatte nichts vergessen - weder das Zittern in den Knien noch das Herzklopfen bis zum Hals, wenn der Rauch stärker wurde. Sie roch heute noch den Qualm und hörte die väterlichen Schritte auf der Treppe. Frank keuchte neben ihr, drückte sich an sie, flüsterte ihren Namen, und sie antwortete, wenn die Angst der Wildheit und unerklärlicher Freude wich. *Alles wird gut, Franky. Ich bin ja bei dir.*

Kaminfeuer

Meine Mutter hatte mir geschworen, wir würden nie wieder in eine Pension ziehen, aber aus finanziellen Gründen konnte sie ihr Versprechen nicht halten. Sie beschloß, in eine andere Stadt zu ziehen; wir mußten schließlich irgendwo schlafen. Die neue Pension war schlimmer als die alte, unfreundlich, trübselig, und der unverkennbare Geruch mutloser Menschen hatte sich im ganzen Haus eingenistet. Im Stockwerk unter uns hustete sich ein pensionierter Handelsmatrose die Lungen aus dem Hals. Er war ein netter alter Mann, der meiner Mutter immer Komplimente machte, wenn wir an dem düsteren Zimmer vorbeikamen, wo er rauchend auf dem Bettrand saß. Tagsüber hatten wir Mitleid mit ihm, aber wenn wir nachts wachlagen, auf den nächsten quälenden Hustenanfall warteten und spürten, wie die Stille anschwoll, haßten wir ihn. Jedenfalls haßte ich ihn.

Meine Mutter sagte, es wäre nur für kurze Zeit. Wir würden definitiv ausziehen. Um mir und vielleicht auch sich selbst zu demonstrieren, daß sie es ernst meinte, sah sie jeden Samstagmorgen beim Frühstück die Zeitung durch und kreiste die Anzeigen für möblierte Wohnungen ein, die, wie sie sagte, »unseren Bedürfnissen entsprachen«. Mir gefiel diese Formulierung. Sie gab mir das Gefühl, unsere

Bedürfnisse hätten in der Welt auch etwas zu sagen, und mit uns wäre nicht zu spaßen. Dann setzte meine Mutter ihr scharfsinniges Gesicht auf, verglich die Mieten und strich die teuersten und die billigsten Wohnungen. Bei letzteren war es immer dieselbe Leier, der Kühlschrank zu klein und die Wände zu feucht, die Wanne brach durch den Badezimmerboden, und über einem hauste jemand, der seine Frau schlug. Hatten wir alles schon erlebt. Wenn meine Mutter die Liste auf fünf oder sechs Wohnungen zusammengestrichen hatte, rief sie alle an, um sicherzugehen, daß sie noch frei waren, und den Rest des Tages verbrachten wir mit Besichtigungen.

Wir hätten noch gar keine Wohnung mieten können. Die Vermieter verlangten normalerweise zwei Monatsmieten Kaution sowie eine Vorauszahlung der Reinigungskosten, und es würde noch einige Zeit dauern, bis meine Mutter das alles aufbringen konnte. Das war mir bekannt, trotzdem wiederholte meine Mutter es jeden Samstag, damit ich mich nicht von der Begeisterung hinreißen ließ. Wir machten bloß Besichtigungen. Entwickelten eine Nase für den Markt.

Der Kauf von Gütern und Dienstleistungen macht Spaß. Heute genieße ich es, wenn ich die Rolle des Mannes übernehmen kann, der weiß, was er will, und genau das mit nach Hause nimmt.

Aber damals war ich schon glücklich, wenn ich mir die Dinge nur anschauen durfte. Das war auch gut so, denn anschauen konnten wir uns jede Menge, kaufen konnten wir uns nichts.

Meine Mutter gehörte nicht zu den Schnäppchenjägern, die als erstes aufs Preisschild losgehen, die Köpfe schütteln und sich bei den Umstehenden über die Preiserhöhungen beklagen. Sie brachte kaum Interesse für Preise auf. Sie brachte ja auch kein Geld auf, aber das war es nicht allein.

Sie ging gern einkaufen, weil sie sich in den Geschäften zu Hause fühlte und weil Waren sie interessierten. Die Verkäufer bedienten sie mit großer Geduld, weil sie sahen, daß ihre Neugier nichts Böswilliges oder Banales hatte, sondern sie auf Trab hielt und forderte. Sie mußte einfach sehen, was es alles gab.

Wir waren schon immer einkaufen gegangen, aber im ersten Herbst in Seattle, als wir dem Bankrott näher waren als je zuvor, kamen wir so richtig in Fahrt. Wir sahen uns Lederkoffer an. Wir sahen uns Fernsehgeräte in großen Edelholztruhen an. Wir sahen uns Antiquitäten und Perserteppiche an. Perserteppiche sieht man sich nicht zum Spaß an, denn ihre Verkäufer müssen hart arbeiten, die Teppiche von hohen, schwankenden Stapeln herunterzerren und zu einem schleppen, sie schwitzen, keuchen und stolpern unter ihrer Last, und die Fusseln bleiben ihnen im Gesicht hängen. Meistens sind es kleine Männer. Da darf man nicht zartbesaitet sein. Man darf sich nicht schämen, sondern muß auf sein Recht pochen, sich anzuschauen, was man sich nicht leisten kann. Und daran hielten wir uns.

Als die Herbstkollektionen in die Geschäfte kamen, probierte meine Mutter sie an, und ich sah zu. Sie hatte mal als Mannequin gearbeitet und wußte, wie man vor dem Spiegel posierte, lässig davonschlenderte, plötzlich stehenblieb, eine Hüfte ausstellte und einen Blick über die Schulter warf, als wäre man gerade gerufen worden. Wenn sie sich zu mir umdrehte, gab ich lächelnd, achselzuckend oder mit mürrischem Kopfschütteln mein Urteil ab. Ich fand sie in jeder Bekleidung wunderschön, fühlte mich aber verpflichtet, Unterschiede zu machen. Zuviel Bewunderung mochte sie nicht. Das erstickte sie.

Wir sahen uns Kupferkochtöpfe an. Wir sahen uns Gartenmöbel und Eßzimmergarnituren aus Hickory an. Wir verbrachten einen ganzen Tag in einem Jachthafen und studierten das Mobiliar einer pleitegegangenen Chris-Craft-Filiale. *Alles zum Schleuderpreis,* hieß es. Es war der einzige Ausverkauf, den wir je eines Blickes würdigten.

Meine Mutter trug bei der Wohnungsjagd ein schickes graues Kostüm. Ich trug meinen Kleiner-Gentleman-Anzug, einen Pullover mit V-Ausschnitt und Fliege. Vorn auf den Pullover war *Fraternity Row* gestickt. Wir sahen respektabel aus, und im großen und ganzen waren wir das ja auch. Außerdem sahen wir zahlungsfähig aus.

An einem bestimmten Tag klapperten wir Wohnungen im Universitätsviertel ab. Die ersten drei waren ganz annehmbar, aber die vierte war ein Trümmerhaufen - die letzte Mieterin mußte dort wie ein Tier in seinem Bau gehaust haben. Jemand hatte hinterher ausgemistet und geputzt, aber es war vergebliche Liebesmüh. Selbst bei offenen Fenstern und Durchzug roch die ganze Wohnung nach verfaultem Fleisch. Alles fühlte sich klebrig an. Der Vermieter sagte, die Frau hätte wegen ihrer gescheiterten Ehe Depressionen gehabt. Am Anfang schwang er noch große Reden, sprach von Malerarbeiten und neu zu verlegenden Teppichen, aber er wirkte resigniert und verstummte bald. Wir liefen zu dritt durch die Zimmer und dann wieder ins Freie. Der Vermieter wußte genau, daß wir nicht angebissen hatten, und bot uns nicht einmal seine Visitenkarte an.

Wir hatten noch eine Wohnung auf unserer Liste, aber meine Mutter hatte die Nase voll. Sie fragte, ob ich Lust hätte, zum Kai runterzugehen, oder ob ich nach Hause oder sonstwohin wollte. Ihr Mund war verkniffen, ihr Gesicht verkrampft. Sie bemühte sich um Freundlichkeit, hatte aber schlechte Laune.

Ich wollte noch nicht in unsere Pension und auf unser Zimmer zurück und fragte, ob wir nicht ein bißchen über den Uni-Campus laufen könnten.

Sie sah die Straße hoch. Ich rechnete mit einem Nein. »Klar«, sagte sie. »Warum nicht? Wenn wir schon mal da sind.«

Wir gingen los. Der Bürgersteig wurde von Ahornbäumen gesäumt, und die Windstöße wirbelten uns das trockene Laub um die Beine.

»Laß dich bloß *niemals* so gehen«, sagte meine Mutter, schlang die Arme um ihren Körper und sah zu Boden. »Das ist unverzeihlich.« Sie klang tödlich beleidigt. Ich wußte, daß ich nichts angestellt hatte, und schwieg. Sie sagte: »Egal was passiert, es gibt keine Entschuldigung, dermaßen aufzugeben. Hast du verstanden?«

»Ja, Ma'am.«

Eine Gruppe Chinesen schloß zu uns auf, zehn oder zwölf angeregt ins Gespräch vertiefte junge Männer. Sie teilten sich auf unserer Höhe, redeten weiter, und vor uns vereinigten sie sich wieder wie Wasser, das um einen Stein herumfließt. Wir folgten ihnen bis zur Universität und liefen zwischen den Gebäuden umher, bis die Dämmerung anbrach und der Wind schärfer wurde. Es war der erste richtig kalte Tag seit unserem Umzug, und ich war zu dünn angezogen. Aber ich sagte nichts, weil ich immer noch nicht nach Hause wollte. Ich war nie auf einem Campus gewesen und verglich ihn eifrig mit meiner Idealvorstellung. Alles war, wie es sein sollte. Alt aussehende Gebäude mit steinernen Torbögen und hohen Bogenfenstern. Üppige Rasenflächen. Efeu. Die Efeublätter waren rot verfärbt. In der letzten Abendsonne leuchteten sie oben an den Westmauern auf, wenn der Wind durch sie hindurchfuhr. Im Husky-Stadion fand gerade ein Spiel statt, und gelegentlich brandete lautes Getöse herüber. Dann empfand ich jedesmal ein Gefühl der Teilnahme und Zugehörigkeit. Ich war der Überzeugung, daß ich hier hergehörte und daß mich die Studenten, die uns auf den Ziegelsteinwegen entgegenkamen, als ihresgleichen angesehen hätten - *Fraternity Row* -, wäre da nicht diese Frau neben mir gewesen, deren Hand auf meiner Schulter lag. Ich empfand diese Hand immer mehr als eine Last.

Meine Mutter merkte nichts davon. Sie war wieder guter Dinge, hatte in der Kälte rote Wangen bekommen, und ihre Erinnerungen an die Zeit in Yale und am Trinity sprudelten nur so. Damals bekam sie von einer Freundin, die mit einem Footballspieler ging, immer Freikarten für die Spiele. Sie selbst war auch mit einem Spieler gegangen, einem Quarterback der All-Americans aus Yale namens Dutch Diefenbacker. Er hatte ihr einen Heiratsantrag gemacht, sagte sie beiläufig.

»Soll das heißen, er hat dich richtig gefragt?«

»Er hat mir einen Ring geschenkt. Den hatte mein Vater ihm verkauft. Er wollte ihn für eine Frau haben, in die er bis über beide Ohren verknallt war, aber sie wollte nichts von ihm wissen. Sie sagte wörtlich ›Mensch, ich heirate doch keinen alten Knacker wie dich!‹« Meine Mutter lachte.

»Nun mal langsam«, sagte ich. »Du hättest einen All-American aus Yale heiraten können?«

»Klar.«

»Und warum hast du nein gesagt?«

Wir blieben an einem laubverstopften Brunnen stehen. Meine Mutter starrte ins Wasser. »Weiß ich nicht. Ich war damals noch ziemlich jung, und Dutch war nicht gerade ein geistsprühender Mann. Er war nett ... aber langweilig. Einfach langweilig.« Sie holte tief Luft und sagte heftig: »Mein Gott, war das eine Trantüte!«

»Ich hätte ihn geheiratet«, sagte ich. Die Geschichte hörte ich zum erstenmal. Es war einfach haarsträubend, daß mich meine Mutter aus reiner Schulmädchenarroganz um einen All-American-Vater aus Yale geprellt hatte. Ich wäre jetzt reich gewesen und hätte einen Collie gehabt. Alles wäre anders gelaufen.

Wir umrundeten den Brunnen und liefen denselben Weg zurück. Als wir die Straße erreichten, fragte meine Mutter, ob wir uns nicht doch noch die Wohnung anschauen sollten, die wir ausgelassen hatten. »Ach, was soll's«, sagte sie, als sie mein Zögern sah. »Es muß hier irgendwo sein. Also nehmen wir die auch noch mit.«

Ich fror, aber da ich bisher nichts gesagt hatte, fand ich es falsch, jetzt zu jammern, falsch und kindisch. Sie fragte zwei Mädchen mit Sportabzeichen auf den Pullovern – *Koedukation,* dachte ich und berauschte mich an dem Wort –, und während sie sich den Weg beschreiben ließ, musterte ich die Auslage eines Buchladens, als stünde ich rein zufällig neben dieser Frau, die sich hier nicht auskannte.

Die Dämmerung war klar und kurz. Eben flackerte das Licht noch schwach, im nächsten Augenblick war es verschwunden. Wir liefen ein paar Straßen weit, in ein Viertel mit klassizistischen Villen hinein, aus deren Fenstern üppiges, unnahbares Licht bis auf die leere Straße fiel. Der Wind blies uns vor sich her. Ich zitterte allmählich. Meiner Mutter sagte ich noch immer nichts. Ich wußte, ich hätte früher sagen sollen, daß mir kalt war, alles andere war idiotisch gewesen, aber jetzt konzentrierte ich mich voll und ganz darauf, diese Idiotie zu verbergen, indem ich sie beibehielt.

Wir blieben vor einem Haus mit Eckturm stehen. Das Obergeschoß lag im Dunkeln. »Es ist schon spät«, sagte ich.

»So spät auch wieder nicht«, sagte meine Mutter. »Außerdem liegt die Wohnung im Erdgeschoß.«

Sie stieg die Stufen zur vorderen Veranda hoch, und ich wartete auf dem Bürgersteig. Ich hörte gedämpftes Klingeln und spähte nach den Fenstern, ob sich etwas rührte.

»Mist ... ich hätte anrufen sollen«, sagte meine Mutter. Sie wollte gerade gehen, als die eine Hälfte der Doppeltür aufschwang und ein Mann heraussah, eine große Silhouette im hell erleuchteten Türrahmen. »Ja?« sagte er. Er klang ungeduldig, aber als sich meine Mutter zu ihm umdrehte, fügte er versöhnlich hinzu: »Was kann ich für Sie tun?« Er hatte eine so tiefe Stimme, daß ich sie fast körperlich spürte, wie Kohlen, die eine Rutsche hinabrumpeln.

Sie erklärte ihm, wir kämen wegen der Wohnung. »Ich fürchte, wir haben uns etwas verspätet«, sagte sie.

»Eine Stunde«, sagte er.

Meine Mutter tat überrascht und sagte, wir hätten uns die Universität angesehen und jedes Zeitgefühl verloren. Sie entschuldigte sich vielmals, machte aber keine Anstalten zu gehen, und ihm muß klar geworden sein, daß sie nicht gehen würde, ehe sie die Wohnung gesehen hatte. Mir war es jedenfalls sonnenklar. Ich folgte ihr die Stufen hoch.

Der Mann war in jeder Beziehung groß - hoch aufgeschossen und füllig mit einem Quadratschädel, einem Trophäenkopf. Er hatte diese Größe, die fast unweigerlich den Spitznamen »Kleiner« provoziert, obwohl ihn sicher niemand je so genannt hatte. Er wirkte viel zu ehrwürdig und gedankenverloren, hatte die Milde und den Ernst eines Büffels. Er sah uns durch eine schwarzgerahmte Brille an. »Na schön, nun sind Sie ja da«, sagte er nicht unhöflich, und wir folgten ihm ins Haus.

Als erstes erblickte ich das Feuer. Ich sah auch andere Dinge, die Möbel, die kirchenartige Weite des Raums, aber meine Augen richteten sich sofort auf die Flammen. Sie loderten zischend in einem Kamin, in dem ich ohne große Mühe hätte stehen können. Vor dem Kamin lag ein Mädchen auf dem Bauch, ein nackter Fuß war angewinkelt und schwang hin und her, das Kinn hatte sie auf die Hand gestützt. Sie las in einem Buch. Nach unserem Eintreten las sie noch etwas weiter, setzte sich dann auf und sagte deutlich akzentuiert guten Abend. Sie hatte schon einen Busen. Ich sah deutlich, wie er ihre Bluse spannte. Aber hübsch war sie nicht. Sie hatte etwas Eulenhaftes, war zu groß und trug die gleiche Brille wie der Mann, dem sie leider sehr ähnlich sah. Sie zwinkerte immerzu. Ich fühlte mich bei ihr sofort wohl. Ich lächelte sie an und sagte Hi, statt Gleichgültigkeit oder Feindseligkeit zu mimen, womit ich normalerweise auf hübsche Mädchen reagierte. Etwas stand im Ofen, irgend etwas mit Schokolade. Ich stellte mich mit dem Rücken vor den Kamin und entspannte meine klammen Hände.

»O ja, die Wohnung ist sehr hübsch«, sagte der Mann in Reaktion auf einen Kommentar meiner Mutter. Er sah sich neugierig um, als wäre er zum erstenmal hier. Der Raum war riesig, der größte Raum, den ich je in einer Wohnung gesehen hatte. Wir hätten sie uns nie im Leben leisten können, aber diese Tatsache wurde mir langsam schnuppe.

»Ich hole eben meine Frau«, sagte der Mann, blieb aber stehen und betrachtete meine Mutter.

Sie drehte sich langsam um sich selbst und nickte nachdenklich in sich hinein. »So viel Platz«, sagte sie. »Man fühlt sich richtig frei. Wie können Sie eine solche Wohnung bloß aufgeben?«

Er schwieg einen Augenblick. Das Mädchen zupfte am Teppich herum. Dann sagte er: »Wir brauchen mal Tapetenwechsel. Stimmt's, Sister?«

Sie nickte, ohne hochzusehen.

Eine Frau kam mit einem Teller Schokoladenkekse aus dem Nebenzimmer. Sie war groß und schlank. Tiefe Furchen hatten sich in ihre Wangen gegraben und umgaben ihren Mund wie Klammerzeichen. Ihre grauen Haare waren zu einem Pferdeschwanz zusammengebunden. Sie kam mit kleinen, gemessenen Schritten auf uns zu, als brächte sie Opfergaben zu einem Altar, und stellte die Kekse auf den Couchtisch. »Sie kommen gerade recht für Dr. Averys Schokoladenkekse«, sagte sie.

Erst dachte ich, das Rezept hieße so. Dann flitzte der Mann hinüber, nahm sich eine Handvoll, und ich verstand. Ich verstand nicht nur, daß er Dr. Avery war, sondern auch, daß die Kekse ihm gehörten; seine Attacke auf die Keksplatte hatte alle Anzeichen eifersüchtiger Besitznahme. Ich war zu befangen, um mich zu bedienen, aber Sister nahm sich einen und überlebte, sie holte sich sogar noch einen zweiten. Da nahm ich mir auch ein paar. Während wir noch kauten, legte die Frau ihren Arm um Dr. Averys Taille und schmiegte sich an ihn. Das wenige, was ich von der Ehe wußte, hatte mich zu der Annahme gebracht, daß öffentliche Zurschaustellung von Zärtlichkeiten zwischen Mann und Frau reines Theater war – *schaut nur, dies ist ein Heim, in dem sich die Menschen in den Arm nehmen* –, aber sie wirkte so rundum glücklich und zufrieden, daß ich mich einfach mit ihr freuen mußte.

Meine Mutter strich ruhelos durch den Raum. »Darf ich mich ein wenig umsehen?« fragte sie.

Mrs. Avery bat Sister, uns den Rest der Wohnung zu zeigen.

Noch mehr riesige Zimmer. Zwei davon mit Kaminen. Über dem Sims im Elternschlafzimmer hing das große Foto eines Manns mit dunklen, grüblerischen Augen. Als ich Sister fragte, wer das sei, sagte sie leicht überheblich: »Gurdjieff.«

Ihre Herablassung machte mir nichts aus. Sie war älter, größer und wahrscheinlich klüger als ich. Da war gegen Herablassung nichts einzuwenden.

»Gurdjieff«, sagte meine Mutter. »Von dem hab ich gehört.«

»Gurdjieff«, wiederholte Sister, als hätte meine Mutter den Namen falsch ausgesprochen.

Wir gingen ins Wohnzimmer zurück und setzten uns vor den Kamin, Dr. Avery und seine Frau aufs Sofa und meine

Mutter in einen Schaukelstuhl daneben. Sister und ich machten es uns auf dem Boden bequem. Sie schlug erneut ihr Buch auf, einen Moment später winkelte sie wieder das Bein an und schwang langsam mit dem Fuß hin und her. Meine Mutter und Mrs. Avery unterhielten sich über die Wohnung. Ich starrte in die Flammen, die Stimmen hinter mir waren angenehm und belanglos, bis ich meinen Namen hörte. Meine Mutter erzählte Mrs. Avery von unserem Spaziergang über den Campus. Sie sagte, sie fände ihn wunderschön.

»Schön?« fragte Dr. Avery. »Wie meinen Sie das?«

Meine Mutter sah ihn an, ohne zu antworten.

»Ich nehme an, Sie beziehen sich auf die Gebäude.«

»Genau. Die Gebäude, das Gelände. Die ganze Anlage.«

»Pseudogotischer Schnickschnack«, sagte Dr. Avery. »Eine Filmkulisse.«

»Dr. Avery findet, die Universität achte zu sehr auf den äußeren Schein«, sagte Mrs. Avery.

»Nur darauf achtet sie«, sagte Dr. Avery.

»Damit kenne ich mich nicht aus«, sagte meine Mutter. »Architektur ist nicht mein Fachgebiet. Ich fand einfach, es sieht hübsch aus.«

»Das ist doch der springende Punkt, nicht wahr?« sagte Dr. Avery. »Es *sieht aus* wie eine Universität. Dasselbe gilt für die angebliche Bildung, die sie einem dort andrehen. Mummenschanz auf der ganzen Linie. Hohl und leer. Nur *materia,* keine *anima.*«

Ich konnte ihm nicht folgen und sah wieder ins Feuer. Dr. Avery polterte weiter. Er hatte vorher kaum etwas gesagt, aber jetzt war er nicht mehr zu bremsen, und ich wollte ihn auch nicht bremsen. Seine Stimme wiegte mich in schläfriger Sicherheit wie das Brummen eines Automotors, wenn man auf der Heimfahrt nach einer langen Reise auf dem Rücksitz liegt. Manchmal mischte sich Mrs. Avery ein und stimmte seinen Äußerungen zu; dann fuhr er fort. Sister rutschte neben mir hin und her. Sie gähnte und blätterte um. Die Scheite im Kamin sackten leise zusammen wie ein alter Hund, der im Schlaf mit den Gliedern zuckt.

Dr. Avery redete geraume Zeit. Dann sagte meine Mutter meinen Namen. Sonst nichts, nur meinen Namen. Dr. Avery ließ sich davon nicht stören. Er saß vorgebeugt da, sein erhobener Zeigefinger skandierte seine Rede, und seine Brillengläser blitzten auf, wenn er den Kopf schüttelte. Ich sah meine Mutter an. Sie saß steif im Schaukelstuhl und umklammerte ihre Handtasche im Schoß. Ihr Gesicht war ausdruckslos und erstarrt. Dieselbe Miene setzte sie auf, wenn sie an der Tür von einem hartnäckigen Vertreter oder einem Mormonenpaar in die Enge getrieben wurde. Sie wollte gehen.

Ich wollte nicht gehen. Ich döste vor dem Kamin und hatte in meiner trägen Zufriedenheit vergessen, daß ich hier nicht zu Hause war. Die Hitze und der Feuerschein hatten denselben Effekt wie Dr. Averys Stimme, sie lullten mich ein und versetzten mich in dasselbe Familienglück, wie diese Leute es zu genießen schienen. Ich hatte sogar vergessen, daß sie nicht meine Familie waren, und daß auch sie nicht bleiben würden. Ich machte sie zu einem Teil meiner Geschichte, ohne jedes Gespür dafür, daß sie ihre eigene Geschichte leben mußten.

Wie ihre Geschichte ausging, weiß ich nicht. Wir sahen sie nie wieder. Aber heute, so viele Jahre später, wage ich eine Vermutung. Ich vermute, daß die Universität Dr. Avery die Professur auf Lebenszeit verweigert hatte und daß sie weder die erste noch die letzte war, die ihn verschmähte. Ich sehe ihn an einer unwürdigen Institution nach der anderen seinen Kampf gegen den bloßen Schein ausfechten, und jede weigert sich vehementer, von seiner Genialität Notiz zu nehmen. Dr. Averys Kollegen, Kleingeister mit Herzen aus

Stein, veralbern ihn als Störenfried und Langweiler. Seine humanistischen Ideale, so deuten sie an, sind ein bloßer Vorwand für das Mittelmaß in seinem eigenen Fachgebiet, egal wo das liegt. Ein ums andre Mal lassen sie ihn die Koffer packen. Mrs. Avery tröstet seine verwundete *anima* mit bedingungsloser Treue und befriedigt die Bedürfnisse seiner schwellenden *materia* mit immer mehr Schokoladenkeksen. Sie glaubt an ihn. Ihr Glaube, egal worauf er beruht, ist heldenhaft. Nie kommt ihr der Gedanke, der einer schlichteren Frau kommen könnte, daß ihre Aussicht auf ein ganz normales Glück - alte Freundschaften, ein eigenes Heim, ein in der Gemeinschaft verwurzeltes Leben - keiner höheren Wahrheit, sondern Eitelkeit und Arroganz zum Opfer gefallen sind.

Nein, diese Rolle fällt Sister zu. Sister wird zur Ketzerin werden. Als Kind der beiden hat sie keine andere Wahl. Eines Tages, gar nicht so viele Jahre nach diesem Abend, wird sie zu der Einsicht gelangen, daß sich die Enttäuschungen ihres Lebens auf das Versagen ihrer Eltern zurückführen lassen. Und wer kennte dieses Versagen besser als Sister? Sie macht ihnen Szenen. Dr. Avery wird sein Wesen vorgeworfen, Mrs. Avery wird ihr Wesen vorgeworfen. Die Heimfahrten vom Barnard, Reed oder wo sonst Sisters Stipendium sie hinbringt, später dann aus der weit entfernten Stadt, wo sie Arbeit gefunden hat, werden immer theatralischer. Verärgertes Flüstern in der Küche, Geschrei beim Abendessen, vorzeitige Abreise. Jahrelang geht das so, aber nicht ewig. Sister schließt mit ihren Eltern Frieden. Sie lernt sogar zu schätzen, was sie einst verachtet hat, die Weigerung der Eltern, zu leben und zu reden wie der Rest der Welt, ihre ewigen Umzüge, den Farbtupfer ihrer Kauzigkeit im schlammigen Alltag. Sie stellt fest, daß ihr gar nichts anderes übrigbleibt, als sie zu lieben, und wer kann sie besser lieben als Sister?

Die Entwicklung könnte so, aber auch anders verlaufen sein. Ich habe diese Menschen zu einem Teil meiner Geschichte gemacht, ohne ihre eigene zu kennen, genau wie an jenem Abend, als ich mich in ihre Familie hineinträumte. Wir waren uns fremd. Ich verbrachte vielleicht eine Dreiviertelstunde in ihrer Wohnung, gerade lange genug, um mich aufzuwärmen und die Tatsachen aus den Augen zu verlieren.

Meine Mutter sagte wieder meinen Namen. Ich blieb, wo ich war. Normalerweise wäre ich ohne weitere Aufforderung aufgestanden, nicht aus Gehorsam, sondern weil ich ihr jeden Wunsch von den Augen ablesen und damit prahlen wollte, wie gut wir aufeinander eingespielt waren. Diesmal starrte ich sie nur mürrisch an. Im Schaukelstuhl wirkte sie fehl am Platz; sie hatte zu viel Glamour dafür. Ich konnte diesen Glamour fast von ihr getrennt sehen, als anderes Wesen, als eine kecke, ungeduldige Freundin, die nichts wie weg von hier wollte, nichts wie raus aus diesem trauten Heim.

Sie sagte, wir müßten langsam aufbrechen. Sister hob den Kopf und sah mich an. Ich rührte mich noch immer nicht. Ich merkte, daß meine Mutter überrascht war. Sie wartete auf meine Reaktion, und als sie ausblieb, schaukelte sie langsam nach vorn und stand auf. Alle außer mir standen auf. Ich fand es dumm und flegelhaft, daß ich als einziger am Boden sitzen blieb, aber ich blieb trotzdem dort, während sie Abschiedsfloskeln austauschten. Als sie zur Tür gingen, sprang ich auf, murmelte »auf Wiedersehen« und folgte ihr nach draußen.

Dr. Avery hielt uns die Tür auf.

»Ich finde den Campus trotzdem sehr hübsch«, sagte meine Mutter.

Er lachte – *ha ha ha.* »Nun, sei's drum«, sagte er. »Jedem das Seine.« Er wartete, bis wir den Bürgersteig erreicht hatten, schaltete das Licht aus und schloß mit einem Knall die Haustür.

»Was sollte denn das?« fragte meine Mutter.

Ich schwieg.

»Ist dir nicht gut?«

»Doch.« Und dann sagte ich: »Mir ist etwas kalt.«

»Kalt? Warum hast du denn nichts gesagt?« Sie versuchte, mitfühlend auszusehen, aber ich merkte ihre Erleichterung, daß mein merkwürdiges Verhalten im Wohnzimmer eine so einfache Erklärung fand.

Sie zog ihre Kostümjacke aus. »Hier.«

»Danke, nicht nötig.«

»Zieh sie an.«

»Ehrlich, Mom. Ist nicht so schlimm.«

»Zieh sie an, du Schwachkopf!«

Ich legte die Jacke um die Schultern. Wir liefen ein Stück. »Ich sehe lächerlich aus«, sagte ich.

»Na und? Wen stört das?«

»Mich.«

»Bitte, dann stört es dich eben. *Tut mir leid.* Du überraschst mich heute abend immer wieder, Junge.«

»Im Bus zieh ich sie aber aus.«

»Wer hat denn gesagt, daß du sie im Bus anbehalten mußt? Willst du noch was essen, bevor wir nach Hause fahren?«

Ich meinte, ich hätte nichts dagegen, sie solle etwas aussuchen.

»Vielleicht finden wir eine Pizzeria. Hast du Lust auf Pizza?«

Ja, meinte ich.

Ein schwarzer Hund mit glänzenden Augen kam über die Straße auf uns zu.

»Na, Sportsfreund?« sagte meine Mutter.

Der Hund trottete eine Zeitlang neben uns her und lief dann davon.

Ich drehte den Jackenkragen hoch und zog die Schultern ein.

»Frierst du immer noch?«

»Ein bißchen.« Inzwischen klapperte ich mit den Zähnen. Mir kam es vor, als wäre mir noch nie so kalt gewesen, und ich gab meiner Mutter die Schuld, weil sie mich vom Kamin in diese Kälte zurückgezerrt hatte. Ich wußte, daß sie nichts dafür konnte, gab ihr aber trotzdem die Schuld - an der Kälte und dem Wind im Gesicht und an allem namenlosen anderen, das nicht so war, wie es sein sollte.

»Komm her.« Sie zog mich an sich und rieb mir mit den Händen den Arm. Als ich mich losmachen wollte, hielt sie mich fest und rieb weiter. Das tat gut. Mir wurde zwar nicht richtig warm, aber wärmer würde mir draußen eh nicht werden.

»Bloß aus Neugier«, sagte meine Mutter, »was hältst du von dem Campus? Ehrlich?«

»Mir gefällt er.«

»Ich fand ihn toll«, sagte sie.

»Ich auch.«

»So ein Schwätzer«, sagte sie. »Was bildet der sich eigentlich ein?«

Heute habe ich meinen eigenen Kamin. Die Winter sind hier lang und kalt. Der Wind führt zu Schneeverwehungen, das Haus ächzt, und an den Fenstern bilden sich Eisblumen. Nach dem Abendbrot schichte ich im Kamin vier Scheitwände auf wie bei einer Blockhütte ohne Dach. Das ist die beste Methode. Nur Greenhorns bauen ein Tipi. Meine Kinder warten hinter mir, rangeln um den besten Platz und streiten sich laut, wer das Streichholz halten darf. Ich sage ihnen, sie sollen es gemeinsam anzünden. Ihre übereifrigen Hände zittern, wenn sie die Streichhölzer anreißen, an das zusammengeknüllte Papier halten und möglichst viele

Stellen versengen, bevor die Späne Feuer fangen. Dann lehnen sie sich zurück und sehen zu, wie die Flammen an den Blockhauswänden hochzüngeln. Auf ihren Gesichtern liegt Ehrfurcht.

Meine Frau kommt herein und lobt das Feuer, weil sie weiß, wie stolz ich darauf bin. Sie legt sich mit ihrem Buch aufs Sofa, liest aber nicht darin. Ich lese auch nicht in meinem. Ich betrachte das Feuer und die Flammenspiele auf den Gesichtern meiner Familie. Ich versuche, mich zu Hause zu fühlen, und meist gelingt es mir auch sehr gut. Von diesen Abenden zehre ich, wenn ich weit weg bin; sie sind mein Traum vom Zuhause. Tief im Inneren wappne ich mich jedoch, als könnte ich es nie ganz glauben. Als könnte es verschwinden, wenn ich zu fest daran glaube, so als würde mich eine Stimme aus dem Schlaf reißen.

Kugel im Kopf

Anders schaffte es erst kurz vor Geschäftsschluß in die Bank. Die Warteschlange war natürlich endlos, und er mußte hinter zwei Frauen stehen, die ihn mit ihrem lauten, dummen Geschwätz zur Weißglut trieben. Gute Laune war ihm sowieso fremd, schließlich war er als Buchkritiker bekannt für die mißmutige, elegante Grausamkeit, mit der er fast alles zerpflückte, was er besprach.

Die Schlange zog sich immer noch zweimal am Seil entlang, als die eine Kassiererin ein »GESCHLOSSEN«-Schild an ihren Schalter hängte, nach hinten in die Bank ging, sich an einen Tisch lehnte und sich mit einem Mann unterhielt, der in den Akten auf seinem Tisch wühlte. Die Frauen vor Anders verstummten und sahen der Kassiererin haßerfüllt nach. »Na, das hat man gern«, sagte die eine. Sie drehte sich zu Anders um, und seiner Zustimmung sicher fügte sie hinzu: »Auch eine dieser Nettigkeiten, von denen man nie genug kriegt.«

Anders ärgerte sich ebenfalls über die Kassiererin, übertrug seinen Ärger aber sofort auf die unverschämte Heulsuse. »Wirklich ungerecht«, sagte er. »Einfach tragisch. Wenn sie einem nicht gerade das falsche Bein abhacken oder das Heimatdorf bombardieren, schließen sie garantiert ihren Bankschalter.«

Sie ließ sich nicht unterkriegen. »Ich habe nicht behauptet, daß es tragisch ist«, sagte sie. »Aber ich finde es saumäßig, wie man hier als Kunde behandelt wird.«

»Unverzeihlich«, sagte Anders. »Im Himmel wird man's sich merken.«

Sie biß sich auf die Unterlippe, starrte jedoch an ihm vorbei und schwieg. Anders merkte, daß die andere Frau, ihre Freundin, in dieselbe Richtung starrte. Dann ließen die Kassierer alles stehen und liegen, die Kunden drehten sich langsam um, und in der ganzen Bank kehrte Ruhe ein. Zwei Männer mit schwarzen Strumpfmasken und blauen Straßenanzügen standen neben der Tür. Der eine hielt dem Wachmann eine Pistole an den Hals. Der Wachmann hatte die Augen geschlossen und bewegte die Lippen. Der andere Maskierte hielt eine abgesägte Schrotflinte in der Hand. »Haltet gefälligst die Klappe!« schrie der mit der Pistole, obwohl niemand etwas gesagt hatte. »Wenn einer von den Kassierern die Alarmanlage auslöst, seid ihr alle Fischfutter. Verstanden?«

Die Kassierer nickten.

»Oh, bravo«, sagte Anders. *»Fischfutter.«* Er wandte sich an die Frau vor ihm. »Klasse Drehbuch, was? Die unerbittliche Schlagringlyrik der gefährlichen Klassen.«

Sie sah ihn an, und ihre Augen schwammen in Tränen.

Der Mann mit der Schrotflinte stieß den Wachmann auf die Knie. Er gab seinem Partner das Gewehr, riß dem Wachmann die Hände auf den Rücken und legte ihm Handschellen an. Mit einem Tritt zwischen die Schulterblätter stieß er ihn zu Boden. Dann nahm er die Schrotflinte wieder an sich und ging zur Sicherheitsschranke am Ende der Schalterreihe. Er war klein und stämmig und bewegte sich eigentümlich langsam, fast träge. »Drück auf den Summer«, sagte sein Partner. Der Mann mit dem Gewehr öffnete die Tür, bummelte an der Reihe von Kassierern vorbei und gab jedem einen Müllbeutel. Als er den leeren Schalter erreichte, warf er dem Mann mit der Pistole einen Blick zu, und der fragte: »Wessen Schalter ist das?«

Anders beobachtete die Kassiererin. Sie legte die Hand an die Kehle und drehte sich zu dem Mann, mit dem sie sich unterhalten hatte. Er nickte.

»Meiner«, sagte sie.

»Dann schieb deinen häßlichen Arsch hier rüber und mach den Beutel voll.«

»Na sehen Sie«, sagte Anders zu der Frau vor ihm. »Kleine Sünden bestraft der liebe Gott sofort.«

»He! Schlaumeier! Hab ich gesagt, du sollst das Maul aufreißen?«

»Nein«, sagte Anders.

»Dann halt die Fresse.«

»Haben Sie das gehört?« sagte Anders. »›Schlaumeier‹. Direkt aus *Rächer der Unterwelt*.«

»Seien Sie doch bitte still«, sagte die Frau.

»He, hast du Tomaten auf den Ohren, oder was?« Der Mann mit der Pistole kam auf Anders zu. Er stieß ihm die Waffe in den Magen. »Glaubst du, ich will dich auf den Arm nehmen?«

»Nein«, sagte Anders, aber der Lauf kitzelte, und er konnte kaum das Kichern unterdrücken. Er schaffte es, indem er dem Mann in die Augen starrte, die durch die Maskenlöcher deutlich zu sehen waren: blaßblau und wundgerieben. Das linke Lid des Mannes zuckte unkontrollierbar. Er stank nach Ammoniak, und sein Mundgeruch schokkierte Anders mehr als alles andere. Als der Mann ihn wieder mit der Pistole stieß, wurde ihm ernsthaft unbehaglich.

»Gefall ich dir, Schlaumeier?« fragte der Mann. »Möchtest du mir einen blasen?«

»Nein«, sagte Anders.

»Dann starr mich nicht so an.«

Anders richtete seinen Blick auf die glänzenden Halbschuhe des Mannes.

»Nicht nach unten. Nach oben.« Er hielt Anders die Pistole unters Kinn und drückte es hoch, bis Anders an die Decke sah.

Anders hatte diesen Teil des Gebäudes noch nie sonderlich beachtet. Die Bank war ein überladener Altbau mit Böden, Schaltern und Säulen aus Marmor und vergoldeten Schneckenornamenten über den Kassenkäfigen. Die Kuppel war mit mythologischen Figuren ausgemalt, deren fleischige, togaverhüllte Häßlichkeit Anders vor vielen Jahren zur Kenntnis genommen und seither nach Möglichkeit ignoriert hatte. Jetzt blieb ihm nichts anderes übrig, als die Sujetwahl des Künstlers zu untersuchen. Alles war noch schlimmer, als er es in Erinnerung hatte, und alles war mit äußerstem Ernst ausgeführt worden. Der Maler hatte ein paar Asse im Ärmel und sie immer wieder ausgespielt – eine Art rosiges Erglühen am unteren Wolkenrand, ein verschämter Blick über die Schulter bei den Putten und Faunen. Verschiedene Szenen waren an der Decke zusammengedrängt worden, aber am meisten beschäftigte Anders die von Zeus und Europa – in dieser Version ein Stier, der hinter einem Heuschober hervor mit einer Kuh liebäugelte. Um die Kuh attraktiver zu gestalten, hatte der Maler ihre Hüften anzüglich gerundet und sie mit langen, seidigen Augenwimpern versehen, durch die sie sich mit glutvoller Aufforderung zum Stier umsah. Dieser grinste süffisant und zog die Augenbrauen hoch. Hätte er eine Sprechblase über dem Maul gehabt, hätte darin gestanden »hechel, lechz«.

»Was findest du denn so komisch, Schlaumeier?«

»Nichts.«

»Findest du mich komisch? Findest du, ich wär so 'ne Art Clown?«

»Nein.«

»Glaubst du, ich laß mich von dir verarschen?«

»Nein.«

»Wenn du nämlich versuchst, mich zu verarschen, bist du geliefert. *Capisce?*«

Anders platzte heraus. Er schlug beide Hände vor den Mund und sagte, »Entschuldigung, Entschuldigung«, dann schnaubte er hilflos durch die Finger und sagte, »*capisce* – o mein Gott, *capisce*«, woraufhin der Mann die Pistole hob und Anders in den Kopf schoß.

Die Kugel zerschmetterte Anders den Schädel, pflügte sich durch sein Gehirn und trat hinter seinem rechten Ohr wieder aus. Sie verteilte Knochensplitter in der Großhirnrinde, im Balken, in den Basalganglien und im Thalamus. Aber bevor es zu all dem kam, löste das erste Eintreten der Kugel vermehrten Ionenfluß und einen Synapsensturm aus. Ihres außergewöhnlichen Ursprungs wegen kam es zu einer außergewöhnlichen Erinnerung, die einen längst versunkenen Sommernachmittag vor vierzig Jahren heraufbeschwor, den das Gedächtnis längst gelöscht glaubte. Nachdem die Kugel die Schädeldecke durchschlagen hatte, bewegte sie sich mit einer Geschwindigkeit von 300 Metern in der Sekunde, einem lachhaft behäbigen Gletschertempo im Vergleich zu dem Neuronengewitter, das um sie herum blitzte. Seit ihrem Eintreten in den Schädel galt auch für die Kugel Hirnzeit, und Anders konnte sich seelenruhig jener Szene widmen, die – mit einer Phrase, die er verabscheut hätte – »vor seinen Augen Revue passierte«.

Woran sich Anders nicht erinnerte, muß betont werden angesichts dessen, woran er sich erinnerte. Er erinnerte sich nicht an Sherry, die erste Frau, mit der er je geschlafen hatte, auch nicht, warum er sie so wahnsinnig geliebt hatte, bevor ihn derselbe Grund zu stören begann – ihre ungenierte Sinnlichkeit und ihr unbekümmerter Umgang mit seinem besten Stück, das sie Mr. Maulwurf nannte, wie in »Oh-oh, ich glaube, Mr. Maulwurf möchte spielen« oder »Komm, wir verstecken Mr. Maulwurf!« Anders erinnerte sich weder an seine Frau, die er ebenfalls geliebt hatte, bevor ihre Berechenbarkeit ihn in Rage brachte, noch an seine Tochter, die heute Professorin für Volkswirtschaft in Dartmouth war. Er erinnerte sich nicht daran, wie er an ihrer Tür gelauscht hatte, während sie ihrem mißratenen Teddybär die Leviten las und die Höllenqualen beschrieb, die er erleiden würde, wenn er keine Besserung gelobte. Er erinnerte sich an keine einzige Zeile aus den hunderten von Gedichten, die er als junger Mann auswendig gelernt hatte, um sich selbst jederzeit Schauer über den Rücken jagen zu können – weder »Schweigend auf einem Berg in Darien« noch »Geh nicht gelassen in die gute Nacht« oder »All die süßen Kleinen? Alle sagst du? – O Höllengeier! – Alle!« Nichts davon fiel ihm wieder ein; gar nichts. Anders erinnerte sich auch nicht an den Satz, den seine Mutter auf dem Sterbebett über seinen Vater gesagt hatte: »Ich hätte ihn im Schlaf erstechen sollen.«

Er erinnerte sich nicht an Professor Josephs, der im Seminar erzählt hatte, in Sizilien habe man athenische Gefangene amnestiert, wenn sie Aeschylos rezitieren konnten, und der dann auf der Stelle Aeschylos im Urtext rezitierte. Anders erinnerte sich nicht daran, wie ihm von diesen Klängen das Wasser in die Augen gestiegen war. Er erinnerte sich weder an seine Verwunderung, als er kurz nach dem Studienabschluß den Namen eines Kommilitonen auf dem Schutzumschlag eines Romans gelesen hatte, noch an den Respekt, den er nach der Lektüre empfunden hatte. Er erinnerte sich nicht an den Genuß, jemandem Respekt zu zollen.

Er erinnerte sich auch nicht daran, wie eine Frau wenige Tage nach der Geburt seiner Tochter vom Haus gegenüber in den Tod gesprungen war. Er erinnerte sich nicht, daß er bei dem Anblick »Um Gottes willen!« geschrien hatte. Er erinnerte sich weder, wie er das Auto seines Vaters bewußt an einen Baum gesetzt hatte, noch, wie ihm drei Polizisten bei einer Friedensdemo die Rippen gebrochen hatten, oder wie er vor Lachen aufgewacht war. Er erinnerte sich nicht daran, wie ihn die Bücherstapel auf seinem Schreibtisch zunehmend mit Langeweile und Ekel erfüllten, oder wie er ihre Autoren haßte, weil sie sie geschrieben hatten. Er erinnerte sich nicht an den Zeitpunkt, als alles anfing, ihn an etwas anderes zu erinnern.

Er erinnerte sich an folgendes. Hitze. Ein Baseballplatz. Gelbes Gras, zirpende Insekten. Er lehnt an einem Baum, und die Jungen aus der Nachbarschaft versammeln sich zu einem Freundschaftsspiel. Er hört zu, wie die anderen diskutieren, ob Mantle oder Mays das größere Genie ist. Das beschäftigt sie schon den ganzen Sommer, und Anders hat es langsam satt; es bedrückt ihn genauso wie die Hitze.

Dann kommen die beiden letzten Jungen, Coyle und sein Vetter aus Mississippi. Anders hat Coyles Vetter noch nie gesehen und wird ihn nie wiedersehen. Er begrüßt ihn wie die anderen auch, beachtet ihn aber nicht weiter, bis sie die Seiten ausgelost haben und jemand den Vetter fragt, welche Position er spielen will. »Shortstop«, sagt der Junge. »Short ist die beste Position wo gibt.« Anders fährt herum und sieht ihn an. Er möchte, daß Coyles Vetter wiederholt, was er da gesagt hat, aber er wird sich hüten, ihn darum zu bitten. Sonst halten ihn die anderen für einen Klugscheißer, der einen Jungen wegen eines Schnitzers hänselt. Aber darum geht es überhaupt nicht – Anders ist vielmehr erregt und entzückt von diesen zwei Worten, ihr Wohlklang kommt völlig unerwartet. Wie in Trance läuft er auf den Platz hinaus und sagt sie sich immer wieder vor.

Die Kugel steckt schon im Hirn; sie kann nicht ewig von Ionen überholt oder mit einem Zauber aufgehalten werden.

Am Ende wird sie ihr Werk verrichten, den beschädigten Schädel verlassen und einen Kometenschwanz aus Erinnerungen, Hoffnungen, Begabungen und Liebe hinter sich her in die Marmorhalle des Kommerzes ziehen. Das ist nicht zu ändern. Aber noch kann Anders Zeit schinden. Zeit für die Schatten, die auf dem Gras länger werden, Zeit für den angeleinten Hund, der den fliegenden Ball anbellt, Zeit für den Jungen im rechten Außenfeld, der mit der Faust in den vom Schweiß nachgedunkelten Baseballhandschuh schlägt und leise vor sich hin singt *wo gibt, wo gibt, wo gibt.*

Editorische Notiz

über die Orte der Erstveröffentlichungen der Erzählungen dieses Bandes und den jeweiligen Übersetzer aus dem Amerikanischen:

Sterbliche erschien unter dem Titel *Mortals* in »Listening to Ourselves« by Anchor Books; hier übertragen von Ulrich Blumenbach.

Gefallen erschien unter dem Titel *Casualty* in »Granta«; hier übertragen von Frank Heibert.

Pulver erschien unter dem Titel *Powder* in »The New York Times Magazine«, hier übertragen von Frank Heibert.

Das Leben des Körpers erschien unter dem Titel *The Life of the Body* in »TriQuarterly«; hier übertragen von Ulrich Blumenbach.

Flieger erschien unter dem Titel *Flyboys* in »Doubletake«; hier übertragen von Ulrich Blumenbach.

Bei klarem Verstand erschien unter dem Titel *Sanity* in »The Atlantic«; hier übertragen von Frank Heibert.

Der zweite Miller erschien unter dem Titel *The Other Miller* in »The Atlantic«; hier übertragen von Ulrich Blumenbach.

Zwei Jungen und ein Mädchen erschien unter dem Titel *Two Boys and a Girl* in »Antaeus«; hier übertragen von Ulrich Blumenbach.

Migräne erschien unter dem Titel *Migraine* in »Antaeus«; hier übertragen von Frank Heibert.

Die Kette erschien unter dem Titel *The Chain* in »Esquire«; hier übertragen von Ulrich Blumenbach.

Smörgåsbord erschien unter dem Titel *Smorgasbord* in »Esquire«; hier übertragen von Ulrich Blumenbach.

Ladys Traum erschien unter dem Titel *Lady's Dream* in »Harper's«; hier übertragen von Ulrich Blumenbach.

Die entscheidende Nacht erschien unter dem Titel *The Night in Question* in »The New Yorker«; hier übertragen von Ulrich Blumenbach.

Kaminfeuer erschien unter dem Titel *Firelight* in »Story«; hier übertragen von Ulrich Blumenbach.

Kugel im Kopf erschien unter dem Titel *Bullet in the Brain* in »The New Yorker«; hier übertragen von Ulrich Blumenbach. Das Zitat von John Keats in *Kugel im Kopf* wurde von Hans-Dieter Gelfert übertragen.